大地上的长恋

——张炜创作评传

李恒昌 著

山东教育出版社

·济南·

图书在版编目（CIP）数据

大地上的长恋：张炜创作评传/李恒昌著.—济南：山东教育出版社，2022.9

ISBN 978-7-5701-1967-7

Ⅰ.①大… Ⅱ.①李… Ⅲ.①张炜-文学评论 Ⅳ.①I206.7

中国版本图书馆CIP数据核字（2022）第004974号

DADI SHANG DE CHANG LIAN——ZHANG WEI CHUANGZUO PINGZHUAN

大地上的长恋——张炜创作评传

李恒昌 著

主管单位 山东出版传媒股份有限公司
出版发行 山东教育出版社
地 址 济南市市中区二环南路 2066 号 4 区 1 号
邮 编 250003
电 话 0531-82092660
网 址 www.sjs.com.cn
印 刷 山东星海彩印有限公司
开 本 880毫米 × 1250毫米 1/32
印 张 10
字 数 260千
版 次 2022 年9 月第 1 版
印 次 2022 年9 月第 1 次印刷
定 价 55.00 元

（如有印装质量问题，请与印刷厂联系调换。电话：0531-88881100）

序　言

灵魂解读与精神还原

顾广梅

行走在广袤的文学原野上，不经意间会收获意外的惊喜。在这个比往年更加温暖的初冬，我收到了文化学者、文学评论家李恒昌先生的新著《大地上的长恋——张炜创作评传》（后简称为《大地上的长恋》）。这本著作，坚持从文学作品本身出发，以文学发展的内在规律为理据，以新时期文学创作的多类样貌为资鉴，立足张炜文学生命历程的探索、创作思想和艺术特征的理性辨析，深度解读了张炜的灵魂密码，精准分析了张炜文学长城的光谱，还原了一个更加真实、鲜活的张炜，以逻辑的力量客观上印证了著名汉学家马悦然所言“张炜享有‘当代中国文学史上最伟大作家’的盛名”的论断。

深度挖掘，实现了对张炜精神世界的破译解读。我曾在《以文学之名对话、倾诉与聆听》一文中说：“张炜是视文学为‘信仰’的作家。在他那里，文学并非一般意义上的精神抚慰和审美寄托，也非炫技炫智的话语演练，文学是精神存在的最高形式，亦是生命印证的最佳方式。”恒昌先生正是从“最高形式”和“最佳方式”这两个层面，将沉潜、渗透在张炜文学生命及其作品中的原发性精神思想挖掘出来。作品通过逻辑模型构建出一个“场”，在这一规模宏大、气势磅礴的精神思想的“场”中，更有恒昌先生对张炜及其作品精神思想的分析和解读，为我们清晰展现了张炜及其作品精神思想的时空维度和生长向度。

一是哲学精神的包容性。恒昌先生以逻辑归纳的方式，揭示了张炜及其作品所蕴含的极其丰富的哲学思想。儒家、道家、墨家等诸子百家的思想精义，屈原、李白、杜甫、韩愈、苏轼等文学作家的精神形态，经过张炜的思考、融汇、冶炼、升华，形成其独具特色的哲学思想和文学思想。这些皆通过对作家文学生命及其作品的深刻分析而得出。哪怕一个掠影式小人物的叙写，也无不透出哲理的光辉。《秋天的思索》中对“老得”这一人物“隐忍”“执拗”“反抗”的分析，《九月寓言》中对“忧伤”品格元素的集成，《古船》中“扶缸”“倒缸”“铅筒”意象的解析，《艾约堡秘史》中对“荒凉病”的把脉诊断，凡此种种，都透视了作家作品精神思想的丰富性、复杂性及其深厚的哲学意蕴。恒昌先生在对《古船》系列人物逐一分析后得出结论：“未经省察的人生没有意义，没有拷问的灵魂终将肤浅。《古船》正是依靠主人公的反思、拷问和内省，增加了作品的深度，使之成为一部深刻之书、深邃之书和深远之书。”

二是历史精神的丰厚性。《大地上的长恋》生动解析了内蕴于张炜文学生命和作品中的历史意涵、历史精神和历史灵魂。有对徐福故事的钩沉、秦皇焚书坑儒后百家思想何往何归的担忧、东莱古歌的深度发掘，还有对米兰·昆德拉、托尔斯泰、福纳克思想光谱的深刻分析，更有繁密鲜活的历史元素通过系列人物、场景、事件“闪回”出来，所有这些，以应然的怀疑精神、批判精神、反思精神来把握历史的气象血脉及与当代现实贯通的历史必然。

三是精神生长的无限性。《大地上的长恋》中有难以数计的或深情或激愤的对人生、社会、历史、植物、动物、山川、河流乃至宇宙的追问。从逻辑上分析，恒昌先生省略了“追问”的大前提，即这种“追问”一定是站在了前人追问结果之上的，自然这种追问是历史的更是哲学的。恒昌先生在解析《楚辞笔记》时，以饱含深情的笔触写道：“从瑰丽浪漫的文字，读出了那个生命的脉搏和律动。不是在和一个人对话，而是和一个时代对话。那个时代的所有特质，都在屈原一个人身上得到了集中体现。《楚辞》是一首离别之歌，在张炜那里，是义，是情，是缠，是绵，是断，是舍，是离。用最优美的文字，最充沛的情感，最理性的视角，置身当时的社会和时代背景，挖掘其内心思想和情绪的波动，展示其悠长的心路历程，阐释诗人所处社会最复杂、最本质和最重要的关系。血脉何所承？从生命的源头开始写起，诗人的渊源、血脉，像人生抛物线的起点，将意味着怎样的传奇、怎样的人生戏剧？这是血缘与生命奇迹的关系。”恒昌先生用“天上何所见”“神巫何所启”“终将何所去”等十七个“问答”，回答了若干关于宇宙，生命，人性的历史、哲学、社会命题。然而，追问丝毫没有停下来，一个“终将何所去”，表明了“追问”在空间上无限延伸、在时间上无限延长的属性，也进一步说明，张炜及其作品的精神时空是充满了激情与活力而不断蓬勃生长的。这些根本性的追问，不仅属于张炜，同样也属于恒昌先生。“宁伽的影子，所有灵魂和精神皈依者的影子。她解开了，一个秘密，一个传奇。关于一个普通的人，怎样成为一个伟大的人？一滴鲜艳的血，怎样成为一条奔腾的红河？一棵小小的树，怎样成为一棵参天的大树？一个生命个体，如何吸天地之灵气，沐日月之精华，将自己化入莽野，融入天地，昂然而立？”只有这样的生命精神才会蓬勃生长，永远散发生命精神不息的光芒！

四是启蒙精神的深刻性。《大地上的长恋》聚焦了张炜先生及其作品巨大的现代启蒙力量。这种启蒙，与“五四”启蒙精神一脉相承，又紧扣时代脉搏的律动而成为新的启蒙。张炜以“直抵心灵的力量、强烈的思辨力量、坦诚真实的力量”，高扬着启蒙的旗帜，张扬着尊重生命的现代理性，批判愚昧、奴化思想，给“哀其不幸，怒其不争”的启蒙精神注入了新时代的内容；抨击当代拜金主义、物质欲望的无限扩张，找出了难以医治的“荒凉病”的病根。难能可贵的是，恒昌先生从作家及其作品中提炼出了疗救良方，即站在伟大的同情之伦理立场，鞭挞、启智、救赎。

五是精神构建的系统性。恒昌先生试图完整建构出张炜及其作品的精神长城。在对《你在高原》的分析中，以对“血缘”“梦幻”“行走”“爱情”“心灵”等十部“启示录”的分析，“像万里长城上的一个个城垛，手挽着手，肩并着肩，心连着心，紧紧地联系在一起，构成它气势磅礴、深沉雄浑、奇绝伟岸的生命图腾和思与诗的交响”。恒昌先生不仅描绘了属于张炜更属于时代的气势磅礴的精神长城，也勾勒了一块块思想的砖石和精神气象的清晰脉络纹理。令人无法忽视，这座精神长城放射着不息的光焰，恒昌先生对那光焰谱系的细密分析，在“坚忍顽强、永不屈服、义无反顾”为基色的光谱中散发着慰藉心灵的光辉。

理性剖析，实现了对张炜文学生命世界的本真还原。刘勰在《文心雕龙》中有言：“夫缀文者情动而辞发，观文者披文以入情。”阅读《大地上的长恋》，有一个很深的体会：即便读者没有见过张炜本人，也能够透过恒昌先生的文本，真切洞见一位杰出作家文学长恋的旅程，真切感受杰出作家的人格魅力和人生情怀；即便没有读过张炜的原著，仅仅通过恒昌先生的倾情叙述，也能走近张炜、走进张炜作品的文学形态之中，真切体验张炜文学世界的质感和张力，真切感受张炜的为人为文所散发出的独有气息，对其回肠荡气的浓烈抒写产生共鸣，共振其生命精神的蓬勃张扬。《大地上的长恋》能够做到对张炜及其作品的"本真性还原"是建立在从真实到真实的原则基础上的。这种真实企及了"人生细部"与"作品细节"。从表象到本质，《大地上的长恋》在以下四个方面对张炜文学生命世界与文学形态世界作了本真性还原。

一是文学生命历程的本真性还原。诚如恒昌先生的写作宗旨："还原一个真实的张炜。"从1980年前的创作准备期到1980年第一次正式发表小说《达达媳妇》、第一部长篇小说《古船》诞生，再到"芦青河系列"形成系列散文集卷、《你在高原》获奖、万松浦书院开院，张炜的文学人生在恒昌先生的笔端徐徐展开。在病榻忍痛书写，在半岛游历放逐，在不断变换的时空里答客问；"为了完成这部巨著（指《你在高原》），他真的像一个真诚的地质工作者一样，足迹踏遍胶东平原，栉风沐雨，星夜兼程，'从春天到冬天'，丈量脚下的土地，仰望天空的星辰，吸天地之灵气，沐日月之光华，从民间、从时代、从大地汲取营养和力量"。恒昌先生不仅写出了作家的文学生命历程，更揭示出了作家文学生命的文心与内核，这个文心与内核作为一个逻辑复杂系统深嵌于《大地上的长恋》的文本肌理中。

二是人生和文学立场的本真性还原。这部著作通过对张炜文学创作生涯、文学活动、文学作品的深度解读，力求达到"还原本真"的效果。在恒昌先生看来，张炜是一个大智若愚的人，一个大定力者，一个充满爱心的作家，一个勤勉忠实的劳动者，一个精神世界的守望者。他低调、内敛、倔强、顽强、淡定、从容、无争、沉静，有一定的保守主义思想，而不是一个始终充满激情的、呐喊着的“战士”。

三是作品人物的本真性还原。“夜色里好像一点点洇出一个姑娘的面庞，她的姿容惊世骇俗。我一下坐起来，迎着夜色悄声呼唤：陶文贝——”“你是我闭关之后看到的第一位好姑娘。”“你是我疼得死去活来后看到的第一位好姑娘。”“她说出的每一句话都重若千斤，供我一生品味。这好比空前绝望中射进的一束永恒之光。我那时准备捧着这光走去，将整个世界都抛到身后。”这是《独药师》对人际和人物心理活动的本真性还原。恒昌先生在分析《丑行或浪漫》中写道：刘蜜蜡逃亡路上，曾“放浪”了自己，成了传说中的“浪女”——“光棍干粮”，满足了老光棍“蔑儿”等人的生理和心理需求，也曾和铜娃发生“一次之情”，但这绝不属于真正的丑行。相反，由于她拥有善良之心，她的行为应该被视为一种“美德”和“善行”。这也绝对称不上“浪漫”，而是现实所迫的无奈之举。“我跑出来，跑了一路，遇上了不止一个可怜的人。反正我不想活了，就把自己交给了他们。”“小油挫把女民兵娶回家，因为不能生育，不能为老獾家传宗接代，便让她过上连奴隶也不如的生活，父子两人将其殴打折磨致死。这不是食人，又是什么？”恒昌先生从人物性格命运和人生价值取向层面对刘蜜蜡这一女性形象进行了“CT”扫描式的分析。不仅仅是刘蜜蜡这一形象，《大地上的长恋》中对所涉及的作品，特别是长篇小说中的人物形象都进行了本真性还原和理性分析。

四是社会背景的本真性还原。在恒昌先生的著作中，作品的社会背景得到全息呈现。社会生活、社会心理、社会变革及社会对人物命运的影响，既有社会大背景如历史长卷的宏阔展开，又有人物生存所系的家族、人际、职场、变故等小环境的繁密书写。小环境折射出大环境，大背景衍生出一个个形态迥异的小环境，历史背景与现实背景通过人物命运交汇，通达了“历史与现实互指”、“一切历史都是现实镜像”的辩证维度。这一点在长篇小说中表现得最为明显。“近四十年来，这个镇子上，发生过许许多多令人震惊的事情。但有一样东西永远长存在洼狸镇。那就是几百年不变的‘扶缸’精神。”这是《古船》里时代大背景的再现。“相对于山区农村，地处平原的小村子文化是进步的，但是，他们的‘纯地瓜’文化，与山区的‘鏊子’文化，又似乎是一种落后。可贵的是，他们通过痴老婆庆余吸取了这一文化，将‘煎饼’和‘鏊子’引进了村子，解决了吃发霉的地瓜发苦、严重烧胃的问题。”这是《九月寓言》里小背景的再现。恒昌先生对张炜作品中关涉自然包括动植物书写的分析非常独到，他将张炜笔下的自然同社会背景一道有机融入了人物命运之中，使之成为人物命运乃至人物性格、心理映射的有机组成部分，赋予了自然以灵魂和灵性；“那片充满生机的树林和那条奔腾的大河，构成一个纯美的世界，一个清贫时代的‘世外桃花源’，让主人公二兰子和小锣锅沉浸其中，也让读者沉浸其中。”“芦青河那周遭树多。大片大片的树林子，里面横一条路，竖一条路，非把人迷了不可。”一个“迷”字，加上一个“不可”，怎不令人神往？在他的笔下，即便林中的野草，也是那么美。“看吧，这儿的草叶才叫好呢！青青一片，崭新崭新的，叶片儿宽板板，长溜溜，就像初夏的麦苗儿。那草棵里面还有花哩，红一朵，黄一朵，二兰子先拣一朵大的插在头上。”从美到极致的自然景色的分析，恒昌先生得出结论：自然景色的美折射出了“最根本的是人性的美”。

诗意审美，实现了对张炜艺术世界的深度阐发。《大地上的长恋》从文艺美学的视域对张炜作品的艺术世界从叙事、情节、结构、语言、情境诸方面做了诗意领悟，延展出作家作品艺术生态多维度、多向度流变的趋势，阐释了作品美的存在、美在何处、因何而美。透过《大地上的长恋》，可以深刻体悟到，张炜的作品呈现出密集的美学元素和蓬勃的美学张力，鲜活诠释了美学的重要范畴，又深度呈现了蕴含在作品中的美学精义。恒昌先生赞同王安忆所说的“张炜身上最文学的东西，就是诗意。他也是一个抒情诗人，我特别喜欢他的小说”。他继而认为：“王安忆为什么特别喜欢他的小说，只因为他的小说里面蕴含的诗意和诗性。”“无诗性，不文学。”在其小说和散文随笔等“非诗歌”创作中，他也一直坚持用一双诗人的眼睛观察世界，用一颗“诗心”完成创作，所有作品都力求具有“诗性”：金子一般的语言，充满质感、乐感和美感。独特的诗性，为他的作品披上一道瑰丽的霞光，唯美、干净、大气。这是恒昌先生对张炜作品诗性的真情道白。

一是诗性的叙述美。恒昌先生指出，张炜的全部作品就是献给大地、献给星空、献给天地之间无数行者的诗歌，或和乐奏唱，或引吭高歌，或仰天长啸，或独自默吟；成天籁之音，成劳作号子，成纾解幽愤的长调，成永远“下回分解”的莲花落子，成诗三百“美人遗之”的传世意蕴。时时呈现出诗象的律动与跳跃，处处散发着浓浓的诗意氛围。“这是一个非同一般的故事，神秘传奇、罕见且深沉，引人入胜。他将故事的交汇点置于结构复杂、颇具神秘色彩的艾约堡，平添了故事的神秘性、多样性、复杂性和深刻性。艾约堡是故事发生的背景和舞台，这个神秘难测的私人居所，结构特异，是狸金商业帝国集团的心脏，偌大一个集团的神秘和力量都在这里蕴藏和释放。一个看似外来化的名字，却包含着深刻的民间口语所表达的人生含义：痛苦绝望的‘哎哟’人生。而一个‘堡’字，似是隐喻城堡主人豹子一般的性情。”这是恒昌先生对张炜作品叙述美学的发现和延展。

二是诗性的意象美。从整部作品的诗意氛围，到作品中的每一个人物、每一处场景、每一个时间节点、每一个物件都指称着、蕴藉着丰富复杂的精神意涵，这无疑是诗的意象。恒昌先生在分析《九月寓言》的艺术特色时，对蕴含在这部长篇小说中的“夜色”“酸酒”“鲢鲅”“奔跑”“地瓜”“九月”“少白头”等十二个“意象”进行了系统的细密分析。“石碾是一种意象，它是村民粉碎粮食的地方，也是女孩子躺下的地方；杨树是一种意象，村民在这里守望，痴老婆在这里守望；草垛是一种意象，村里青年男女钻进钻出的地方，也是怀上新生命的地方。”恒昌先生着力强调：“只有读懂这些意象，才能真正读懂《九月寓言》的内涵。”

三是诗性的语言美。“不能真正进入他的语言，就不能真正理解他本人，也不能真正享受其作品的思想内涵和艺术美。他始终坚持用一颗诗心在创作，诗性是其语言第一大特征。他始终坚持‘静悄悄式’低调写作，内敛性是其语言的第二大特征。他始终把心理描写放在重要位置，倾诉性是其语言的第三大特征，这种倾诉性具有三大力量：直抵心灵的力量、强烈的思辨力量、坦诚真实的力量。他始终不忘构建独特的意境，不可替代性是其语言第四大特征。”事实上，恒昌先生以互文见义的笔法同样表达出“内敛性”“倾诉性”“不可替代性”是诗的独特内质的理念。这可视为《大地上的长恋》对张炜语言美学的新发现、新延展。

张炜与他的文学世界的确是一场与天地同行、与日月并老的精神恋爱，深沉、苍凉、执着、悠远。一如《大地上的长恋》结尾所言："这是大地上的长恋，精神的长旅，犹如几何学上的射线，有始发点，有方向，没有尽头，没有终点。"恒昌先生这部既铺张扬厉又温婉多情，饱含着理性思考和感性情思的著作，又何尝不是他与张炜、与未曾谋面的读者的一场精神长恋呢？

2020年1月25日于泉城

（序言作者系著名文学评论家、山东师范大学教授）

目录

题　记

如果一个人真正敏感而且有正确的理由，感到要关切世界的邪恶，那么他自然要在这些东西最先呈现并且最接近根源的地方，来寻求对它们的纠正。他将要发现，这个地方就是他自己的存在，这个纠正的任务将耗尽他一生的时光。

——［葡萄牙］费尔南多·佩索阿

第一章　秋天：源自生命的河流

从你的身上
寻找我的来踪
我的前生与后世
我的魂魄
我无所不知的声音
我铺天盖地的
激情和希望

——张炜《长岛草叶》

古今中外很多作家诗人生命中都有一条河。这条河流作为一种精神符号，长存在他的心中，长存在他的作品里。因为这条河的存在，他的生命更加鲜活，他的作品也更加充满灵性。有些特别优秀的作家诗人和他的作品，还因为生命之河的存在，成为一种典范和永恒。托尔斯泰的生命之河是伏尔加河，泰戈尔的生命之河是恒河，阿波利奈尔的生命之河是米拉波河，屈原的生命之河是汨罗江。张炜的生命和文学里也有一条河，河的名字叫芦青河。

张炜有一篇文章，题目是《水汽弥漫的大河》。文章开篇写道："马克·吐温绘出的文学之河是湿漉漉的、水汽弥漫的。他的所有文字都浸泡在其中。这虽然因为他写出了哈克贝利芬那条有名的筏子，还因为他当过水手并取得了'水深二英寻'的笔名。关于水的作品太多了，这当然与他早年的生涯分不开。他特别熟悉水的故事，讲起来流畅自如。"[①]张炜的作品，也有这种水的灵性。一切都源于他对芦青河的熟悉和爱恋。在他的字典里，芦青河就是他故乡的象征。他曾经是、现在依然是这样痴迷于这条河。芦青河几乎牵动着他的全部思绪，是他的向往、他的动力、他倾诉的源头。

如果说张炜1980年前的创作，属于准备期或练习期，那么从1980年第一次正式发表小说《达达媳妇》，到1986年第一次出版长篇小说《古船》，应该属于他创作的初创期，是他文学创作的第一个春天。据不完全统计，这期间，他共创作中短篇小说55部，创作散文随笔48篇，出版小说集两部，分别是《芦青河告诉我》和《秋天的愤怒》。这一时期的作品，我们称之为"芦青河系列"。这些作品，呈现出鲜明的自然和原生特征：其一是，以芦青河为基本背景；其二是，以秋天为主要意象；其三是，以思索为主要精神状态；其四是，以中短篇小说为主要体裁；其五是，以清新、简明、静美为主要风格。

"芦青河系列"主要代表作是《声音》《一潭清水》《看野枣》《冬景》《玉米》《海边的雪》等。实际上，还应该加上他后来发表的《秋天的思索》和《秋天的愤怒》。

① 张炜：《他们为何而来》，四川人民出版社2018年版，第145页。

《声音》：芦青河岸边的美丽画卷

《声音》是“芦青河系列小说”的代表作之一。它以芦青河为背景，讲述了十九岁的农村辍学女青年二兰子在林中割草时，与同样在河边割草的邻村被裁民办老师小锣锅，通过林中隔空“喊山”相识、相知，到最后分别的故事。小说不长，但清新流畅，引人入胜，怎一个“美”字了得。

它的美，首先是自然的美。那片充满生机的树林和那条奔腾的大河，构成一个纯美的世界，一个清贫时代的“世外桃花源”，让主人公二兰子和小锣锅沉浸其中，也让读者沉浸其中。“芦青河口那周遭树多。大片大片的树林子，里面横一条小路，竖一条小路，非把人走迷了不可。”[①]一个“迷”字，加上一个“不可”，怎不令人神往？在他的笔下，即便林中的野草，也是那么美。“看吧，这里的草叶儿才叫好呢！青青一片，崭新崭新的，叶片儿宽板板，长溜溜，就像初夏的麦苗儿。那草棵里面还有花哩，红一朵，黄一朵，二兰子先拣一朵大的插在头上……”[②]即便割草的动作，也是那样美。“这时候，那右手里的镰刀才伸出来，那左手的手指才拢到一起。镰刀动起来了：不是推，不是拉，不是砍，也不是割，而是像在草丛间划小圈儿！那左手配合得也叫好，触着抖动的草叶儿，一按一转，拍拍、拢拢，就像揉面团似的……青青草叶贴着地面给齐齐地割下来了，变成一卷一卷，一堆一堆。”[③]如此的技术，如此

① 张炜：《声音》，选自《纸与笔的温情》，辽宁师范大学出版社2018年版，第58页。
② 张炜：《声音》，选自《纸与笔的温情》，辽宁师范大学出版社2018年版，第59页。
③ 张炜：《声音》，选自《纸与笔的温情》，辽宁师范大学出版社2018年版，第59页。

的娴熟，如此的美，大概只有从《庖丁解牛》里，才能有幸一见。

它的美，最独特的在于声音的美。“小鸟儿在头顶喳喳地叫了几声，清甜的空气直往鼻孔里扑，二兰子高兴极了！”[①]这是林中的声音。“大刀来，小刀来——”，二兰子喊了一声，满林子都喊，在那林子里还引起“啦沙沙沙——”的震动。她大仰着脸，眼也不睁，嘻嘻笑着又喊一遍。“大刀来——小刀来！”那对方的回应也很美，“大姑娘来，小姑娘来——”“那尾音儿不消不失，颤颤悠悠，像琴！像箫！像笛！像鼓！二兰子料定这声音是那千千万万片叶子传动的，要不它们怎么老是唰唰地动呀？她半个脸贴在树干上，她等河西岸那个声音。正在她的心急急跳动的时候，那声音果然又一次传过来了。”[②]她不仅“喊山”的声音美，平时的声音也很美。他曾说她，你不行吗？哎哟，你十九岁活灵灵，怎么能不行！听你那嗓子，你能唱戏哩！

它的美，最根本的是人性的美。这一对农村男女青年，具有非常淳朴的人性美。他们在一起，他们在林子深处，是为了交流的渴望。小锣锅虽然年龄较大，而且身体畸形，但二兰子并不歧视他，也不躲避他，而是愿意和他在一起，而且从心里盼望他走出林子，走向成功。小锣锅虽然先天不足，虽然从“民办教师”岗位上被裁掉，只能天天到林子里到河边为生产队的老牛割草，但他一直乐观、积极、向上。他是一个“看不出来的要强的人”，当“民办”当得很好，割草也割出自己的“绝活”。割草之余，他还不忘学习，学习英语，并且最终实现了自己的梦想——到公社工艺制品厂当翻译。更重要的是，小锣锅不仅自己努力，而且不停地

① 张炜：《声音》，选自《纸与笔的温情》，辽宁师范大学出版社2018年版，第59-60页。

② 张炜：《声音》，选自《纸与笔的温情》，辽宁师范大学出版社2018年版，第62页。

鼓励二兰子，给她以信心，让她对自己有一个全新的认识。“你干什么都行——你看我，再看你——你怎么还说不行呢？！”[①]面对二兰子“我除了割牛草，干别的能行吗”的疑问，他非常肯定地回答：“行！人若有志气，铁杵磨成针……”听了这话，二兰子惊呆了，以至于泪水顺着脸颊流下来。因为，长这么大，从来没有人这么重视她，也从来没有人对她说这样的话。

它的美，关键还有语言的美。读《声音》的时候，给人感觉不像是在读小说，而是在听一首歌，是在欣赏一首诗，像在风和日丽的日子里，一个人在密林中穿行，每每有金黄色的光芒照射进来。因为，它的语言实在是太美了，自然、淳朴、清新、清脆，迸发着活力，散发着芬芳。令人惊叹的语言俯拾皆是。他这样写老牛能吃：“家里养了个老牛，肚子比碾砣还大，地上放捆嫩草叶儿，它伸出舌头抿几下就光了。”[②]多么能吃！他这样写林中的美丽：“太阳升起来了，光芒透过树隙，像一把长长的剑。”[③]多么具有穿透力！他这样写林中的小鸟儿：“小鸟儿就像不闲嘴儿的小姑娘，吵死人了！”[④]多么可爱！他这样写二兰子“喊山”后的感觉：“每每喊完，她就觉得痛快，也觉得好笑：‘这么喊，可是我自己发明的！’”[⑤]多么新奇！

《一潭清水》：具有特殊寓意的清水

《一潭清水》是与《声音》齐名的“芦青河系列”小说之一，堪

① 张炜：《声音》，选自《纸与笔的温情》，辽宁师范大学出版社2018年版，第71页。
② 张炜：《声音》，选自《纸与笔的温情》，辽宁师范大学出版社2018年版，第58页。
③ 张炜：《声音》，选自《纸与笔的温情》，辽宁师范大学出版社2018年版，第59页。
④ 张炜：《声音》，选自《纸与笔的温情》，辽宁师范大学出版社2018年版，第58页。
⑤ 张炜：《声音》，选自《纸与笔的温情》，辽宁师范大学出版社2018年版，第59页。

称《声音》的姊妹篇。它的故事情节也非常简单，围绕芦青河边生产队瓜农老六哥和徐宝册两人与海边孩子“瓜魔”的故事来展开。

老六哥和徐宝册负责为生产队种瓜看瓜，“瓜魔”时常到瓜田里来玩。这个海边长大的孩子有两大特点，一个善于逮鱼，一个喜欢吃瓜。每次来时，他都会带来从海里抓的鱼，与两个老人一起分享，并帮他们干活，从“一潭清水”里弄水来浇田，不知辛苦，当然他也会在这里尽情吃瓜，吃起来没完。他们几乎天天相见，就像亲人一般，其乐融融，乐趣多多，开心快乐。一切都因为瓜田实行承包制发生了改变。瓜田被老六哥和徐宝册承包后，老六哥心疼“瓜魔”总来吃瓜，不能卖更多的钱，于是慢慢疏远了他，并偷偷表示不让他再来。“瓜魔”不再来后，徐宝册感觉没有了往日的开心和快乐，也决定离开瓜田，离开了老六哥。后来，徐宝册到附近的一个葡萄园“干活”，“瓜魔”再次找到他。他们在葡萄园里，又重新过起了类似瓜田里的快乐生活，而且两人一起动手，在葡萄园里开挖了一个和瓜田里一样的“清水潭”。

《一潭清水》再次展现了张炜的“山水情结”和“芦青河情结”，但它与《声音》的表现内容和表现手法有所不同。《声音》表现的是“林”，是“路”，是“生”；《一潭清水》表现的则是“田”，是“利”，是“义”，而且它还触及了“改革”这一话题。

如果说《声音》的最大特点是“美”，那么《一潭清水》的最大特点则是“静”。他用细腻的笔触，为读者描绘了一幅20世纪七八十年代山东海边村庄的静谧图画。

张炜通过《一潭清水》告诉世人：瓜田，需要“一潭清水”；葡萄园，也需要“一潭清水”；人，更需要“一潭清水”。尤其在社会变革的时候，切莫“利”字当头。

《一潭清水》是审美的，是对美的一种维护和追求。之所以如此"敬业"地创作这篇小说，原因就在于在张炜的心目中，"一潭清水"是"美好的东西"，他的使命便是写出"美好的东西"，维护"美好的东西"，追求"美好的东西"。

《秋天的思索》：大地守夜人的执着

风一起，天气就慢慢变凉了。张炜从《声音》和《一潭清水》中走来，面对家园，面对芦青河，展开了对秋天的思索。他把思考的成果写成了两部中篇小说，分别是《秋天的思索》和《秋天的愤怒》。

《秋天的思索》是一部令人深思的小说，最突出的贡献是塑造了一个"大地守夜人"——老得的形象。老得其实并不老，他是一位二十多岁的青年，是集体承包的葡萄园的守夜人，也是承包户利益的捍卫者。他的个性非常鲜明，是典型环境"葡萄园"里典型的"那一个"。

老得鲜明的个性，首先表现在具有较强的"隐忍力"上。他是一个孤单又孤苦的青年，因为身体不好，长一个软软的"水蛇腰"，无法像其他农民一样，从事繁重的农活，只能承担看葡萄园的任务。也由于他的身世和身体等方面的缘故，他的性格比较软弱，也逐步养成了长期隐忍的习惯。面对葡萄园承包代表人王三江的"混坏"，对老铁叔的欺负，面对他有力的巨掌和对承包户利益的侵害，老得忍了又忍，一忍再忍。对于自己内心真正喜欢的王三江的女儿小雨，慑于王三江的淫威，他也不敢表白，不敢追求。他甚至需要借助一杆猎枪，为自己提气壮胆。他之所以长期隐忍，除了个性比较软弱外，还在于他暂时没有找到解决问题的“原理”和钥匙。

老得的第二个特点是“执拗”。虽然他性格比较软弱，但他是一个非常执拗的人，只要认准的理儿，认准的事儿，一定坚持到底，不到南墙不回头。正是这种执拗，让他天天坚持“写诗”，从不放弃；正是这种执拗，让他发誓，一定要为铁头叔报仇；正是这种执拗，让他天天思考研究一些不可思议的问题存在的“原理”，研究“坏混”们侵犯承包户利益的“原理”。他对有同样命运的小来非常疼爱，唯一一次打他，正是因为他被人扭着耳朵逼迫认输时，承认自己是“海节虫”。他告诉小来“疼死，拧死，也不能说软话！”他在诗中写道：“挺起腰杆大步走/使劲甩动两只手/做人就做条硬汉子/黑暗的东西，都要藐视……”这首诗，恰恰反映了他的执拗性格。

老得最可贵的性格品质是敢于反抗。他不仅仅是一个具有较大隐忍力和执拗劲的人，也是一个知道“哪里有压迫，哪里就有反抗”的人。和“黑暗的东西”相比，他虽然处于明显的劣势，但当他研究透“原理”之后，身上便充满果敢的力量。他不再惧怕了，他敢于借助小雨，查王三江的账，他不再惧怕王三江，勇敢地追求小雨，追求自己的爱情，“管他呢”。面对王三江的直接挑衅，他一改此前的懦弱形象，敢于动手，以牙还牙，以硬碰硬，即便被王三江暗算，暗夜里被打成重伤，也在所不惜。虽然最终无奈离开葡萄园，去了大海，但是他始终无怨无悔。

这就是一个葡萄园守夜人的形象，一个改革初期青年农民的形象。他守的是葡萄园承包户的利益，捉的是葡萄园真正的“大贼”。

1994年2月，《上海文学》第2期发表著名文学评论家张新颖的

《大地守夜人——张炜论》，赋予张炜“大地守夜人”的称号。作为“大地守夜人”，张炜与《秋天的思索》里的老得有所不同，老得守护的是承包户的利益和某种正义；张炜“一切为了明天的葡萄园”，守护的是人的灵魂和精神，是做人的道义和良知。

1996年2月，长江文艺出版社“跨世纪文丛”出版张炜的作品集《远行之嘱》，张新颖的《大地守夜人——张炜论》作为代跋被收录其中。文章最后，作者张新颖引用了《融入野地》中这段文字：“这条长路犹如长夜。在漫漫夜色里，谁在长思不绝？谁在悲天悯人？谁在知心认命？心界之内，喧嚣也难以渗入，它们只在耳畔化为了夜色。”[①]这问题的答案只有三个字：张炜们！

《秋天的愤怒》：愤怒究竟缘何而生

中篇小说《秋天的愤怒》创作于1985年。评论家宋遂良先生在《诗化和深化了的愤怒》一文中，将《秋天的思索》和《秋天的愤怒》视为姊妹篇，把两部作品的关系比喻为“蓓蕾”与“花朵”：“‘思索’是蓓蕾，‘愤怒’是花朵。”[②]这两部作品，其实是一个有机整体。犹如一只在万里长空奋飞的秋雁，两部作品是大雁的两只翅翼，从不同侧面折射秋天的寂寥和荒凉。

《秋天的愤怒》与张炜此前的小说相比，主题更深刻了，也更能触动人的灵魂了。它艺术地描述了农村青年李芒与妻子小织、岳父肖万昌“联合”当种烟专业户的故事。整篇小说给人印象最深刻

① 张炜：《远行之嘱》，长江文艺出版社1996年版，第389页。
② 宋遂良：《诗化和深化了的愤怒》，《当代》1985年第6期。

的，是改革初期个别农村令人恐怖和愤怒的政治生态。

小说发表后，有人在评论中指出，作为村支书的肖万昌，已经演变成了一个扎扎实实的“土皇帝”。事实上，一个“土皇帝”还不足以概括其全部，其本质是一个典型的流氓型人物。他利用自己手中的权力，霸占村里的资源，窃取别人的成果，甚至欺压、剥削自己的女儿和女婿，把其他村民逼得走投无路，自己却成为全县闻名的种烟专业户，以此获得巨大经济利益和政治利益。他与民兵连长相勾结，掌控村里的话语权和行为权，稍有不和就采取各种手段对他人进行打击报复。

如果说，肖万昌是一个典型的流氓的话，那么，民兵连长则是一个十足的恶棍。他利用与村支书的非正常关系和民兵连长的头衔，狐假虎威，无恶不作。他将社保主任害死，把老寡妇的女儿吓疯，并最终逼死老寡妇；他动不动就把村里所谓表现不好的年轻人集中起来，教训他们，恐吓他们；他受村支书的指使，半夜将李芒装进袋子，抓起来一顿暴打，甚至想要了他的命。他的所作所为令人发指，而这一切都打着正义的旗号。

李芒和小织是一对心地善良、充满正义、向往美好的青年。但是，他们的美好愿望，却遭到肖万昌和民兵连长的粗暴践踏。他们想自由恋爱，却遭到肖万昌的坚决反对，被逼无奈，只能离家出走，到南山寻找生路。他们希望村里人和他俩一样，都能靠种烟实现脱贫梦想，然而却被肖万昌和民兵连长无端破坏。他俩想和肖万昌分开，自己“单干”，以此和他们“划清界限”，就这么一个小小的愿望，也根本无法实现。

一个个美好的愿望，逐一被“毁灭”在人们面前。这是一出现代悲剧，具有悲愤的力量、震撼人心的力量、令人深思的力量。一部《秋天的愤怒》，表现了张炜直面现实的责任和担当。它的意义就在于，它是秋天的声音和男人的歌唱。

第二章　古船：灵魂深处的拷问

像老酒一样芬芳的浊水
扯倒了一片莎草
木头在流淌滚动
正引诱我下一个天大的决心

——张炜《泗渡》

《古船》是张炜的第一部长篇小说，具有开创性意义。它的创作始于1984年6月，到修改完成，再到1986年10月在《当代》发表，用了两年多时间。

1986年11月27日，在北京召开的《古船》研讨会上，张炜自己介绍说，《古船》构思、准备前后四年，具体写作、修改用了两年时间。他说："不能说这本小说是我写得最好的，但是花费时间最长的。在很长时间里，我没有做别的，全部心思都在它身上。我写得很慢，几乎是一笔一划地把它写下来。"[①]一部《古船》，张炜几乎付出了他当年全部的心血、辛劳和储备。那一年，张炜正好二十

① 张炜：《张炜文集》第27卷，作家出版社2014年版，第151页。

八岁，正是血气方刚、风华正茂、英气勃发的好年龄。那时候，他的心弦是紧绷的、活力是四射的、勇力是充足的、热情是奔涌的。后来他说，我的第一部长篇小说《古船》曾让我深深地沉浸。溶解在其中的是一个年轻人的勇气和单纯——这些东西千金难买。

1987年7月，《古船》由人民文学出版社正式出版时，在编辑推荐语里，是这样的字眼儿：古船，就是中国。

短短六个字，千钧之力。

这是一部“特别有厚度”的书，厚重得像一块千钧石碑。

《古船》给人最突出的印象是内容的“厚重和沉重”。沉甸甸、有力量，一时读不透，一时走不出，一时忘不掉，还想从头再读一遍，还想从头再思考几遍。它究竟写了什么呢？显得如此厚重，如此沉重。概括起来，它写了一条大河、一个古镇、一艘古船、一个产业、三个家族、四次剧变。它们交织并行，有机统一，在一个庞大复杂的、深沉厚重的叙事里。

它所写的那条河流，流淌着生生不息的生命。小说中的芦青河，发源于古阳山，流经四百里，到达洼狸镇。这条大河，既是洼狸镇农村经济的命脉，也是洼狸镇历史变迁的经历者和见证人。只是现在的河道又浅又窄，而过去却是波澜壮阔。那阶梯地形的老河道，记叙了一条大河一步步消退的历史。一个废弃的码头，隐约见证桅樯如林的昔日风光。河边一个个古堡似的“磨屋”，映照着粉丝作坊的沉重与沧桑。它是洼狸镇人的“母亲河”，这方河水，养育了这方人。它的宏盛与衰涸，直接影响着当地粉丝生产的质量和沿河百姓的生活质量。当这条大河日渐枯竭，人们对其无限失望之时，谁也不曾想到，它的下面却是暗流涌动。经过地质勘探队勘察，它的主要水流沉到了地下，形成了地上地下两条河。这是一个非常奇特的地理现象，但昭示了生生不息的奇迹和力量。

它所写的那个古镇，映射永不泯灭的“扶缸”精神。洼狸镇，是一个千年古镇。它与古代齐长城有一些说不清道不明的联系，它与古代“东莱子国”有最直接的“血缘关系”。这个古镇最大的标志是有“三大建筑”：一段古老的城墙，一座古朴的老庙，一个古老的码头。然而，随着时间的推移，特别是社会的变迁，自然界的变化，“三大建筑”发生颠覆性巨变。老庙因被雷电击中，毁于一场令人惊心的大火。城墙因为一场地震，在一声沉闷的轰鸣中，一个城垛倒塌了。老码头因大河的萎缩，不再通航而废弃。它们每次“遇难”，洼狸镇几乎都有特别神奇古怪的现象发生。每一次，都引起洼狸镇人的惊慌和担忧。老庙被烧时，芦青河连续出现大船搁浅。“河水消退了，码头干废了，听惯的行船号子也远远地消逝了。一种说不清的委屈在人们的心底泛起，渐渐化为愤怒。”①城墙垛子倒塌时，“更深一层的忧虑和惊诧，就在折磨着全镇人了”②。有人曾在心里呼唤：“洼狸镇哪，你这个背时倒运的镇哪，你还能走到哪里去啊？”③镇上的“三大建筑”虽然不复存在，但是，它们的根依然存在。老码头虽被废弃，但没有被完全拆除。老庙虽然化为灰烬，但巨大的古钟尚存。老城墙虽然塌了一个城垛，但没有完全废弃。它们都似乎在等待时机，等待着“复活”。外面的人成群结队来扒城墙的砖，不听洼狸镇村民的阻拦，结果，“四爷爷”一

① 张炜：《古船》，长江文艺出版社2017年版，第6页。
② 张炜：《古船》，长江文艺出版社2017年版，第7页。
③ 张炜：《古船》，长江文艺出版社2017年版，第8页。

声令下，领头人被打断一条腿。

近四十年来，这个镇子上，发生过许许多多令人震惊的事情。土地改革期间，从“正剧”到“悲剧”；还乡团归来时，从回家到复仇；“大跃进”时，从“发烧”到“发疯”；承包制改革时，从利益到生命，不知多少人的人性和灵魂都扭曲了。但有一样东西永远长存在洼狸镇，那就是几百年不变的“扶缸”精神。当赵多多的“粉丝大厂”发生“倒缸”时，他的“生死冤家”隋抱朴果断站出来“扶缸”，帮他化险为夷。当弟弟隋见素对哥哥的行为表示不解时，隋抱朴嘶哑的嗓子却变得格外沉重，你去查查镇史吧，看看洼狸镇做了几百年的白龙粉丝。几辈子都在做这个，国外都知道中国的白龙粉丝。粉丝倒缸没人扶，就是全镇人的耻辱！“救缸如救火”，自古洼狸镇就有这句话！这是隋抱朴作为“粉丝”后人的责任和担当。它抛却了家族，抛却了恩怨，也抛却了自我。这是洼狸镇的精神传承，是那么古老而鲜活。

洼狸镇是一个靠河生存的镇，那条大河却一分为二，一上一下，一明一暗。这是为什么？洼狸镇是一个盛产粉丝的古镇，然而，后来人们在这里挖出了煤。一上一下，一白一黑。这又是为什么？现代工业和科技，为洼狸镇带来了电，带来了光明，却在洼狸镇遗落了“铅筒”，为人的生存和未来留下巨大隐患和阴影，一明一阴。这又是为什么？“扶缸”精神之外，这一切，都无不令人深思。

它所写的那个产业，昭示着经济的衰朽与繁荣。粉丝业是洼狸镇的传统产业。这同样是一个古老的事物，也是洼狸镇人的“生命”和“绝活”，包含着他们的热血与辛劳，包含着他们的悲伤和荣光。粉丝业给洼狸镇人带来幸福，也带来巨大灾难。特别是粉丝厂“倒缸”的时候，不知造成多少损失，也不知多少靠粉丝生存的人被逼寻了短见。粉丝业在洼狸镇曾异常红火，芦青河岸有多少老磨屋，就有多少粉丝作坊，后来它经历从兴盛到衰朽，最后出现了粉丝工厂，有了粉丝“机器”，可以大批量生产。随着商品经济和市场经济的发展，粉丝产业同样经受严重考验，粉丝的生产数量虽然多了，但是在赵多多的操控下，产品质量却因掺假受到严重影响，甚至影响了整个洼狸镇粉丝业的生存和发展。这一些都与社会变革有关，都与人心中的“利”字有关。

它所写的那艘古船，寄托历史的追忆和内心的渴望。那艘从河底挖出来的沉船，并不是书写的主角，但有深刻的寓意和内涵。它是被修水利的人挖出来的，是一条残缺不全的大木船。船舷已经腐朽，只剩下一个龙骨，有两门古炮的铁疙瘩歪在龙骨上。负责开渠的人想把它卸开，搬到食堂里生火，是一心爱海、爱船的隋不召保护了它。后来，这艘沉船被确认为古代战船，当作文物送到了省博物馆，被保护起来，供人研究，供人参观。多年之后，隋不召专门到省城去看这艘古船。回来后，还告诉大家，负责看守的人说，老船半夜里总呜噜呜噜哭，它想家。这虽然是一条古老的沉船，在隋不召眼里，它像人一样，还活着，没有死，它有生命，也有感情。隋不召说，早晚还要驾船出海，这样才有意思，才不枉为镇上人。这代表了洼狸镇很多人的想法。为了实现驾船出海的梦想，不知道谁从哪里搞来一条破旧的小舷板。隋不召高兴得手舞足蹈，将这条破船加以改造，煞有介事地要乘船出海，结果船沉水底，差一点让他命丧黄泉，可见其痴迷和疯狂程度。事实上，那条古老的沉船，不仅渗进隋不召的灵魂里，它还像一个幽灵，纠缠着洼狸镇其他人。当隋见素因为一心想夺回“粉丝大厂”，陷入魔怔的时候，大白天里，他居然惊叫："你干什么？你还不快去！大船开过来了……我要去了！"[①]在这里，大船已经完成了角色的转变，它已经不是一艘古代战船，而是一条现代战船。这条战船要载他出征，去夺回老隋家昔日的荣光，重铸洼狸镇昔日的辉煌。

它所写的那三个家族，抒写了洼狸镇人血液与灵魂的图腾。洼狸镇的三大姓氏家族：老隋家、老赵家、老李家，代表不同的出身和"阶级成分"。

老隋家从制作粉丝发迹。最早是一个粉丝作坊，最兴盛的时候，在芦青河两岸拥有最大的粉丝工厂，并在东北和南方几个大城市里开了粉庄和钱庄。然而他们是成在粉丝，败在粉丝，成也财富，败也财富。他们因粉丝和财富过得富有和体面，也因粉丝和财富陷入狼狈和绝望。隋迎之的三个孩子，一度"只能有爱情，不能有婚姻"，长时间"打光棍"。在镇里人看来，老隋家都是"有病的人"。到底有没有病，只有他们自己和老天知道。

老赵家本身是洼狸镇最贫穷的家族，自20世纪40年代开始逐步取代了老隋家，成为洼狸镇势力最大的家族。"四爷爷"赵炳是他们家族的代表人物，赵多多是赵家伸出的一个铁爪，闹闹则是他们家族的一个"尤物"或者说另类。

老李家是洼狸镇的第三大姓，也是一个"出怪人"的家族。近几十年，就出过和尚李玄通、给资本家开机器的李其生，还有一个善于发明的李知常。这个家族，借助李知常的这个"小电工"，让洼狸镇变得灯火辉煌，给人们带来一片光明。三大家族之间，有芥

① 张炜：《古船》，长江文艺出版社2017年版，第183页。

蒂，有仇恨，有残杀，也有帮助，甚至有交叉的爱情。然而，只要是作恶多端的人，祸害别人的人，最终都没有好的“结果”。甚至那些把仇恨埋在心头，始终不肯放下的人，也都没有好的“结果”。赵多多因作恶太多，最终撞车自焚。“四爷爷”也因长期霸占含章，被其刺伤。隋见素因长期陷入夺回隋家产业的纠葛，最终得了绝症。隋含章也因为“复仇”刺伤长期霸占自己的恶霸“四爷爷”，被抓了起来。只有隋抱朴一个既真正“放下”，又真正有“担当”的人，才没有误入人生的歧途。

它所写的那四次剧变，展示洼狸镇人命运的脉动与伤痛。《古船》所着重描写的四大剧变，抓住了洼狸镇近四十年发展变化的重要节点。它们分别是土改、“大跃进”、“文化大革命”和改革开放。与其他文学作品相比，它写得更加深刻，更加尖锐，更加触目惊心，也更加关注人性。土地革命，不仅写了它的最初状态，而且写出了它的扩大化。这种扩大化，不仅表现在某些人正经歪念“大开杀戒”上，以及对“开明绅士”隋迎之的处理上，还包括对前来指导土改、始终坚持党的土改政策的王书记和指导员生命的肆意践踏上。关于“大跃进”，作者着重描写了其疯狂化。从农业生产放卫星开始，到大炼钢、大发明、大创作、大食堂，到大饥饿、大疯抢，其疯狂程度，令人触目惊心、步步惊心。对于“文化大革命”，《古船》不仅写出了从闹剧到惨剧的演变，更写出了对洼狸镇人心灵的严重冲击。关于实行承包制改革，《古船》不仅描述了这一改革措施救活了粉丝业，同时也反映了个人承包的合理性和极端趋利性。这些无不令人掩卷深思，思考那些人的命运，抚摸心理的伤痛。

这是一部“特别有亮度”的书，一个个人物形象既鲜明又生动。

《古船》给人的第二个突出印象是它塑造的每一个人物都个性鲜明、有血有肉。与其他长篇小说不同，它不是写了一个或几个人，而是一群人。他们分别是隋抱朴、隋见素、隋含章、隋迎之、隋不召、赵多多、“四爷”、李知常、闹闹、大喜等。单看他们的名字，就可以分析他们的性格，甚至可以窥见作者的人格理想和内涵寄托。

隋抱朴：一个抱朴守心的人，一个耕读传家的知识人的代表。

他是在父亲隋迎之的严格教育下，遵从“毋意、毋必、毋固、毋我”座右铭成长起来的“粉丝后人”。他的最大性格特征是隐忍，超级隐忍。为了隐忍，他甚至成为人们眼中的“木头人”和“石头人”。他是全镇做粉丝手艺最好的人，面对赵多多的聘请，他不为所动，他的后背像石头一样沉重，一直守在阴森森的老磨屋里，与一头老牛相伴，长时间不说一句话，似乎对外面的任何新鲜事情都不感兴趣，像失去了思想，失去了灵魂，更谈不上想法和追求。他的孤僻，甚至让恨他的赵多多想一枪把他毙掉，也让深深地爱着他的闹闹想在背后一棍子把他打倒。孤独的灵魂充满了哀伤，是什么让他变成这个模样，是什么在他心灵上打下不可磨灭的烙印？在老磨屋里他参透了什么？这一切只因为，他目睹了父亲隋迎之和后母茴子的死，看到了杀虐和残暴，特别是老隋家面临的极其严重的命运危机。

有人以为他是因为“害怕”才变得隐忍，只有妹妹含章知道，他不怕，他什么都不怕，他只是隐忍着，思索着。然而，他毕竟是一个大活人，一个有血有肉的男子汉，他也有爱，有梦，有自己的想法。他曾与家中的用人桂桂有一段短暂的婚姻生活，只可惜桂桂很快死了。从此之后，他过上了“光棍”生活，镇上没有人敢嫁给他。他曾冲破内心的困惑和纠结，与自己喜欢的葵葵偷偷恋爱，甚至做出令自己也不敢相信的事情，偷偷与葵葵度过不眠之夜，从此之后，他就再也没有睡过一夜好觉。葵葵最终屈服于各种压力，嫁给了别人。后来丈夫闯关东因故死亡，只留下葵葵一个人和一个“永远长不大”的孩子。几十年的时间里，他自责，他疑惑，他犹豫，他纠结，他矛盾，他徘徊，他痛苦，他迷醉，他清醒，所有事情，都在他的心头“拧来拧去”。他始终不敢走近葵葵，不敢走近那个“永远长不大”的有可能是自己亲生的孩子，始终不敢做一个堂堂正正的男人。面对闹闹对他的爱，他不知道，不明白，或者是他故意装作不知道，不明白。直到闹闹被二槐伤害，他才有了悔意。这是怎样的悲催？

面对最悲惨的厄运和不幸，隋抱朴并没有抱怨社会，忌恨他人。他总是从自己的家族和个人自身找原因，从《共产党宣言》、《天问》和《胸道针经》“三大读物”里找“原理”，找答案。在老磨屋里，在小厢房里，他总是拿着那本红红的《共产党宣言》来阅读和研究。在他身上，体现着洼狸镇的“扶缸”精神，也体现着向善为公的心。

随迎之：一个主动“自新”的人，也是一个走不出悲剧的人。

他是老隋家家业的传承人，在他这一辈上，他们的粉丝事业做得风生水起，非常成功。然而，当隋抱朴十多岁的时候，隋迎之便很少再去粉丝厂了，他时常在码头上游荡，心事重重的样子。他远在青岛的岳父因变卖土地和工厂被人杀死的消息传来，使他震惊，也改变了他。突然有一天，他醒悟了，自己主动认识到：我们欠大家的，欠太多了。里里外外，所有的穷人。从老辈儿就开始拖欠，茴子的爸爸也欠，最后还要赖账，人家把他给揍死了。随迎之不想自己和岳父一样被人揍死，于是，他做出了一个超出所有人预料的决定，主动偿还“欠账”。他骑马外出，先后把一个个粉丝厂，包括粉庄和钱庄都“交了出去”，把所雇用的人，也都遣返回去，只留了一个小粉丝作坊和一个雇员，手里拿到了一张“大红关防”。他本以为这应该是一个“护身符”，至少能保他免受岳父的死亡之灾，但是他想错了。

土地改革初期，当那些地主老财们被拉到台上挨斗时，他因为上级一句“他是开明绅士”，有幸站在台下。但当土地改革被扩大化之后，他依然没有逃脱挨斗的厄运。他死了，死于咳血，死于咳炸了肺。他的死，表面看是因病致死，实际上则是被逼而死。他流血而尽的死，是一个深刻而形象的比喻。他自己主动吐净了“血”，主动“自新”，把积攒的家业，把“欠”所有人的，都主动还了回去，但是，他还是死了。而且，他并不是一个恶绅、恶棍，而是一个雇工眼里的“好人”。他死后，一位看老磨屋的老人是那样痛心。他对人说：“我是给老隋家大爷看了一辈子老磨的人。大爷去了，到那边开粉丝厂去了。我也得去给大爷看老磨。”①几天之后，他果然就坐在老磨旁边的木凳子上死过去了。这是怎样的雇佣关系？

隋不召：一个看似荒诞不经，实则心明如镜的人。

他是《古船》中性格最鲜明的一个人。他的名字包含着不听“招

① 张炜：《古船》，长江文艺出版社2017年版，第42页。

呼”的意思。他和哥哥隋抱朴走的是一条完全不同的路。他从小对陆上生活、对粉丝家业不感兴趣，一心向往大海，向往远方。小小年纪，就发誓早晚有一天要到海上去。面对父亲的严厉教训，他并不认错，也绝不放弃。终于在一个月黑风高的夜晚，他跟人上了大船，开始了海上闯荡生涯。直到十多年之后回来，他目光呆滞，形容憔悴，满身酒气，走路两腿相绊，像换了一个人一样。鬼知道这些年他经历了什么。

他是一个典型的叛逆者的形象。爱海、爱船、爱喝酒、爱吹牛、爱自由，是他的性格特点。但是，在他胡吃海喝、放浪形骸的身躯里，实际上隐藏着一颗极其善良的心。他看似什么也不懂，荒诞不经，甚至有些不正经，其实他什么都懂，什么都看得清。哥哥去世后，他曾劝嫂子茴子搬出“凶宅”，嫂子不听，继而，他又十分荒唐地让嫂子跟他这个“穷鬼”住在一起，被嫂子误解，狠狠地打了一巴掌。其实他是为了帮嫂子规避风险。他最深刻、最感人的一句话是当哥哥隋迎之去世时的哭诉：“哥哥，我是一个浪荡人，我知道我不得好死。你哩，哥，你规规矩矩，知书达理，是老隋家拔尖的人，最后还要吐净了血死在半路上。”这是多么令人警醒的哭诉。

隋不召最大的绩业，是先后两次救了同一个人：李知常。第一次，救了他的精神。当时，李知常因为在河边“手淫”，被人发现从而传遍全村，让他羞愧难当，闭门不出，想寻短见，任何人呼叫都无济于事，是隋不召劈开了大门，把他救了出来，一顿猛打，让其从梦中醒来，恢复了“重新做人”的信心。第二次，他救了李知常的性命。粉丝厂里，当李知常眼看就要被传送带卷走的时候，他挺身而出，舍命救人。李知常被救了，他自己却被卷得血肉模糊，一命呜呼。姓隋的人为什么救姓李的人？因为在他的心里，从没有家族的概念和界限。

隋不召还是洼狸镇最爱大海、最爱船的人。如果没有他的拼死保护，那艘古沉船，或许早已被人劈了当作柴烧了。他之所以如此爱船爱海，根子就在于他的心中始终有一个希望洼狸镇重现昔日辉煌、扬帆远航的梦想。

隋见素：一个一心想夺回失去的东西，最终心有不甘的人。

他和哥哥隋抱朴是完全不同的人。对家庭的遭遇，父母的死，他有一些基本认识，但并不如哥哥认识得那样深刻。他曾感叹："他们只看到我们活着，就没人想一想，我们是怎么活的……"[①]镇上那些漂亮姑娘，很多都喜欢他，但没有一个敢嫁给他。他深知自己的出身，注定不能像其他人一样，有最起码的尊严。但是，和哥哥相比，他有着更强烈的爱情渴望和过正常人日子的期盼。

他也是矛盾的，一方面，他痛恨自己的祖宗，骂他们瞎了眼在芦青河边开起粉丝厂，让后来的一辈又一辈人活不了又死不了。另一方面，他又一心想把粉丝厂从赵多多手里夺回来。因为，他一直认为，粉丝厂是他们老隋家的。他对人生的认知和叔叔隋不召有相似之处。他对哥哥抱怨说，爸爸在时，我们被关在书房里读书练字。爸爸死后，你又教我念"仁义""爱人"，我写得认认真真，一笔一画，可是，最终又能怎样？为了夺回"粉丝大厂"，他曾期望获得哥哥、叔叔和李知常的支持，但他失望了。他也曾想暗中制造"倒缸"灾难，将赵多多置于窘地，但没有成功。他整天陷入算账之中，试图揭开赵多多剥削他人的秘密。他积攒了所有能量，试图

① 张炜：《古船》，长江文艺出版社2017年版，第76页。

在第二次承包时，夺回“粉丝大厂”，结果再次失败。他只好远走他乡，到城里开商店。当赵多多的“粉丝大厂”陷入困境，他终于有机会夺回“粉丝大厂”的时候，他又遇到了最强大的对手——哥哥——那个认为“粉丝大厂”属于全镇人的人。最后，他得了绝症，不再有任何梦想。

这个人物形象存在的意义就在于，他的故事揭示了，他虽然也是老隋家的人，但即便夺回“粉丝大厂”，也不过是成了“另一个赵多多”而已，不会使事情发生性质上的改变，洼狸镇人也不会由此好起来。因为，他的心里想的是老隋家和自己，而不是洼狸镇，不是大家，也不是洼狸镇人。“粉丝大厂”的女工大喜深深地爱着他。但是，到城里之后，他为了实现自己的所谓“梦想”，违背自己的誓言，彻底背叛了大喜，与县委书记的亲戚谈起了恋爱，导致大喜喝药自杀未遂。“早几年有人逼得老隋家的女人服毒，今天又临到老隋家逼了别的女人服毒！”①这是哥哥隋抱朴对他最深刻的认识和判断。

隋含章：一个被侮辱被损害，最终敢于反抗的人。

她是隋抱朴和隋见素的妹妹，也是一个最让人看不懂、猜不透的人。她美丽无比，像后母茴子；她变得越来越冷酷，也像后母一样。她爱着李知常，李知常也深爱着她，甚至发疯似的爱着她。当他们将要结婚时，她又突然决定取消婚礼，让人摸不着头脑，如坠云雾。因为，谁也不知道她在那个夜晚的遭遇，还有她背后的“那个可怕的人”。原来，当年她的两个哥哥被抓走后，面临被赵多多侵犯的时候，“四爷爷”出面救了她，把她领回家，抚养了她，而

① 张炜：《古船》，长江文艺出版社2017年版，第269页。

且认她当了“干女儿”。她对“四爷爷”感恩不尽，殊不知，这个“四爷爷”是个人面禽兽，趁机强暴了她，并长期霸占她。多年之后，实在无法忍受这种屈辱的她，选择了反抗。一个被侮辱、被欺凌、被损害的美丽女人的形象，揭示了洼狸镇生存环境的黑暗，增加了作品的悲剧力量。

赵多多：一个一旦得势便猖狂的人，一个什么都敢干的人。

他是“四爷爷”的后代，是“赵家的一条狗”，原本是一个穷人，摇身一变成了“人物”。他非常善于借势，土改时，他借势成了民兵头，威风八面；实行承包制时，他借势承包了“粉丝大厂”，成了首屈一指的“企业家”。千万不要以为，所有穷人都是好人。赵多多就是穷人中的一个“另类”，可以说是一个流氓和恶棍。他什么都敢吃，吃过田鼠、蜥蜴、花蛇、刺猬、癞蛤蟆、蚯蚓、壁虎。他什么都敢干，他的口头禅是“干掉他们”。土改时，他逼死隋迎之，随后多次调戏隋迎之的遗孀茴子和镇上的其他女人。他还亲自带人将隋抱朴、隋见素带走暴打，欲趁机凌霸隋含章。他什么恶都敢作。四十岁时，他和妻子吵架，“骑”在妻子身上，活活将其压死。一个“骑”字，包含很多含义。承包“粉丝大厂”后，他通过延长工时、实行“踢球式”管理，大肆欺压和剥削被雇用的村民或工人。他获得巨额利润，全镇相当一大部分人为他的贪婪不断做出牺牲。他把给他带来巨大财富的隋见素当作了一匹红马，而他的手里随时攥一杆枪，枕头上始终放一把砍刀。他靠关系赢得第二次承包，无限扩大生产规模，最终因为粉丝掺假等原因，陷入困境，最后在绝望中自杀身亡。这个人物存在的意义在于，告诉人们，作恶多端的人，无论曾经多么猖狂，最终却逃脱不了命运的惩罚。正义或许会迟到，但永远不会缺席。

“四爷爷”：一个极其阴险的人，一个共产党员中的败类。

在洼狸镇，他是极其特殊的一个人物，可以用“德高望重”来形容。他本身是个穷孩子，但从小聪明过人，土改复查后，当上村里的头，谋得村里的大权，一时名声很响。后来发生动乱，他不打自倒，主动退了下来，当起一个看起来是甩手掌柜，实际上“垂帘听政”的人。他的话语，就是最高指令。村里的一切，都在他的掌控之中。

他是一个“有剧毒的人”。“与之交媾，轻则久病，重则立死。这种毒人罕见之至……”[①]他的三任妻子，均在结婚后一命归西，致使他不敢再婚。他天天让张王氏为其捏背，暗地里长期霸占着“干女儿”隋含章。他又是一个看起来知道“进退”的人，也是一个念念不忘“规矩”的人。他认为，什么都在规矩里，背了规矩，就没有好结果。他说，老隋家之所以破败，就在于过了“规矩”。他甚至认为，自己家的赵多多，太狂妄、太大胆、太敢作，不会有好的结果。唯独不知道，他自己背了规矩，结果将会如何。他还是一个极其狠毒阴险的人。他指使人毒打李其生，还假装好人把李其生救回来。就是这样一个人，还念念不忘，自己是洼狸镇最早的共产党员。

《古船》还塑造了一些女性形象。她们有一个共同的特点，敢爱敢恨，把爱视为生命。闹闹是赵家的宝贝姑娘，但是一个和赵家人不一样的人。她“逆势生长”，“逆风飞扬”。她很时尚，也很“浪”，身上有种“怪劲儿”。她像一团火，一只狐狸，燃烧着、跳跃着，生活在洼狸镇上。她一直认为“老隋家的人真怪”。她害怕并深爱着那个天

---

① 张炜：《古船》，长江文艺出版社2017年版，第106页。

天在老磨屋里蹲着的隋抱朴。“我想趴到他的背上哭一场，让他背上我到天边上去。”[①]在一个漆黑的夜晚，她趁机溜进老磨屋，想在背后给她心爱的男人一棍子，结果只是用一根“粉丝棒”，轻轻一打。她的爱，是深沉的爱，是痛苦的爱，也是没有结局的爱。

大喜是一个和闹闹有相似之处的女孩。她们的最大相似之处是爱得深刻、彻底、决绝。她对心上人隋见素说：“我一亿个喜欢你！”这样的表述，是她的一个发明创造。与闹闹相比，大喜更有城府一些，她偷偷制造“倒缸”事件。一切都是为了帮助她爱的人。她对隋见素的爱，是真正的爱，无条件的爱。当隋见素背叛她的时候，她喝毒药殉情。当隋见素得了绝症，别人离他而去的时候，她又重新回到他的身边，无怨无悔，义无反顾！

这就是《古船》塑造的一系列人物形象。他们一个个鲜明而生动，简单又复杂，清晰又深邃。他们相互交织，相互作用，相互辉映，共同构成洼狸镇独特的人物群像。

这是一部“特别有深度”的书，充满灵魂的深刻反思和拷问。

未经省察的人生没有意义，没有拷问的灵魂终将肤浅。《古船》正是依靠主人公的反思、拷问和内省，增加了作品的深度，使之成为一部深刻之书、深邃之书和深远之书。

灵魂的拷问是从父辈隋迎之开始的。那个心事重重，一颗心被日夜绞拧着，长久在码头上游荡的人，究竟反思了什么拷问了什么

① 张炜：《古船》，长江文艺出版社2017年版，第131页。

内省了什么？他思考的是自己家财富来源的合理性问题。最终，他得出了一个一般小资产阶级作坊主难以得出的结论：我们欠人太多了，欠所有穷人，不仅自己欠，自己的家人和亲戚也欠。这是极其难得的个人觉悟，也可以说是超越阶级的觉悟。思想支配行动。受这一思想的影响，他开始了"还债"行动，把自己的产业主动"交了出来"。由此，他本人也从一个小资产阶级作坊主变成了一个"开明绅士"。虽然最终没有改变他的命运，毕竟他觉悟了，他是一个觉悟者。

隋抱朴继承了父亲隋迎之善于反省的传统，而且在反思的巷道深度掘进。他亲身经历了家庭的巨大变故，目睹了洼狸镇的深刻剧变，镇上没有人对被欺压、被侮辱像他一样感受那么真实真切，那么具有切肤之痛。变故多了，受难多了，被威胁多了，自然要问个为什么，根子在哪里。他陷入长时间的思考之中，孤独的老磨屋和凄冷的小厢房，是他思考的场所。老隋家从哪里来，为何而来，究竟到哪里去，为什么会有如此遭遇，为什么厄运一直尾随老隋家，家究竟是否有罪，"粉丝大厂"究竟属于谁，他们如何才能真正走出悲剧，走出一条人间大道等一系列问题，是他思考的主要内容。

经过多年的反思、拷问和内省，隋抱朴找到了答案。"粉丝大厂姓隋。它该是你的、我的。"[①]弟弟隋见素这样说。隋抱朴摇了摇头："它谁的也不是，它是洼狸镇的。"[②]这是他的真心话。他曾问弟弟，见素，你说我们老隋家谁是有罪的人？弟弟回答说："你以前说过叔父是有罪的人……"他摇头："我是老隋家有罪的人。"主动把自己看作家族的罪人，没有深刻的自省精神，根本做不到这

① 张炜：《古船》，长江文艺出版社2017年版，第36页。
② 张炜：《古船》，长江文艺出版社2017年版，第36页。

一点。大喜帮助弟弟隋见素制造“倒缸”事件，隋抱朴主动把这笔账“记到了老隋家身上”。当大喜喝毒药自杀的时候，他知道这是弟弟的责任，他说，老隋家人犯的罪太大了。他为整个老隋家感到了羞愧。他恨自己不能从赵多多手里夺回粉丝厂，把它交给镇上的人，说一声：“快接住吧，抓紧它，上牢锁，它是大家的，再别让哪一个狼性子夺走！千万！千万！”[①]实在是镇上的人受苦受难太多了，实在是流的血太多了。让人最害怕的不是山崩，而是人本身。他深有感触地说：“我不是恨着哪一个人，我是恨整个的苦难、残忍……我恨有人为自己去拼抢，因为他们抢走的只能是大家的东西。这样拼抢，洼狸镇就摆脱不了苦难，就有没完没了的怨恨。”[②]

他不仅反思事关老隋家和洼狸镇生存发展的大问题，还深刻地反思自身。反思自己胆小、怕事、“窝囊”，痛恨自己想得太多，总是“自己折磨自己”，忏悔对小葵和闹闹造成的终生难以弥补的伤害。对自己的每一个弱点，每一片阴暗，每一个伤口，他都敢于直视、面对、舔拭。有了思想上的升华，便会有行动上的自觉。当“粉丝大厂”遇到空前危机，洼狸镇百年粉丝业危在旦夕之时，他一改过去的沉默和退缩，自觉担负起洼狸镇真男人应该承担的责任。他当然明白，自己一个人并不能改变什么，但他“知其不可为而为之”，勇敢地走向“自己的悲剧”。此时的他，不是为了自己，也不是为了老隋家，而是为了粉丝业，为了全镇人。这是灵魂拷问的结果，也是理性思维的光辉。

① 张炜：《古船》，长江文艺出版社2017年版，第200页。
② 张炜：《古船》，长江文艺出版社2017年版，第209页。

这是一部“特别有缘由”的书，一切源于心底的忧患和时代的召唤。

张炜为什么要写这部小说？他创作的最初动因是什么？为什么恰恰是芦青河，是洼狸镇，是古船，是三大家族，是“粉丝大厂”？

它是忧患意识的迸发。这种忧患，始于油田丢失“铅筒”（放射性物质）找不回来的可怕后果。这种忧患，始于芦青河被沿途工业严重污染的严峻现实。这种忧患，还始于“粉丝大厂”时常发生的“倒缸”灾难。这些故事，长时间积压在他的心头，万般沉重，长久挥之不去，让他不能不把它写出来。这是张炜创作这部小说的最初动因。

它是变革时代的召唤。20世纪80年代初期，农村社会正处在深刻的变革时期，而每一次社会变革的同时也是人的思想变迁、保守与疑虑并存的阶段，任何一次社会转型都会引起思想的变化、精神的觉醒和价值的重铸。这一点，在他的故乡，在“洼狸镇”，表现得更加突出和明显。随着改革的推进，转型期的到来，原有的思想观念、道德观念、信仰信念都不断被打破，物质利益原则一度占据上风，各种物欲、人欲、贪欲，左右着人们的行为。作为一个有立场、有担当、有抱负的作家，有必要把这种变革带来的变化通过艺术的形式表现出来，同时，他也通过这种艺术展现，寻找、发现和挖掘重建精神价值的途径和方式。这应该是他创作这部小说的时代原因。

它是“寻根文学”的延展。20世纪80年代，我国文坛上兴起了一股“文化寻根”的热潮，作家们开始致力对民族传统意识、民族文化心理和民族民间故事的挖掘，形成了一定的影响和气候，他们的创作被命名为“寻根文学”。“寻根文学”主张在自己的民族土壤中，挖掘分析国民精神和文化的“因子”，发扬优秀成分，批判劣质部分，从文化背景来把握民族的思维方式、人性根底和价值标准，努力创造出具有真正民族风格和民族气派的文学。从创作倾向上，“寻根文学”可以分为三个不同的“流派”。其一，内核挖掘派。他们注重在美学意义上对民族文化资源的重新认识和阐释，致力发掘其积极向上的文化内核。其二，现代观照派。他们善于以现代感受世界的方式去领略古代文化和民族故事，努力寻找激发生命的内在能量。其三，批判解构派。他们注重对当代社会生活中的丑陋文化“因子”进行开掘与批判，试图对民族文化进行重建。《古船》的创作，虽然无意走“寻根文学”的道路，作品本身也绝对不属于“寻根文学”，但客观上选择了张炜自己所熟悉的农村为背景，事实上是进行了一次乡野文化的寻根和延展。因为，他笔下的那条大河，那个古镇，那艘古船，那三大家族，那一个特殊的产业，都有他们的“根”。他们究竟从何而来，为何而来，又到哪里去，作者给出了答案。

它是“芦青河系列”的深化。在此之前，张炜创作了一系列围绕芦青河而展开的小说，《古船》的创作，依然围绕芦青河来展开。它诉说的故事，发生在芦青河岸边；它讲述的人物，生长在芦青河岸边；它展示的内涵，体现着芦青河生生不息的精神。只是它比以前的“芦青河系列”更深刻，更丰富，也更博大。因此，它依然属于“芦青河系列”，是“芦青河系列”的深化与发展。

这是一部“特别有影响”的书，它的影响不止文坛，也不止几十年。

因《古船》被热议，1987年可以被定义为文坛的“古船年”。那一年，围绕《古船》的信息和评论，像雪花片一样满天飞。有很多评论，值得重视和珍存。

著名评论家雷达在《民族心史的一块厚重的碑石》中给予《古船》高度评价：“《古船》的出现，是一个奇迹。”“它是民族心史的一块厚重碑石，镌刻了一座民族心史的碑碣。”[①]著名评论家吴俊在《原罪的忏悔，人性的狂迷——〈古船〉人物论》中指出：“《古船》具有一种史诗的气势。我更愿意将它看作是一部人——中国人，尤其是中国农民——的心灵的痛苦纠缠和自我搏斗的史诗。一部人企求摆脱痛苦、获得新生甚至实现灵魂的自我超越的深刻史诗。”[②]著名诗人公刘在《和联邦德国朋友谈〈古船〉》中指出：“《古船》让我体会了前所未有的激动。”他甚至建议：“一切关心中国的外国人，一切生活在国外的中国人，都应该认真读一读它。”[③]

《古船》还有一种开创意义，这种开创意义无形中使它成了一个标尺。评论家们总是习惯于将后来的长篇小说与《古船》进行比较，文坛也因它的存在，诞生了一种固定的评论句式——“继《古船》之后”。可见《古船》的水准，可见《古船》的地位，可见《古船》的影响。

---

①《当代》1986年第5期。

②《当代作家评论》1986年第2期。

③《当代》1986年第3期。

有一些评论家和读者，把《古船》看作张炜的代表作。对此，张炜在接受记者采访时说，一个作家不是通过一部作品说明和完成他自己的，而是通过他一生的创作。由此，我们讲，他的代表作是他全部作品的集合。也有人拿张炜的其他作品进行比较，好像后来的作品不如《古船》好。误解就在这里。他说，作品是自己的孩子，当年他倾尽心力和情感，所以不愿抛下任何一个。因为它们各有自己不可替代的长处。事实上他的每一部作品，都是一次新的挑战，一次新的突破，而不是简单的循环，简单的重复。只是内容各异，风格不同，质地不同。正如太阳、月亮和星星，各有各的价值和作用，各有各的风采和美丽，不能简单进行比较。

这是一部“特别有争议”的书，在非议和争议中更显其质地和价值。

《古船》出版后，得到了绝大多数评论家、读者的认可和好评，但也遇到了一些争议，甚至是责难。1986年10月，即《古船》正式发表的当月，山东五家媒体曾齐聚济南南郊宾馆，对其进行了首次研讨。会上很多人发表了十分真诚的意见，对其进行了客观评价，也有人提出了不同的观点，发出不同的声音。有人拿《古船》和20世纪四五十年代出现的长篇小说相比较，也有人提出不该写土地改革时农民对剥削阶级的过火行为，也有人甚至直接将《古船》定性为否定土地改革，还有人提出“抽象的人性”等问题。

这究竟是用什么思维方式和观念看待《古船》？虽然当时早已进入改革开放年代，虽然解放思想、实事是求已经倡导了很多年，但是总有那么一些所谓的“革命者”，思想依旧停留在“极左”的年代。这是何等的悲哀！何等的令人费解！质疑和责难面前，怎么办？是一笑而过，任其自然？还是敢于应战，明辨是非？一向隐忍的张炜选择了后者。研讨会即将结束时，他做了一个简短发言。

首先，他以一颗“小心”衷心感谢各位的“大心”，然后，他话锋一转，对那些质疑和责难一一做出了明确回答。他开门见山，不卑不亢，直抒胸臆。他说：“我并不认为我写出了特别重要的东西，给文坛增添了什么，我没有想到这些——有人说他是什么巨构，很感谢您的鼓励，我不敢这样讲。也有人把它与我国四五十年代的长篇做比较，我也没有那样想，我可不愿这样比。我尊重那些作品，也尊重我自己。”他铿锵有力地讲，关于土地改革中的过火行为，既然真实存在，为什么不能写？农民的过火行为，党是反对的，也是明确批判了的。党当时就反对的东西，现在为什么不能写了？话语虽短，直击命门。对于抽象人性和人道主义，以及“重要”和“不重要”的问题，他都做出回答，没有一丝回避和躲闪。他说：“请原谅我的直截了当。因为这牵涉了另一种‘原则’，作为作者，有必要说出看法。因为你的话需要回答！”

后来，他回忆说：“那个会上，我不像后来那么冷静。我说的比较多，反驳时也比较动情。”如此激动，如此义愤，如此勇敢。感谢那一天，济南南郊宾馆，我们看见一个不凡的身影，那是一个有鲁迅风骨的身影。

第三章　寓言：一曲生命的悲歌

我旷野上的庇护之地
喘息砥砺之地
我在大地如同露珠
迎来一次次再生和消逝
我像灭而复燃的篝火
你让我一跃而起

——张炜《东去的居所》

一九八七年初冬，渤海之滨的登州海角，大雾弥漫，长久不散。张炜从远方而来，来到“东去的居所”——把自己深深地埋在“雾”里。五年之后的春天，他从“雾”中走出来。身上像被挖掉了一块。他喃喃自语，对，确实是挖掉了一块。五年里，他实现了一次的蝶变，一次更生，一次涅槃。《九月寓言》是他的新生儿。他第一次用长篇小说的形式，表达了自己对苍茫大地的猜悟与理解。

《九月寓言》是一部不同于《古船》的新作，一个完全崭新的生命。如果说它们是一对孪生兄妹，《古船》更多地继承了父亲的民族特性，《九月寓言》更多地继承了母亲的大地特征。它是一首歌，是献给大地母亲最深沉的恋歌。如果说它们是一对天空中的星体，《古船》更像照彻天空的太阳，《九月寓言》则是阴柔美丽的月亮。它是一首诗，是献给光阴岁月最动人的长吟。相比《古船》，《九月寓言》更内向，更柔美，更具诗性，也更难懂。她像一场大雾，时淡时浓；像一段呓语，时断时续；像一个恋人，若即若离；像一个梦境，似实若虚；像一个锦团，缠绕交织；像一个果实，内实外美。一切都又像它的“题记”所言：“老年人的叙说，既细腻又动听……”

必须真正走进去，才能从里面走出来。

《九月寓言》是一部苦难悲歌，再现小村人的生存状态和内心渴望，怎一个“愁苦”了得？它深刻地体现了张炜的苦难意识。

小村人的愁苦，好像是天生就注定的愁苦。他们的先人是一些从外地逃荒而来的人，他们是一些“没爹没娘的孩子”和一些“像没爹没娘的孩子”，还有一些“饿死鬼托生的人”，还有一出生就“愁白了少年头的人”，似乎他们生来就是为了受苦受罪。肥的妈妈吃地瓜噎死之后，肥在雨水中奔走，没爹没娘的孩儿啊，我往哪里走？这是他们面对苍天的呼唤。

小村人的愁苦，是饱尝饥肠辘辘滋味的愁苦。他们的先人因为讨饭来到这里。在那些挨饿的日子，多少人吃野草、啃树皮，多少人吃芦苇的白毛、破衣服里的棉絮，多少人因饥饿身体垮掉，又有多少人因饥饿而死？

小村人的愁苦，是即便有东西吃，也让人胃里和心里难受的愁苦。这里人的主食是地瓜。这“地上之火”虽然能让人果腹，维持生命，但吃多了、长期吃，就会烧胃、烧心，让人痛苦不堪，特别是遇到雨天地瓜发霉变质，更是让人吃下后苦不堪言。

小村人的愁苦，是男人找不到媳妇，女人找不到爱的愁苦。令人较为烦恼的愁苦，打光棍的愁苦估计名列其中。由于小村极度贫穷，打光棍的男子不在少数，而村里的姑娘也不能轻易嫁到外面去，更不可能找到“爱”。这是何等令人发愁的事情。

小村人的愁苦，并不是少数人的愁苦，而是整体性愁苦。村子里，不仅金祥、闪婆等人生活愁苦，绝大多数人，甚至村头赖牙和他的老婆大脚肥肩，也生活在另一种愁苦之中。

小村人的愁苦，是一眼望不到边、看不见希望的愁苦。极度艰难的生活状态，并没有随着社会的变化发生完全“焕然一新”的改变。“人到这世上只有挨。不能问为什么饱受煎熬，不能问。我挨我受我爱。”①

小村人的愁苦，居然还是山里人向往的一种“生活”。和他们相比，山里人的生活更苦，他们不远千里，跋涉而来，要饭而来，很多女孩子，希望在这里找个人家过上“有地瓜吃的日子”。“忆苦大会”将这种对愁苦生活的描述，发展到了极致。金祥是最会忆苦的人，也是幸福的提醒者。他诉尽了穷人所受的苦，地主的恶毒，揭示了“天下乌鸦一般黑！”“地主的斗，杀人的口！”的“真理”。

“老爷”和“女娃”的故事，回答了一个非常重要的问题，就是“老爷”家的财富，他的“第一桶金”究竟是怎么来的问题，一个“秘密”问题。“老爷”原本也是个穷人的孩子，一个“黑孩子”，一个偶然的机会，遇到了“母猴精”变的“女娃”。“女娃”

---

① 张炜：《九月寓言》，重庆出版社2013年版，扉页。

力大无穷，会“大搬运、小搬运”。“老爷”让她夜里去“富人家”偷来了食物、家具、农具，最后偷来一个大大的碾盘，从此之后，小两口起早摸黑种庄稼，不再贪心，慢慢富了起来。面对这样的故事，你只能说，这根本不可能。因此，读者就有可能得出另一个结论。

小村人的愁苦，还是未曾完全绝望的愁苦。虽然他们的生活苦到了极点，但他们懂得苦中作乐，也懂得知足常乐。弯口说：“白毛毛绒做成的大被子蒙了我和憨人妈，大火炕底下呼噜噜响，日子就这么起来的。”[①]“你当只有你活着吗？这地上活物多了，它们趁着月亮，趁着大好时光在忙事情哩！和小村人一样，忙着找食、养小孩、打架，还忙着造酒、成亲哩！……”[②]他们这些人，虽然看不到走出愁苦的希望，但是内心始终抱有一份难得的渴望。虽然不知道自己从哪里来，但内心知道自己想到哪里去。特别是村里的年轻人，他们趁着夜色，不停地游走，总是在寻找着什么，在发现着什么，他们只是想找到一个走出愁苦生活的出口而已。金祥做梦时，曾经走到路的尽头，“终于把它生生逮住，它的名字叫‘饥饿’”。他们人穷志不穷，人苦志不苦。闪婆曾告诫儿子欢业，孩儿要记住你是受苦人家的孩儿，爹、妈、奶奶、爷爷，没有一个不是苦海里泡泪海里淹，你要对得起你的先人。

《九月寓言》是一部文化悲歌，再现小村人与外界的文化冲突，怎一个“纠结”了得？它深刻地体现了张炜的文化精神。

文化的最大冲突，来自煤矿的“工区”。这是两种文化的冲

① 张炜：《九月寓言》，重庆出版社2013年版，第112页。

突：一个是农业文化，一个是工业文化；一个是“刨食”文化，一个是“挖煤”文化；一个是“黑煎饼”文化，一个是“黑面肉馅饼”文化；一个是“大盆洗澡”文化，一个是“大池洗澡”文化。面对来自“工区”的影响和冲击，小村人既惊喜，又彷徨；既接受，又排斥；既观望，又纠结。

对于秃脑工程师和他的儿子挺芳，村里的头头赖牙、大脚肥肩、红小兵、赶鹦、肥等人，始终保持一种防范心理，甚至和他们斗智斗勇，有人还与他们发生情爱纠葛。一方面，他们希望煤矿的开挖能给村里人带来实际利益，走出愁苦的生活；另一方面，又担心地下被挖空后，小村会下陷，失去赖以生存的土地。一方面，他们希望村里人能到煤矿当工人，吃“黑面肉馅饼”；另一方面，他们又担心村里的姑娘经不住“黑面肉馅饼”的诱惑，跟着“工区人跑掉”。一方面，村中的女人羡慕矿区的大澡堂，偷偷找看堂子的“小驴”去洗澡；另一方面，村里的男人们又担心妇女们会被影响坏了，所以坚决反对。

他们之间的这种冲突，主要体现在三件大事上：小驴被打、挺芳被打和偷鸡被打。

小驴被打。打他的是村里的男人金友。理由是小驴让他的媳妇小豆和其他妇女去大澡堂洗澡。在打小驴之前，金友已经将小豆一顿暴打，理由是她去矿区洗澡。平时金友经常暴打小豆，即便没

① 张炜：《九月寓言》，重庆出版社2013年版，第114页。

② 张炜：《九月寓言》，重庆出版社2013年版，第115页。

有任何理由的时候。在这个村里，有一种奇怪的现象，夜晚到来，男人总是喜欢打老婆。他们以打自己的老婆为乐，他们认为，老婆就是让男人打的，没事的时候，就应该打老婆。不打老婆，“到了俺们男人这儿说不通。男人不打老婆又打什么”[①]？“留着力气干活吧。”“干活干活！夜间还干活吗？夜长着哩。”[②]这就是他们的理论，他们的文化，是精神生活极度贫穷的写照。为了教训小驴，金友下了很多功夫，做了很多研究和准备，他甚至专门找左撇子牛杆前来助阵。当把小驴突然拦在村口时，二人左右开弓，将小驴打得满地找牙，连连告饶，“再也不敢了”。从此之后，村里妇女“轰轰烈烈”的洗澡“运动”宣告彻底结束了。小驴的大池子给了小村人多少愤怒的想象。它简直成了全世界罪恶的深渊。这是文化的差异，也是观念陈旧的体现。

挺芳被打。他是被吊在村头的大树上打的，打得也很惨，很凶。因为他爱上了肥，时常尾随肥，想接近她，让她接受他。有一天挺芳被龙眼等人发现，被喜年等人扛走，一顿暴打，打得鲜血直流。当时，他被剥光了衣服。尽管他喜欢的肥就在不远处，但是，他一声也没吭。直到肥发现后，他才被救了下来。这是爱情的冲突，也是文化的冲突。

小村丢了一只鸡。本来是一件很平常的事情。但金友发现了一条线索，他认为是工区的人偷的。于是，便有了“工区的人馋啊”，“工人拣鸡，工人拣鸡，小村今后无宁日了”的说法。于是，小村里的年轻人悄悄组织起来，半夜里，他们发起了一场报复行动，到矿区偷他们的鸡。冲突就在所难免了。这是生活的冲突，也是观念的冲

① 张炜：《九月寓言》，重庆出版社2013年版，第107页。

② 张炜：《九月寓言》，重庆出版社2013年版，第107页。

突，还是文化认定上的冲突。

文化的冲突，还体现在其他方面。相对其他地方人，小村人属于有性格的群体，他们很难融入当地人的生活，无论走到哪里，都被人称为“鲅鲅”——一种有毒的鱼。对此，他们既自负，又自卑。日常生活中，难免会与其他人发生矛盾和纠葛。村中年轻人到海边摘酸枣，与海边村子青年发生直接冲突，结果喜年被捅伤了眼睛，龙眼差一点把对方打死。相对于山区农村，地处平原的小村子文化是进步的，但是，他们的“纯地瓜”文化，与山区的“鏊子”文化，又似乎是一种落后。可贵的是，他们通过痴老婆庆余吸取了这一文化，将“煎饼”和“鏊子”引进了村子，解决了吃发霉的地瓜发苦、严重烧胃的问题。

之所以说是“文化的悲歌”，是因为几大冲突往往以悲剧的形式结束。著名学者刘圣红、黄葳在《挽歌与乡愁——试论张炜的道德理想》中写到，坚守精神家园的张炜的道德理想在现实社会中的失败是注定的。张炜所奏响的只能是一曲日渐远去的挽歌，只能是一份文化乡愁的抒发和表达。但是，纵然是一种失败，也是一种精神的坚守。

著名学者李洁非在《张炜的精神哲学》中指出，能在历史上立足的作家，是有能力提出和坚持一种精神哲学的人。在这个文坛，张炜是仅有的几个在艺术哲学和精神哲学上保持了连贯性的作家之一。李洁非为什么会得出这种结论，最根本的还是《九月寓言》里所蕴含的文化精神和哲学精神。

《九月寓言》是一部爱情悲歌，再现小村人情爱的缱绻与决绝，怎一个“忧伤”了得？它深刻地体现了张炜的人文情怀。

挺芳与肥的爱情，是一条有方向的射线，几经波折，几经磨难，最终以“私奔”作为最后的选择。挺芳是与爸爸秃脑工程师完全不同的人，爸爸是个“风流才子”“花心大萝卜”，他却是一个格外重情的人。妈妈曾经告诉他，一个人可以放弃各种各样的事，就是不能不学会重情。要真的爱上了，就永不反悔。挺芳便是一个爱上了就永不反悔的人。自从认识肥之后，他就爱上了她，认为她就是“小村落的魂魄，是它的化身”。他经常在远处观望肥，在茫茫夜色中尾随肥，希望肥能够接受他的爱。但是，肥说的一句话，直接划清了两个人的界限：“我可不信服你。”肥说，我是小村人，也是一个土人，生下来就要土里刨食。你不是吃地瓜的人，咱俩不一样。他说，我也会变成一个土人，和你一样，我只要和你一样。肥曾明白无误地告诉挺芳，她永远不会喜欢他。因为他是一个吃黑面肉馅饼的人。后来，肥变了。当赶鹦劝说她，趁早别费力气了，最好嫁给龙眼时，肥终于觉悟了。她说，你想得好美啊，你让别人都趴在土里，你老狠的心啊。我不，我不，我也要做个野人哩！这是她的梦想。那个九月，肥一度和少白头龙眼在一起，龙眼妈妈也向她保证，跟了龙眼，一定会过上“好日子”，但是，最终肥还是没有抵挡住来自挺芳的召唤，没有抵挡住做一个“野人”的内心召唤。当挺芳提出外逃“私奔”时，她毫不犹豫地离开小村庄，义无反顾地随他而去，去当一个“野人”了。这在村里是“欺天的事儿，是遭天谴的事儿”，但对于他们，却是为了爱和自由。

这是缱绻之后的决绝，也是缱绻之后的选择。对于他们的私奔，村里人议论说，他们害了馋痨病，一个馋黑面肉馅饼，一个馋村子里的女娃。他们并不理解肥心中的梦想，她要做一个“野人”。

赶鹦与秃脑工程师的爱情，是一条没有方向的线段，是缱绻与决绝后的苦果。赶鹦是小村女孩子的代表，是村中“三绝”（酸酒、黑煎饼、赶鹦）之一，她人长得漂亮，有乌油油的又长又粗的辫子，高高的屁股细细的腰，年轻得呼呼冒着热气的身体，像个小马驹，还会说数来宝。她日夜领着村里的年轻人在村里奔跑，钻草垛，不停地寻找。有家室的秃脑工程师看上了她，想“帮助”她。她也被秃脑工程师、被工区生活、被“黑面肉馅饼”所吸引，然而，最终无疾而终。因为秃脑工程师有自己的家人，而且他也并不想对她负责。父亲红小兵为了阻止她和秃脑工程师接触，用一把大锁把她关在了屋里。村里年轻人在屋后挖洞将她救了出来，当听到父亲红小兵安排人准备埋伏秃脑工程师时，她疯了一样去工区找秃脑工程师，结果遭到工区蛮横女人和男人的一顿毒打和羞辱。当她回到家时，已经是满身煤屑和伤痕。从此，赶鹦变了，变成了一个没有任何想法的人，一个极其保守的人。当香碗让她“领俺跑吧，不能像老兔儿不离草窝”时，她却说：“是小村把咱占下了哩！咱不做小村的负心嫚儿。”[①]她还说，我一辈子不嫁人也不能找外村人，不能找个工区人。他们把咱们年轻的时候的水灵气吸走，转身就跑。男人——工区的男人都会装模作样，这么那么体贴你，过一阵子，他还是他，咱还是咱。不过最终她无可奈何地感叹：“看不到边的野地，我去哪儿啊……”[②]她终究没有走出自己的迷茫。她的

① 张炜：《九月寓言》，重庆出版社2013年版，第258页。
② 张炜：《九月寓言》，重庆出版社2013年版，第259页。

悲剧，是父亲红小兵“机智”的结果，也是她自我否定的结果。

三兰子的爱情，是一个爱的休止符。她是小村子最悲情的女孩。她长得不如赶鹦，一对细长的吊眼会瞪人。最初，她喜欢上了林中的一个小矮人。后来小矮人突然不见了，他又认识了工区的语言学家。然而，语言学家让她怀孕后，又突然失踪，让她遭受巨大打击。但是对她最大的伤害，不是来自欺骗她的工区语言学家，而是她的婆婆——大脚肥肩。她是村头赖牙的老婆，也是村中大权的实际掌控者。她原本是城里青楼中的“风尘女子”，“旧社会过来的人”，曾经“被压得翻不过身来”，然而，她携了本想赎她的人的钱外逃，隐姓埋名来到小村，成了赖牙的老婆，后来又主动要求当了三兰子的婆婆。自从手中有了“权力”，“多年的媳妇熬成婆”，她便开始欺压别人，无所不用其极。三兰子在她面前受尽屈辱，毫无尊严可言，最终被折磨致死。这是一个被欺压者身份转变后又欺压别人的“恶性循环”的悲剧。

庆余与金祥的结合，属于野百合的春天。他们最初是出于生存和生理的需要，后来发展为令人羡慕的结合。庆余是外地来逃难的痴老婆，她衣着破旧，头发凌乱，身无长物，身边只有一条黄狗，没有人知道她从哪里来，也没有人知道她究竟要干什么。她白天傻傻地站在村口杨树下，夜晚到田地偷吃地瓜，夜深时钻到草垛里睡觉。遇到有人问她，她总是不着边际地回答。就是这样一个痴老婆，村里还有不少光棍看上她。不止一个男人半夜里钻进草垛欺凌她，其中一个就是光棍金祥。后来，不知道哪个男人让她怀上了孩子，肚子越来越大。这时候，金祥没有当缩头乌龟，他主动站了出来，把痴老婆扛回家，当了自己的老婆，从此过上安稳生活，随后生下孩子年九。庆余最大的贡献，不仅是让金祥过上了有老婆的生活，而且她还利用老家的传统做法，把摊煎饼的技术传到小村，并让金祥到南部山区，把摊煎饼的鏊子引进来，让小村人从单纯吃地瓜，变成吃黑煎饼。金祥死后，她又跟了村子里的牛杆，解决了另一个光棍的问题，而且生活得也还不错。她的故事告诉我们，野百合也有自己的春天，痴老婆也会对他人做出自己独特的贡献。这就是小村女人的爱情和命运，是情殇，更是悲歌。“我这本书中的女孩子生活得不可能再好了，她们就是那个命。……几乎没有人关心和爱惜她们的青春。”[①]张炜后来这样说。

《九月寓言》是一部真实的悲歌，用看似夸张的手法反映现实生活，怎一个“惊人”了得？它深刻地体现了张炜的真实性原则。

张炜始终坚持了真实性原则。只是对于真实性原则，不同的人有不同的理解。有人坚持艺术性的真实，有人要求描摹般真实，或者拍照式真实。著名学者钱谷融在《谈当代中国文学》一文中曾有这样一段文字，对张炜的真实性做出评价，看好张炜，是因为觉得张炜这个作家真诚，写出的东西给人感觉就是坦诚，所以才乐意去阅读他的作品。任何时候，我们鉴别作家或者作品值不值得阅读，也都应以“真诚”为度。

《九月寓言》写的不是一般的现实，而是一些看似奇闻的现实。这些奇闻，在当地几乎每天都在上演，都在发生。外地人看来，这很神秘，也很奇特，对于本地人来说，这并没有什么。有人曾经指

① 张炜：《九月寓言》，重庆出版社2013年版，第291页。

出，《九月寓言》不符合农村生活的真实，其中所举的例证之一是小村最后的消失。“那个缠绵的村庄啊，如今何在？”[①]认为这不可思议，不符合事实。事实上，20世纪80年代，在鲁西南地区，曾经有一个县城，因开采煤炭导致地面下沉，上级决定整个县城实施了大搬迁。既然一个县城都会因为挖煤矿而搬迁，一个小村因煤矿开发而“消失”，又怎么成了不真实了呢？“挖到哪里，哪里就会凹下来——”[②]这是秃脑工程师说过的话。在这个问题上，我们应该相信科学。作品最后，煤矿冒顶，龙眼被埋在了地下。憨人高喊，龙眼，你跑了，离开自己村子了！你的心真狠啊！你舍下了一个火爆爆的秋天，舍下了一地好瓜儿！我们应该相信，这是真实的。

也有人质问，小村庄消逝，究竟是什么寓意？在此，可以毫不回避地告诉质问者：现代工业文明的发展，是一把双刃剑，它在给中国农民带来某些福祉的同时，也会带来某些方面的灾难。这是事实，胜于一切雄辩。龙眼妈妈的病越来越重了，看不到任何好转的希望，绝望之际，她把一瓶农药喝下，等待死神快一点降临，结果非但没死，反而肚子里的硬块也不见了，久治不愈的病也随之好了。有人说，这是假的，荒唐，根本不可能。但是，说这话的人肯定不知道民间有个“以毒攻毒”的说法，也肯定不知道有些所谓的“农药”并不无真正药性的现实，也肯定不知道在“绝对的真理”之外，还有另一种可能。纵观天下，喝农药因药力不够自杀未遂的真人真事还少吗？

地瓜，地瓜，火红的地瓜，地瓜煎饼、地瓜窝头、地瓜糊糊，早地瓜，午地瓜，晚地瓜，一天到晚是地瓜，一年到头是地瓜。对

① 张炜：《九月寓言》，重庆出版社2013年版，第3页。
② 张炜：《九月寓言》，重庆出版社2013年版，第16页。

此，也有人提出质疑。他们告诉作者，农村人有时也吃其他五谷，建议不要只写吃地瓜，最好写上吃玉米、小麦等。这，多么滑稽？当年在很多农村，人们的确是以地瓜为主食的。当然，他们有时或者偶尔也吃其他粮食，但地瓜绝对是他们赖以生存的食粮。如果要求作者必须写上吃其他东西，无疑等于说，人不仅要工作、种地、吃饭和睡觉，还要拉屎和放屁，这些都应该写进去，不能漏掉。

与鬼魂对话看起来不可思议，也绝无可能。但张炜自己介绍说，他们是小村里的活人——与我写到的死人有密切联系的一些人的臆想和判断，或者是一种愿望。实际上生活中常常有人听到死去的亲人、熟人向他们讲什么、预告什么了，等等。更令人惊讶的是不止一次有人看到家里早已死去的老人在村边田头转悠——据说那叫恋村。这种现象，应该属于人的错觉或幻觉。既然有此现象，为什么不能写出来呢？

如同《古船》面世时一样，《九月寓言》出版后，依然有人提出所谓“抽象人性”问题。这个问题也有必要进一步明辨是非。什么才是真正的“抽象人性”？那些指责别人“抽象人性”的人，实际上骨子里坚持的就是“抽象人性”的观点。因为，在他们的思想里，农民一解放，生活立马会变样。只要是村干部，个个都好样；只要是地主富农，全部都是坏人和恶霸。除此之外，没有其他。这是怎样一种简单化和绝对化？

《九月寓言》是一部诉说式悲歌，用内向性语言讲述小村故事，怎一个“严整”了得？它深刻地体现了张炜的内向型性格。

《九月寓言》最大的艺术特色是严整性。第一是精神的严整，它依靠坚守的立场而严整。作品究竟表达和体现了什么精神？可以概括为，中国农民在大地上生存发展、向往美好的原生精神。这种精神是自然的、纯粹的、朴素的，也是不断遇到冲击和挑战的，是一种坚韧、坚守和坚持。著名评论家陈思和在《中国当代文学史教程》中，充分肯定了《九月寓言》所体现的精神和品质，通过对大地之母的衷心赞美和徜徉在民间生活之流的纯美态度，表达出一种与生活大地血脉相通的、元气充沛的文化精神。因为这种精神，他将其誉为“20世纪中国文学的殿军之作”①。

第二是结构的严整，它依靠布局而严整。它的布局不同于其他长篇小说。全书共分七章，每一章都相对独立，可以看作一部中篇小说。章与章之间，又前后交织，相互联系，构成一个闭环的整体。张炜说，这源于生活的单元性和复杂性，酝酿出一个个好的气势。它的结构，与《鱼王》有相似之处，但更精于纤细文思的衔接。从时空状态结构来看，《九月寓言》也是严整的。作品描述了三个时空：过去时，小村人从外地逃荒而来，主要通过回忆展开；现在时，以肥、赶鹦等人与他人的纠葛为主线展开；将来时，小村被毁，他们将再次迁移。三个时态环环相扣，构成一个有机链条。

第三是语言的严整，它依靠内向而严整。作者不愧是营造氛围的高手。所有故事，所有人物，所有存在，都似乎被置于一场浓雾之中。要读懂它，必须突破那片云雾，揭开那层神秘的面纱。它不是一部单纯的小说，而是一首长诗。有人评论说，它“包含了当代乡村生活的全部奥秘”，是一部“新的农事诗”。既然是诗，就

① 陈思和：《当代文学史教程》，复旦大学出版社1999年版。

不可能那么简单明了。庞守英先生曾经指出，张炜的《九月寓言》是“献给大地的诗”。它的故事只可意会不可言传，无法转述恰恰是作家对故事的刻意追求。在故事的框架里填充进去的是荡漾的激情，盎然的诗意，一部长篇小说实际上是一首献给大地的长诗。著名作家王安忆曾在《我眼中的作家们》中指出，张炜身上最文学的东西，就是诗意。他也是一个抒情诗人，我特别喜欢他的小说。王安忆为什么特别喜欢他的小说，只因为他的小说里面蕴含的诗意和诗性。有人担心，读者的承受能力。他说，他拒绝肤浅。他还说，他信任自己，也信任读者。读者在何方？他说，在心灵深处。只有那些“好好地思想”的人，才能读懂大地，读懂村庄，读懂生命的律动。

第四是内容的严整，它依靠意象而严整。这是一个意象遍布的世界，它们像一个个人物，存活在那个神秘而又独特的世界里。“夜色”是一种意象。人们在茫茫夜色中游荡，不停地游荡，不知道自己从哪里来，也不知道到要哪里去，更不知道世界的出口在哪里，似乎遗落了什么，在寻找着什么。“酸酒”是一种意象。“酒和酒不一样，我的酒有滋养”，“没有任何嗜好，清苦寂寞，幸亏晚年发现了这种酸酒”。这种酸酒，实际上就是小村人寂寞清苦生活的代名词。“鲅鲅”是一种意象。原本是“停吧”的谐音，一种有毒的海鱼，小村人的外号。孤僻与坚强的象征，也是被蔑视和侮辱的象征。只要走出村子，就有人用指头弹击他们的脑壳，还以掌代刀，在后脖子那儿狠狠一砍。“奔跑”是一种意象。有评论家指出，作品中的“奔跑”不是一般意义上的“奔跑”，而是一种具有生命意义的追寻。奔跑是小村对于自由的向往，体现这群人骨子里的野性。小村人的奔跑同时又是孤独和寂寞的，他们的奔跑，展现生命的活力。

无论是最初的迁徙，还是年轻一代的奔跑，生命在这里呈现诞生蜕变，最后衰亡的过程，新的生命不断继承年长的生命，这是循环往复地繁衍生长的象征。“地瓜”是一种意象。地瓜是小村人的主食，属火，能维持人的生命，但吃多了会烧心、烧胃，是小村人甘甜与苦难的象征。瓜干化成力气，化成血肉心计，化成烦人毛病。不吃瓜干，庄稼人就绝了根了。红色的地瓜一堆堆掘出来，摆在泥土上，谁都能看出它们像熊熊燃烧的火炭。烧啊烧啊，它要把庄稼人里里外外烧得通红。人们像要熔化的一条火烫的河流，冲撞荡涤到很远很远。

“九月”是一种意象。九月是小村人的九月。难忘的九月，让人流泪流汗的九月，亲如爹娘的九月，一闭上眼就能嗅到秋野的气息。九月里田野上什么都能吃，只要撅着屁股弯下腰往土里一扒拉就行。九月是闪婆的九月，每年的九月都让闪婆激动。这个月份在她的一生中刻下了深痕。她九月里出生，九月里被人抢走，九月里成亲，九月里失去了男人。九月是肥和赶鹦的九月。人们把火红的地瓜掘出来，让它们在泥土上燃烧。她们把自己献给了各自不同的人。正可谓，爱也九月，恨也九月。“少白头”是一种意象。少白头龙眼，从娘胎里生出来就顶着一头白发，那是从老辈的血脉里传下来的，虽然爷爷、父亲，还有母亲家里都没有少白头，可是愁根儿一代代积下了，最后让龙眼顶着一头白发出世。那是急出来的，愁出来的，是绝望之火烤成的。另外，石碾是一种意象，它是村民粉碎粮食的地方，也是女孩子躺下的地方。杨树是一种意象，村民在这里守望，痴老婆在这里守望。草垛是一种意象，村里青年男女钻进钻出的地方，也是怀上新生命的地方。阉刀也是一种意象，矿井通道同是一种意象，地下村庄还是一种意象——只有读懂这些意象，才能真正读懂《九月寓言》的内涵。

有人说，《九月寓言》师从马尔克斯，师从福克纳，受了魔幻现实主义的影响，它与《百年孤独》殊途同归，它与《八月之光》异曲同工。我们说，它是中国的，也是民族的。它所写的人物，生活在中国渤海之滨，它所写的故事，全部发生在中国那个偏远的小村，绝不是来自海外。它只能属于中国，属于张炜。2004年，评论家杨俊国发表《寻根与无根的困惑——重读张炜的〈九月寓言〉》。文章说，它是那样朴素、浑厚，元气淋漓。十年过后重读，仍能直达人的心灵，仍能感觉到扑面而来的山野的风。十年时间，许多追赶时风、热火一时的作品，如今早已被遗忘，而《九月寓言》经受住了时间的考验。文本中的追忆、憧憬、忧虑、困惑，非但没有过时，反而在当下的境况中更加耐人寻味。如今，时光又过去十多年，再次读《九月寓言》，依然感觉那么蓬勃又鲜活。

第四章　背景：两个不同的张炜

谁牵动灵魂的风筝一路游走
把那颗宿命的种子播下沃土
我们张望着一声不吭掩住欣喜
盯视这缓缓流逝的午后时光
听梆子敲得一阵紧似一阵

——张炜《家住万松浦》

20世纪90年代社会上广为流传着一首歌曲，名字叫《潇洒走一回》。“留一半清醒留一半醉/至少梦里有你追随/我拿青春赌明天/你用真情换此生/岁月不知人间多少的忧伤/何不潇洒走一回？”这首歌的歌词集中反映了那个时代人们较为普遍的心态：得过且过，潇洒自在。那是最好的时代，也是不太令人满意的时代。那个时代的社会风气和思想空气，很难用一句话来形容。物质主义大行其道，红尘滚滚，熙熙攘攘，很多人的眼睛盯着一个“利”字方向，本应清洁、纯粹、干净的文坛，也变得日益浮躁和浅薄，痞子文化、地摊文化、快餐文化、流食文化占领市场，庸俗、媚俗、恶俗风行文坛。

黄昏之下，彷徨四顾，有人随波逐流，有人一片茫然，还有一些人始终保持着应有的清醒。他们在不为人知的角落里，暗暗坚守着内心的那份宁静和真诚，以喃喃自语的方式发出自己的声音。张炜就是这样一个人。

《诗人，你为什么不愤怒》：站在时代河畔的诘问。

1993年2月的一个夜晚，张炜写下了这样的文字：《诗人，你为什么不愤怒》。他指出了当时文坛之怪现状："在那个横行无忌的年代里，不少人在用一支笔去迎合。在如今的商品经济大潮中，又有不少人用一支笔去变卖。不同的时代构成了不同的刺激，在这刺激中，总会有人跳出来。"[①]他分析问题产生原因之所在，不抵抗表现在很多方面。也可能是过多的、比比皆是的侵犯使人失去了敏感，文学已经没有了发现，也没有了批判。一副慵懒的混生活的模样，只能让人怜悯。乞求怜悯的文学将是最令人讨厌的东西。同时，他还判断了长此以往之走向和结局："文学已经进入普遍的平庸状态。不包含一滴血泪心汁。在这种状态下，精神必然枯萎。"[②]他发出了面向内心和时代的拷问："诗人，你在哪里？"诗人，你为什么不愤怒？你还要忍受多久？快放开喉咙，快领受原本属于你的那一份光荣吧！你害怕了吗？你既然不怕牺牲，又怎能怕殉

①张炜：《张炜文集》第29卷，作家出版社2014年版，第235页。
②张炜：《张炜文集》第29卷，作家出版社2014年版，第236页。

道？“我不单是痴迷于你的吟哦，我还要与你同行！”①

这是他长期思考的结果。它是写给文坛的，更是写给自己的，是一次面对商品经济大潮的自我拷问。通过拷问，他更加坚定了自己的文学立场——有良知的知识分子的立场。

那年3月，张炜来到山东省作家协会文学讲习所，发表了一次演讲，主题是《精神的魅力》。在这里，他首次提出“两不观点”：不阿谀、不把玩。

他说：“一个用笔的人怎样才能不寒酸、不可怜：这就是记住时代和人，好好地思想，始终站立，不能阿谀、不能把玩——把玩精神是非常可怕的！”②他公开了自己的立场和态度：“还有一种让人讨厌的艺人。这在任何时期都有，一支笔无论怎样变化，总是跟一种强大的、社会上最通行，最时髦的东西一个节拍。我们从一开始就应该和这种人划清界限。”③他对思想者始终充满信心：“一个思想者，唯一可做的就是坚信真理和持守正义，不向恶势力低头，永不屈服，永远表达自己的声音：只要这样做了，就会生命长存。”④他把坚守真理和正义，看作长存的生命。这是他的人生观，也是他的价值观，更是他的文学观。

他接受《联合报》记者采访，讲述了作家的基本道路，也是自己的道路，一个人既然选择了寂寞行当，又尝试着寻求世俗世界的认同，这最终只能讨来一场滑稽。要么是低头认输，要么是昂头做人，没有第三条道路。他是一个从来不服输的人。自然，选择的是昂首做人，做一个真正的作家，做一个真正的人。

① 张炜：《张炜文集》第29卷，作家出版社2014年版，第237页。
② 张炜：《张炜文集》第29卷，作家出版社2014年版，第264页。
③ 张炜：《张炜文集》第29卷，作家出版社2014年版，第264页。
④ 张炜：《张炜文集》第29卷，作家出版社2014年版，第264页。

那年九月，他写下了《九三年的操守》，对自己“约法三章”：第一章，多读不时髦的书。因为这些书往往是更沉静的人写的，反复淘汰才留在了架上；第二章，少看或不看文学艺术方面的报道和评论。因为他们常常有害于人的心情；第三章，与某些机灵人物相逢谈友谊，不谈艺术。

那年秋天，他还来到山东大学，与大学生开展对话，核心意思是只要你不沉睡，你就能成为艺术家。他提醒自己和作家朋友，要做一个永远醒着的人，不能留一半清醒留一半醉。由此，他将“两不”发展为“三不”——不阿谀、不把玩、不沉睡。

那年冬天，他再次来到山东省作家协会文学讲习所发表演讲。这次演讲是上一次的延伸和拓展。他讲了关于自由和堕落的问题：恶俗和污浊的泛滥，不能看成是什么“空前的自由度”。堕落与自由精神恰恰背道而驰。它只能表明一个时期思想和意义的沉沦，表明操守的丧失。他阐述了思想家艺术家的道德问题：思想者、艺术家的劳动是有道德感的。道德不是一种装饰，而是世界存在的依据，是生存的前提。他谈到了作家守护内心的重要性：一个人时刻不能忘记的，只是守住自己的内心。它们是见解、分析、理想，是一己的感动。盯视自己的内心，这是一种力量。如果尾随上去，跟着世风奔波，自尊就会受到伤害。当服从它的召唤时，心灵的一切都要大打折扣。

这是时代潮流之思，也是大地定力之思；这是诗人之思，也是社会学家之思。

《忧愤的归途》：先天下之忧的孤寂与哀伤。

《忧愤的归途》写于1993年6月4日，篇幅很短，但含金量和影响力很大。它是一篇从职业出发展开思考的散文，最终引申到一种先天下之忧而忧的悲悯情怀，也是一种“前不见古人、后不见来者”的孤寂与哀伤。

这种先天下之忧而忧，首先表现在为人的职业觉悟而忧。一个人从事一种工作久了，就会怀疑起工作的分量。就像农民总是怀疑种地的意义，作家总会怀疑“爬格子”的价值。张炜潜在地指出，无论干什么工作，无论从事什么事业，最关键最根本的就在于觉悟的高低，是对自己的认识和理解。

这种先天下之忧而忧，其次提供了可资参考的路途。在这里，张炜提出了两个全新的概念。其一是“出发感”：一种一直向前的，走向很遥远的地方去；其二是“归来感”：越走越近，正从远处返回来。他特别强调，具有“归来感”的人，往往是老年人，但又不仅仅属于老者。它是同时看穿了失望和希望的人才拥有的。自然，一个真正的作家，一个好的作家，必须是对失望和希望看得很透的人。它不仅要有“出发感”还应该有很重的“归来感”。这一切，可以进行这样的理解，人生犹如一只信鸽，你不仅要飞出去，还要知道自己必须飞回来。

这种先天下之忧而忧，最根本的是指出了力量的源泉。张炜说，人活得真难，我们正是因此而忧愤。假如人活得十分轻松，那人生还会有什么意义？这不禁让人想起郭尔凯戈尔的存在主义，为了使人生过得更深刻、更有意义，有必要制造一定的困难和麻烦。谢天谢地，我们所处的时代和社会，已经有了足够多的麻烦，只是我们缺少足够的忧愤。为什么会缺少忧愤？张炜给出了答案，因为缺少爱。有多少忧愤就有多少爱：爱人，爱生命，爱理想。反过来看，同样成立。有多少爱，就有多少忧愤。因为，忧愤正是爱的体现。一如鲁迅对社会的忧愤，对民族的忧愤，都是源于他深深的爱。应该看到，这种先天下之忧而忧，是一种内在的、淡淡的“孤寂与哀愁”，而不是一种外在的激愤与呐喊。张炜将其写出来，更多的是提醒自己，提醒写作者，在“往前走”的同时，别忘了“归来”；轻松潇洒的时候，别忘了“忧愤”，尤其不要忘记内心那份最珍贵的爱。

然而，就是这样一篇文章，也曾被一些人误读了。1993年，正当张炜在世界的一个角落里抱朴守静、安心创作的时候，文坛掀起了一场影响广泛的“新运动”。它的名字叫“人文精神大讨论”。

时间和实践已经证明，这是一场“有组织”的大讨论，一场“有内涵”的大讨论，一场“有影响”的大讨论，还是一场“有插曲”的大讨论。不知不觉之中，张炜被卷入其中。在有些人眼里，论说大讨论开始后，张炜应该“积极参加”，或者成为其中的重要成员。但是，他并没有这样做，而是选择了远离，选择了静观。

他是一个喜欢沉默的人。他认为，一个人沉默了，就有了“敛起来的激情”。他是一个喜欢温柔的人。他认为作家都应该是温柔的。“世界有情，当留住你的温柔。”他是一个“不跟风”的人。不跟浮躁之风，不跟恶俗之风，也不跟所谓“好的潮流之风”，自然也不跟“人文精神”之风，不跟“论战”之风。他深知，坚持和弘扬人文精神，不在于你说了什么，喊出了什么，而在于你做了什么，写出了什么。1993年，“人文精神”大讨论开启那一年，张炜一直在写长篇小说《家族》，年底写完，总共41万字。1994年，“人文精神”大讨论第二年，是他的读书年。他读海明威，读普鲁斯特，读卡夫卡，与世界大师对话，几乎读遍了域外所有重要作家。这一年，他不断地修改完善长篇小说《家族》，由41万字压缩到35万字。

华艺出版社的编辑萧夏林先生是一位“很有想法”的编辑，1993年他准备出版一套当代名家丛书，先后向张炜、张承志、韩少功、余秋雨、史铁生等人约稿。稿子集结起来之后，围绕丛书的名称，他费了一番功夫，联想到当时文坛的状况，他将丛书定义为“抵抗投降派书系”，第一次提出了“抗战文学”的口号，举起了“抵抗投降派”的大旗。张炜的《忧愤的归途》被收入其中，他本人也被某些评论家与张承志并列在一起，被称为文坛“二张”，成为抵抗投降派的“主要干将”。于是，“另一个张炜”就这样诞生了。这不是张炜的初衷，也完全不是他的本意。他根本就不是这样的人。他的《忧愤的归途》等作品，表达的也不是这个意思。他深深地知道，单纯地呐喊不是战斗，冲锋陷阵更是一种鲁莽和冲动。在他那里，所谓战斗，所谓抵抗投降，就是在现实生活中始终默默“守静”，写作之中始终默默“坚守”。

他是一个不喜欢“战斗”的人，也是一个不喜欢“运动”的人。他说，一个作家如果天天摆着一幅战斗的面孔，是很可笑的。即便是鲁迅，也是具体的，温情的，也不是天天“战斗”的。他自己曾说，我没有什么太突出的特点。可能我有一点倔强。这份倔强其实暗中保佑我，而不是损伤我。如果我要写作的话，我希望自己成为一个冷静和安静的人。这样的人会有原则和勇气，潮流来了，先是站住。有原则的人才能谦虚。1995年12月，张炜在《风筝都》

发表《倾向于积累》一文。编辑在编者按中介绍说，张炜似乎对当前人们关注的这场争论并无思想准备，给人的感觉是身在旋涡而隔岸观火。他谈到了对王蒙的尊敬，因而觉不出他与王蒙“势不两立”的味道。

1997年2月，张炜应美国《读者文摘》杂志之约，撰写了《我的创作——兼谈中国大陆新时期文学》。他谈到了“新人文精神大讨论”：“我的作品一直处于争论的旋涡，但我并未直接参与这场讨论。”[①]他充分肯定了“新人文精神大讨论”的意义：对于中国文化界无疑是非常重要的，尽管它掺杂了许多非学术非理性的扯皮、个人恩怨之憾，也仍然是几十年来思想和文学争论中最具实际内容的一次。目前这场争论还在继续，并转向深度发展。这是他对“大讨论”的评价和认可。在他那里，不参与，并不意味着否定。1994年新年第一天，《中国青年报》发表他的《“热”的制造者，自己倒冷静》，真实地反映了他当时的精神状况。

《精神的背景——消费时代的写作与出版》：洞察和把脉时代的精神疾病。

《精神的背景——消费时代的写作与出版》（以下简称《精神的背景》）是张炜的一篇随笔，最初是2003年8月在烟台参加山东出版集团第二届出版专家咨询委员会会议上的一个发言，2004年修改定名。2004年12月，最先刊登在《山东作家》第4期上。人们丝毫不能低估这篇文章的价值和意义，因为它为那个时代的写作和出版号

① 张炜：《张炜文集》第32卷，作家出版社2014年版，第225页。

了脉，指出了时代的问题之所在，指出了写作和出版界的“病症”之所在。

那次山东出版集团召集的专家咨询委员会议，应该是针对出版业面临的生存危机，试图通过听取专家的观点看法、意见和建议，拿出有针对性的措施，换回更大的出版市场，以重振出版事业。发言之前，他做了认真思考和准备。他不仅发表了对出版业的看法，而且为整个出版界，对整个文坛，甚至对整个社会和整个时代，进行了一次彻底的精神把脉。

一个人得病并不可怕，可怕的是得上精神方面的疾病；更可怕的是精神方面出了问题还不自知，还以为自己很正常。一个社会、一个时代，同样如此。张炜的《精神的背景》的意义就在于他发现并指出了这个社会、这个时代精神方面出现的问题，并指出了疗治的方式和路途。他不是社会学家，不是历史学家，不是文化学家，也不是精神病专家，但他提出两个非常重要的专业名词：“精神平均化”和“精神沙化”。

他对20世纪50年代初期到70年代的精神历史进行了认真梳理，并第一次做出命名——精神平均化时期。这一认识和判断，有充分的历史依据，非常符合当时的社会现实。因为，这种精神的平均化，是建立在“贫穷的社会主义”基础之上，也是建立在“平均主义”思想观念之上。他把近20年来的时代状态描述为“精神沙化”时期，认为处在社会转型期，模仿和混乱成为必然现象，中国知识分子在这个时期失去了自己的精神传统和文化标准，怀疑、模仿、混乱，与商品社会“合谋”，导致市场权威的生成以及知识分子自身声音的丧失，导致思想上的混沌和精神上的“沙化”。

他说，纯正的文学或许是商品时代的敌人。但商品时代作为一个大的背景，又是文学的母体和悲凉的恩师。作家和思想者——这里指真正意义上的精神个体，一定是站在背景前面的人，而不是淹没在背景里。他呼吁杰出的创作者和思想者要从当下这个大的文化精神背景中脱离出来。毫无疑问，这样的观点，在那个时代，具有振聋发聩的作用。但这样的结论，想必又是会议组织者虽然明白，虽然承认，但又是不愿听到的结论。张炜在发言最后说："如果一本糟糕的书卖掉了一百万本，我们可以理解为：幸亏十几亿人口当中只有一百万个这样的读者；反过来一本深刻的著作卖掉了一万本，那可以理解为：毕竟还有一万读者能阅读这样的书！"要知道，这是他作为一个纯文学作家的理解。但对于出版者来说，他们首先考虑的可能不是出版物的品质，而是销量和利润。

《精神的背景》发表不久，便得到了一些同行"知音"的关注。2004年12月10日，上海复旦大学教授、时任《上海文学》主编陈思和先生召集有关人员，组织了一次专题讨论会，专门讨论《精神的背景》。随后，在文坛引起了一场关于"精神背景"的大讨论。2005年3月17日，《南方周末》刊载夏榆的《这是一个"精神沙化"的时期？》。文章综述了《精神的背景——消费时代的写作与出版》发表后引起的争论，以及夏榆对张炜和吴亮的访谈。对张炜的访谈后来修订整理为《精神背景之争——答〈南方周末〉》。在这次访谈中，张炜全面阐述了自己的立场和观点。

如今，这场争鸣已经过去十多年了。当初，张炜对"精神沙化"的判断究竟是否正确？张炜和吴亮究竟谁是谁非、谁对谁错？历史已经给出了答案。站在客观公正的角度，究竟怎么看？如果按照科学严谨的标准来衡量，张炜的观点的确有些绝对化、主观化和夸大化，但是谁都明白，所谓"精神沙化"，只是一个作家的"警世预言”，而不是科技工作者的科技论文或学术论文。正如那个戳穿皇帝外衣的孩子，既然是为了警世，就应该大胆喊出来，没必要遮遮掩掩，也没有必要打磨得无可挑剔。

成为被争论的对象，走向舆论漩涡的中心，是一向守静的张炜的一大悲剧。但他义无反顾地走向情非所愿，走向自己的悲剧。这是一种自我坚持，也是一种自我牺牲。2008年9月，张炜来到四川眉山，在“传统文化论坛”发表演讲。他说，人类需要精神力量、需要理想。这对于一个族群是最终起决定作用的。信仰的力量让我们对物质主义有所控制，有深刻的警觉，以抵御它的腐蚀力。他还说，也许我们今天和物质主义的对抗是一场悲剧，但是没有这种对抗，将是更大的悲剧。

张炜非常赞赏孔子的学生子路，认为他是真正理解孔子的好学生。因为他懂得“知其不可为而为之”的坚韧精神。在这个问题上，他坚持的就是这种精神。

2007年1月，《当代文坛》发表何宇宏、段慧如的《只重存在不问成败——论张炜的保守主义》，论述了张炜的“保守”倾向及其坚守的意义。“激进”和“保守”是一对难以调和的矛盾。“激进”时代，“保守”难以立足；但“保守”的存在，对社会具有“稳定器”的意义。在“激进”与“保守”的较量中，“保守”可能最终会败下阵来，但如果没有“保守”的后坠力量，社会就会像一匹脱缰的野马，不知跑向何方。

明知不一定成功，明知是一场悲剧，依然一往无前。这是一种果敢，也是一种担当。张炜身上体现了这种果敢和担当。

2013年，“大讨论”过去20年之际，人们渐渐将其忘却的时候，张炜在《文学报》发表文章，提出一个疑问“1993年那场讨论终结了吗？”他回答：“当然没有。我们这里没有，其他地方也没有。只要是有人类生活的地方，就必有这样的讨论，并将一直进行下去，或隐或显地进行下去，永远没有终结的那一天。”①

① 亓凤珍、张期鹏：《张炜研究资料长篇》，山东教育出版社2018年版，第567页。

第五章　柏慧：无尽的心灵倾诉

秋风像蜜蜂一样穿越闪光的颗粒
叶子是吉祥的大鸟翅膀
一片原野被虔诚剃度
哧哧的锋利还在切割大地
于是逆光里只剩下了有瓣的金子

——张炜《第一次看见菊芋花》

世纪之交，阴阳交割，那个坚毅的身影走出“古船”，走出“九月”，向着远方，再度出发。他又一次来到荒原野地，来到荆棘丛林，用手中的笔，去突破自认为“停滞不前”的窘境。《柏慧》《家族》《外省书》是他最新的“三大成果”，也是他世纪之交的生命刻记。

《柏慧》以“我”曾经深爱的人的名字命名，是一部“自己感动的时候”写出的一本不能忘怀、值得珍惜的书。在大海之滨，一条河的旁边，在一个葡萄园里，有一个“忧郁诗人”，表达着他对这个世界的无尽感激和忧思，同时也挣扎着，准备着……

他追寻着这种意境，努力雕刻着时光和不朽。

《柏慧》是一部“倾诉心音”之书。

《柏慧》是倾诉给曾经的恋人的，倾诉给真诚的老师的，也是倾诉给所有读者，甚至整个世界的。“午夜的回忆像潮水般袭来……我用呓语压迫着它，只倾听自己不倦的诉说。”[①]在这里，倾诉不仅是一种表达方式，还是一种生存状态，一种生命状态。人活着就是为了倾诉——在这场倾诉之后，人的一生也就圆满了。这儿还有爱的圆满，友谊的圆满，我与你的圆满。这里的倾诉富有自身特征，像身边那条长长的芦青河，时而溪流涓涓，时而奔涌粗犷，心底坦荡，又意味深长。

我们听到了什么？感受到了什么？醒悟了什么？我们听到了古老的民歌。我们听到关于莱夷王两兄弟的故事，关于秦王嬴政东伐齐国的故事，关于秦始皇东巡和徐福东渡的故事。我们深深地感受，那故事里的战马嘶鸣，征战中的残忍与血腥，与眼前发生的一切，多么相似又相通。我们醒悟，古代徐福被迫东渡，与当下的“我”回到葡萄园，又是多么相似相通。

我们听到了当代的悲歌。我们听到父亲及整个家庭的遭遇与不幸，一个流浪儿——“我”的遭遇与不幸，中学恩师的遭遇与不幸，口吃导师的遭遇与不幸，“我”的导师的遭遇与不幸，拐子四哥的遭遇与不幸，鼓额的遭遇与不幸，海滨平原及葡萄园的遭遇与不幸，狗儿大青的遭遇与不幸。我们深深地感受到，这些遭遇和不幸之触目惊心和极端惨痛。我们醒悟到，尽管人物不同、环境不

① 张炜：《柏慧》，人民文学出版社2010年版，第1页。

同、时代不同，但所有悲剧居然是如此“雷同”。在这里，村镇中欺压父亲的人、学院院长柏老、研究所所长“瓷眼”，他们的形象是相同的，都是极其阴险的人；他们的伎俩都是相同的，用卑鄙手段残害他人；他们的目的是相同的，窃取别人的果实。

我们听到了爱与情的悲歌。我们听到“我”与梅子的爱、“我”与柏慧的爱与谊、“我”与老胡师的情和谊。我们感受到这爱与情、友与谊，是那么真诚，是那么坦荡，是那么难得。但是，我们醒悟到，尽管他们之间有深深的爱、浓浓的情、长长的谊，他们各自有各自的规定性，各自有各自的不同，他们之间有一道深深的鸿沟，谁也不要试图说服谁，谁也不要试图改变谁。因为，他们来自不同的家族，流着不同的血液，对事物有着不同的认知和秉性。

“我”与柏慧深深地爱着，因为柏老不得不离开。“我”与梅子爱着，因为葡萄园不得不离开。“我”与老胡师“爱”着，因为认识不同产生误解。“我”爱他们，可是他们并没有爱更多人，仅仅是自己可爱着。

这是一种真诚的倾诉，心灵的倾诉，实际上是另一种呼号。

“这个世界太危险了

他喊个不停

喊破了喉咙……”①

这种吟哦有意义吗？它一点也减轻不了的痛苦。可是，我仍要吟哦。因为这应该是人的第一反应，也是最基本的。

我这一生该沉默还是该呼号？如果呼号，就等于毁掉喉咙；

① 张炜：《柏慧》，人民文学出版社2010年版，第80页。

如果沉默，那就是要等待自焚，我身躯内积聚的一切可以燃烧的热量会在一瞬间爆发出来，形成一个火亮的光点，把自己烧毁。我知道，一个生命能做到这一点也许就足够了。

我的倾诉既使我幸福，又是对自己的一次次提醒，我害怕失去自己的灵魂，就让他永远醒着。

《柏慧》是一部“思索人生”之书。

《柏慧》思索人群家族，思索人之本性，思索人生社会。思索的成果，思索的结晶，多数以箴言和警句的形式呈现给读者：生活有时简直是由背叛组成的。一个人心中燃烧着希望，就不能害怕牺牲。帮助男人找回不知丢失在何方的激情，从来都是一个女人最了不起的地方。沉默无声的时光是至今为止人类所知的最可怕最强大的对手。我常发现自己像别人一样，有着无法祛除的嫉妒之心。人与人的健康状态中本来就应该有这样一份感念、一种温情。人类在共同的悲伤面前，还有什么比同类的安慰更重要？农村太广阔了。它的广袤和它的苦难总是令我阵阵恐惧。母亲在田野上，她正在烈日下“冒烟”。他不懂得，山川土地之上就写满了各种各样的思想。战争对于他好像是一场赶赴的盛宴。人类多么渺小，但人类有知性。最优秀的人物会找到各种各样的方式，保存和维护人的知性。人会在不自觉间流露出一分势力之心，而这种心情，恰恰是没有自尊和卑贱的。我还活着，如今不中用的人都顺顺当当活下来，真正有点本事的、有点志气的人早就归天啦。一个时代逝去了。幸存者永远失去了他的机会，这是另一种不幸。苟活也是另一种死亡，心的死亡。一个多少有点自尊的人，一个还不那么污浊的人，最后又能剩下什么？只剩下一点点惭愧。我的羞愧不是因为贫困，而是面对无休止的自然，痛感自己的渺小。不同家族无论以何种方式、因何种机缘走到了一起，最终仍要分手。善与恶是两种血缘。“谦谦君子”之所以有杀伤力，是因为他们并不那么明显地站在邪恶一边。在血泪之争中，在这场由来已久的反抗之中，虚伪的君子是有罪的。事实就是这么严重，就是在流血，而且这血直到今天还在流，流个不停。人为了追求高贵，可以贫穷，可以死亡。这是不变的至理。人如果不顾一切地规避危险，追求自己的利益，满足欲望，与动物就没有本质的区别。即便在知识分子成堆的地方，也并没有太多的知识分子——真正的知识分子。真正的知识分子应该有起码的清洁，首先是心灵的清洁。真正的知识像真理一样，它没有形式上的中心。它的中心只存在于人的心灵之中，只有心灵才是它的居所。“悲悯”不是同流合污的代名词，不是对丑恶的暗中送媚，更不是对迫害的悄声唱和。一个人只有深深地恨着那些罪恶的渊薮，才会牢牢地、不知疲倦地牵挂那些大地上的劳动者。

这就是作者的思索。思索，思索，思索，不停地思索，像闪电、像光束、像火种，在文字的丛林里，闪耀光芒，增加着作品的质感和思想。

《柏慧》是一部“追寻根本”之书。

追寻什么？追寻人从哪里来，到哪里去，人和大地究竟是怎样的关系，追寻人应该坚持什么样的立场。我是谁？我是什么？我在哪里？类似的迷茫偶尔笼罩我，令我惧怕——所以我从一开始，一直到今后，我的一生，都会专注于一个最普通最基本的问题：我的立场。

原来一个人最重要的，是先要弄明白，自己是谁的儿子，始终记住自己是谁的儿子——牢记了儿子的使命。我慢慢才明白了，我属于哪一个家族，有什么样的血脉——我、我们——而“我们”到底又是谁？“我”是谁的儿子？答案是：平原的儿子，大地的儿子，穷人的儿子，善良的儿子。我是一个特殊的生命，身上创伤累累，像一只被追赶了半生的动物。我最后终于明白了他是什么人。原来他们由来已久，从来把我们视为“异类”。我在进一步确认着爱、亲情、家族。它们的质地令人着迷，它们确凿无疑地存在，闪动着固有的光泽。我终于发现自己无法撤离，一生都只能转移。这是我的独特命运，我要守住自己的命运。

难道人活得还不够苦吗？我们——所有的人——有什么理由再去背弃、离异、伤害？我就在这样一个地方住了下来，一待就是几年。我感受着我的海角——我从来没有这样强烈地认为，它是我的，我是它的。我离开那些嘈杂，只是为了更好地检视，还有，舔一舔伤痛。我要从头整理浑沌的思绪，把爱和恨的储备从头咀嚼一遍。

这儿有一股奇怪的磁力吸引住了我——那就是一个平原的真实。我心灵深处有个声音，它催促我走向平原，这就是我离开的真正原因吧。我用脚板丈量这片土地，结识了无数朋友。我没有能力改变他们的命运。我越来越明白，我这个生命是多么贴近他们，他们差不多就是整个平原啊！我开始知道自己正在自觉地靠近谁，寻找谁了，我与贫穷的人从来都是一类。现在我比过去更能够正视这一切了。因为我在给了我生命的这片平原上降落下来，而过去只是一粒漂移的种子。

我慢慢伸出根须，深深地扎入，渐渐无所顾忌地汲取。

我是害怕——离开这儿会死的。我不是一个人，尽管看上去很像。我的本质是一棵树，离不开泥土和水。我将牢牢地站立在这片土地上。我的目光穿射了原野和时间的雾霭，最后击打在这个世界的另一端。我突然心上一震——我想到了什么？我想到了他死亡时的姿势，正是恨不得将自己的躯体与泥土融为一体——他正全身灼热地贴紧、再贴紧，把手指插进去，那是要抓紧，就像抓紧母亲的衣襟。他最后就这样消解在土地之中，与之再也不能分离了。我绝不“宽容”。相反，我要学习那位伟大的老人，“一个都不饶恕”！这样一片平原难道真的会被改变吗？不，平原是永远不可以被改变的！我也是永远不可以被改变的！我必须寸步不移守住平原，因为它通向高原。让我告诉她，我究竟从哪里走来，还要向哪里走去——我今后将会为自己的每一次苟且而后悔，绝不妥协，也不忘记——我的爱与恨都是相当牢靠和真切的，就是这样。我为当年的行为说出了一个坚实的理由，也向她宣布了我的未来。对于未来，我是看得见的，那是顽强坚持下的一个结局。这个结局对我一点也不神秘。我以这样的结局区别于我的四周，我的时代。

这是“我”的立场，是“我”生命的意义，也是《柏慧》倾诉的核心和要义。

《柏慧》问世之后，得到了肯定与好评。质疑之声和批评之声也纷至沓来，像一场始料不及的浓雾。最先提出质疑的是郜元宝先生，《柏慧》被贴上了“忌恨”的标签。1995年5月27日，《作家报》刊载郜元宝的《张炜的愤激、退却和困境——评〈柏慧〉》、张颐武的《恐惧与逃避——关于〈柏慧〉‘反现代性’辨析》，对《柏慧》展开争鸣。

部元宝先生认为，《柏慧》是一次饱含了“忌恨”的写作，道德上的退却甚至带来了艺术上的滑坡，算不上真正意义上的长篇小说，它只是作者的一份思想随笔。

张颐武先生则认为，《柏慧》是一部神秘的启示录式的文本，它以反时代的激进和逃避今天的狂躁加入“后新时期”的文化语境之中。对于《柏慧》的认真解读与分析，不仅是理解张炜这位始终以隐士式的高蹈姿态处于媒体与流行文化中心作家的必要途径，也是理解和切入当下纷纭复杂的文化状况的必要途径。

随后质疑的是孙绍振先生，他直接判定《柏慧》为“写作不成立”。1985年11月，《小说评论》发表孙绍振的《〈柏慧〉：不成立的写作》。孙绍振认为，首先，张炜选择了一种他无力把握的方式来构筑这个长篇。《柏慧》是用大量人生随笔的方式写成的，其中没有完整的故事、鲜明的人物，它所要表达的是一种思想，一种感怀。也就是说，支撑《柏慧》的是作者的思想记录，而不是作者体验世界而有的丰富的感性表达。其次，《柏慧》的“写作不成立”的原因还在于它的思想技术——融入野地——是不成立的。他认为，张炜还没有达到思想的丰富与深刻，“野地”还没有成为一种精神象征，这些方面决定了《柏慧》的写作是不成立的，是一个虚假的理想，是乌托邦。

究竟是成立的，还是不成立的？究竟是前进了，还是倒退了？这是一个问题。仁者见仁，智者见智。现代社会文明的标志，就在于我可以不赞同你的观点，但我尊重你评判的权利。

《柏慧》有一段文字，非常值得玩味，也很有一番深意，或许可以作为一个参考答案：“我仿佛看到了这样一个画面：一个人与一群人往前行走，他们一开始是一个整体，步伐也较为一致。他们在走向一个遥远，于是当继续前行时，人群中就有人频频回首，观望故地炊烟。再后来，他们当中有的止住了脚步。继续走下去，不断有人停住，回返。后来只剩下了三五个人，最后剩下一个、两个，或许只有他的爱人与之一起，她还不时伸手搀扶男人一下……再继续下去，他的爱人也止住了脚步。他不得不召唤她，一声又一声，她还是没有跟上去。他只得一个人走了……”①

作者就应该是那个独自一人继续往前走的人。他翻过几座高山，蹚过几条大河，接近筋疲力尽时，终于看到了梦中的辽阔。

《家族》是在断断续续中完成的，其间，张炜进行了一次“掘放”，写出了《柏慧》。《柏慧》与《家族》的部分情节相互包容、相互重叠。它们似是一对孪生兄妹，又似一对恋人，血肉相连，心心相印。如果说《家族》是“历史与现实的岩壁”，《柏慧》则是“它的回声”。它们共同鸣奏张炜“心中的交响”。以倾诉为主的《柏慧》是一棵树，一棵美丽的玉兰树，花开芬芳，浸润人的心腑；叙述和倾诉相结合的《家族》也是一棵树，一棵挺拔的橡树，高大俊美，放射精神的光辉。

张炜是带着“热情”创作《家族》的，而这种“热情”却是“从苍凉的心底焕发出来的”。支撑他创作的不是什么灵感，不是一个构思和冲动，而是难以销蚀和磨损的“激情”。

① 张炜：《柏慧》，人民文学出版社2010年版，第198页。

《家族》的历史故事是一部真实的传奇，蕴含着“叛逆”和“追梦”两大关键词。

这个家族的故事，早存在于血液之中。张炜让它缓缓流出，流向远方和未知之地。宁家生活在山区，他们一直在土地上做功夫，在南部山区是最富有的一族，在平原上提起来也无人不知，一度成为省内最有名的大地主之一。这个大地主家庭的人，有一个与一般富人不同的“毛病”，就是他们家从古至今就爱交往一些有趣的人。这些人今天看来不仅可爱，而且可疑，大概是他们最终害了他的家人。他们家族出了一个叫宁吉的人，这个人可以用不务正业来形容，成天和一些所谓“大师”混在一起，最终为了吃南方的“醉虾”，居然骑了一匹大红马去了江南，从此再也没有回来。他像一匹飞奔的大红马，美丽得只剩下“精神”。但无论他给家族留下了多少坎坷，他带来的丰硕的精神之果却可以饲喂一代又一代人。

曲家生活在海滨城市，他们家族靠祖先督办矿业和盐产而发达，是文明和富有的代名词，最时新、最光荣的一切总是与它连在一起。曲家的主人公曲予也是家庭的叛逆者。这个留学归来的青年，爱上了家中的仆人闵葵——“一个火焰一样的人”。但是，父母坚决反对，母亲趁其不在时，想一下子将闵葵打死，结果只是将其打成重伤。由此，曲予看清了母亲的狠毒，也对自己的家庭彻底失望。在一个漆黑的夜晚，他偷偷带闵葵“私奔”，然后在外地“创业”，学习西医，直到多年之后父母去世，才肯重新回来。回来之后，他放弃原来的家业，开办了一个治病救人的医院，救治了很多百姓，成为海滨城市极具威望的人物。

宁家“骑士”宁吉远走他乡之后，留下妻子和儿子宁珂。家庭变故，妻子早逝，宁珂成了孤儿。后来，在省城担任要职的叔伯爷爷宁周义和奶奶阿萍收养了他，视他为亲孙子，抚养他长大成人，而且把家里的产业和希望寄托给他。然而，他也是一个叛逆者。因为他也结交了一些“有趣的人”。还因为，他的心中也一直在“追梦”。

那是胶东平原最混乱的时期，也是革命来临的前夜。宁珂偷偷结交了一些“有趣的人”——革命者。为了营救革命者殷弓，他来到了曲府，求助于曲予，认识并爱上了曲予的女儿曲婧。一切都变得更加复杂、更加生动起来。革命让两个家族的人走到了一起，家族的历史由此变成了革命的历史，自然也就彻底改变了他们两个家族的命运。但是，以梦为马的人，最终却跌落在马下。

战争和革命是惊险的、刺激的、残酷的，也是曲折的，更是复杂的。革命到最后，留下了很多悬念：曲予究竟是被谁暗杀的？是最大的敌人宁周义还是革命者殷弓，抑或交通员飞脚？革命者许予明、后来参加革命的李胡子、曲府的小惠子，究竟去了哪里，为什么失踪了？还有，究竟是谁，等革命胜利后，将“背叛”自己家族的革命者宁珂陷入不清不白之地，并让其含冤入狱？这里面隐藏着怎样的阴谋，怎样见不得人的东西，怎样的人之本性？这都是历史留下的一些难以破解之谜。革命者队伍是复杂的。这包括许予明工作上的清醒和生活作风上的混乱，也包括革命者殷弓战争上的决断和性格上的阴冷，还包括交通员飞脚工作上的成就和背后的莫测。尤其是那个建立了所谓丰功伟绩的殷弓。他亲手平息了那么多的残暴，却又不停地制造出新的残暴。他身上已经是功过纠缠、善恶共生。他不勇敢吗？他曾九死一生，身上疤痕累累，可是他卑微胆怯到不敢面对一个真实。革命和战争后果是“非线性”的。“当一场麻烦——包括战争——过去了，有些人升了，成了，走了，成为人们交口称赞的英雄；而我们家的人既没有刻到碑上，也没有记到书上，反而经受了数不清的屈辱。”[①]这是为什么？

《家族》的现实故事是一部深刻的悲剧，蕴含着“坚守”和“皈依”两大关键词。

作为宁家后人的“小宁”，作为地质勘探所技术人员的“小宁”，历史赋予他两个使命：一个是想法破解外祖父曲予死亡之谜和父亲宁珂被冤之谜；一个是跟随副所长朱亚，完成对家乡的勘探任务，如实报告勘探结果，努力保住家乡，保住那一片母亲般的大平原。然而，这两个任务，他不仅一个也没有完成，而且最终也像父辈一样遭到迫害。这是一个当代悲剧。

为了求得真相，为了找到那张小纸条，为了证明自己的父亲，证明自己的家族，他求助过很多人，求人的滋味是很难受的。但是，那些知道真相的人，到死也没吐出一个字。时间让他进一步明白了，要做成一件事到底有多么难。最终，他放弃了寻找小纸条，只求把知道的一切全记下来。在记录的过程中，他一步步走进近自己的家族，走回那片平原，寻找自己家族和那片平原的精神所在。

在地质勘探所里，“小宁”也是一个“叛逆者”。他“叛逆”

① 张炜：《家族》，上海文艺出版社1998年版，第3页。

了所长“瓷眼”的谆谆“教诲”，“叛逆”了所处的“时代”，只是一心一意跟着副所长朱亚，认认真真地完成地质勘探任务。鉴于内心良知的召唤，他始终和遭到压制的朱亚站在一边。朱亚死后，面对“瓷眼”等人罔顾事实、任意篡改调查报告，执意坚持对平原大开发，不惜毁掉整个平原，他坚持真理，尊重科学，不畏强权，不怕打击，敢于站出来讲出实情和真话。当他发现这些都无效时，他敢于向上级反映，结果遭到所谓“组织”的“黑调查”，遭到某些人的“暗算”，但他像他家族的先人一样，绝不后悔，也绝不害怕。他寻找发现了老所长陶明死亡的真相，也目睹了副所长朱亚“累死”的真正原因。他既发现了现实中的某些黑暗，某些与历史故事惊人的相似，同时也发现了老所长陶明和副所长朱亚身上那份难得的坚守和追寻精神。由此，他的精神得到了皈依和寄托。

这是一个构思缜密、有机统一的艺术整体，家族历史故事和现实真实故事两个线索交替推进，互相联系，血脉相承，故事叙述和情感倾诉互为补充，互为辉映，“叛逆”“追梦”“坚守”“皈依”四个关键词有序连接，闪耀其间，既见证了作者非凡的功力，又彰显了其独特深刻的思想主题。

在长达一个世纪的时光中，一个家族为了正义和理想，为了事业不断地牺牲。他们质疑过，从未悔倦，始终前赴后继，葆住了一份纯粹。这正是令人感动的“高昂”，也是一份难得的真实。它在昭示后人，无论是过去，无论是现在，也无论是将来，无论遇到什么样的境遇，无论遇到怎样的考验，也无论受到何种折磨和迫害，那些具有高贵品质的纯粹的人，都应该敢于“叛逆”，敢于“追梦”，敢于“坚守”，敢于“皈依”，决不妥协，决不放弃，决不惧怕，像一匹飞奔的骏马，一往无前。因为，这是他们的血液传承，也是他们族徽的应有含义。无论什么时代，都需要这样的人！

《柏慧》是一棵玉兰树，《家族》是一棵橡树。“我并不认为这部书写完了。它只是一个躯干。它还将生长，延伸出枝丫、须络。它是一棵树，要长出侧枝、生出连体。”[1]张炜这样讲。六年后，又长出了一个新的“连体”，一棵新的大树。书的名字叫《外省书》，树的名字叫丁香树。

《外省书》是一本非常有趣的书。因为它写了一群非常有趣的人。史珂、鲈鱼、史东宾、师辉、肖紫薇、狒狒、史铭、马莎，等等，他们像一个个美丽的花朵，生长在这棵丁香树上。《柏慧》和《家族》写的是家族与血液，而《外省书》写的却是时代与心灵。它的主题是：时代与守静。一如丁香花的花语：恋爱、纯粹和宁静。著名文学评论家李敬泽曾在《我读〈外省书〉》中如此称赞这部作品：《外省书》是一部思想之书，同时也是一部灿烂的小说。诚如斯言，《外省书》就像夜空里的星星在发光，但发光的星星相距比较遥远，这景象美丽而令人绝望。事实上，《外省书》的确塑造了时代夜空里，一个个安静得像星星一样的“守静人”。

这是一个“非凡”的时代。大发展、大开发、大变化、大躁动是它的基本特征。这是一个日新月异、变化莫测的时代。IT网、WTO、地球村、GDP是最时尚的符号和名词。这个时代让很多人感到陌生，感到不解，感到无奈。史珂曾经感叹：有时候，你会觉得全世界都在“摇滚”。她对它只是匆匆一瞥，就看到了那个时代的全部丑陋。在这个时代，人们已经拥有了这样的自由：想怎样就怎么样，

① 张炜：《家族》，上海文艺出版社1998年版，第544页。

奢华，吝啬，一掷千金。

这也是一个容易让人发慌的时代。史东宾、马莎、市长、教委主任、校长一个个发慌得不行。这个时代的人哪，都在时髦中挣扎。可是我的朋友开始了嚎唱。在这个“非凡”的时代里，有一些“顺应时代”的“弄潮儿”，也有一些躲在大潮岸边，旁观和守静的人。

史珂是守静的代表人物，一个身处边缘的思想者。他孤独寂寞，善于思考，而且会“庄重地思考”，喜欢大自然。他人生的前半段是胆战心惊的、被侮辱的、被损害的；后半段则是个旁观者。他半辈子在京城某研究单位工作，退休后主动回到老家海滨过“晚年生活”。他曾改诗自嘲“为那无望的热爱宽恕我吧/我虽已年过四十九岁/却无儿女，两手空空，仅有书一本”[①]。回到老家后，他不愿住在侄子史东宾宽敞热闹的家里，执意回到偏远的林中老屋居住，而且不要电视，不要手持电话，过着近似孤僻的生活。他对于女人如同对于这个世界，只有张望。他还拒绝了侄子和侄媳主动为其物色的“吴妈”。唯一的朋友则是刚认识的同样住在林中的油库看管人鲈鱼。面对内心的紊乱，他告诫自己：心远地自偏。他一直在努力做到的就是“不慌”。当年为自己的职业、京城人群、无法发出标准的卷舌音而慌，结果却更糟糕。面对这个激情澎湃的时代，他总是持一种“忍看”的态度。他为什么会如此守静，如此深思？只因为他饱经沧桑。他既是社会的受害者，同时也是妻子的施害者。当妻子去世后，他为自己的作为深感愧疚。他多么想告诉妻子：自己是一个残忍的、罪孽深重的人。不错，自己爱她，可是他

① 张炜：《外省书》，作家出版社2000年版，第4页。

生生折磨死了她。因此，面对世界，他只有一个选择：沉默、守静和沉思。他在守什么？他又守住了什么？表面看来，他在守405电车上遇到的一个女人，在守一个来自老家的乡音，在守一个内心的隐秘，在守一个深深的痛苦，在守一段难以忘却的经历，实际上，他守的是一种精神，一种文化，一种操守，一段家族的根，一个做人的魂。繁星闪闪，他写下“他‘存在’了，我‘存在’了”，然后又添上几个字：“峨峨兮若泰山，洋洋兮若江河”。这就是他“守静”的根本之所在。

鲈鱼师麟是守静的另一个代表人物，一个刑满释放分子。他坚忍顽强，不折不挠，自取外号鲈鱼。鲈鱼特点是“口大，下颌突出，栖息于近海——性凶猛”。他是南方人，在战场上立过战功。他是一个“让女人发昏的男人”。在史珂眼里，他也许是一个“善良的色鬼”。在妻子胡春旖眼里，与其说他是一个通常意义上的流氓，还不如说是一位情豪。他任何时候对于异性的美都不会无动于衷。他的历史与一个个女人联系在一起。甚至可以分为“老房东时期”“配种站时期”。他与其他人的不同是：意志坚定，目标清晰，而且从一开始就决定这辈子舍弃婚姻。他要做一个古道热肠的“爱侠”。他自己命名为“革命的‘情种’”。在女儿眼里，他有一千条缺点，但有一个优点无可怀疑，就是他的善良。他喜欢看书读书，喜欢研究各色动物，喜欢给人取外号，从中获得极大乐趣。年轻的狒狒为什么心甘情愿地跟他在一起？义无反顾地照顾他？看似让人费解，但她的一席话道出了其中得秘密：他疼我，离不开我。我们俩是苦命人，相依为命。大概一辈子都不会再有这样的人！他爱护我，把我当成亲人、孩子、爱人——是一切相加的恩情。

师辉是一个在恋爱和婚姻中守静的人。她是鲈鱼唯一的女儿，属于鲈鱼划分的“亭亭玉立，惊世骇俗”的一类。师辉也是一个喜欢宁静的人。她最喜欢看到的场景是：史珂坐在大铁炉子一边，父亲坐在另一边，两位老人身边有茶、有书。家庭的遭遇，现实中的状况，使她认识到：这一代和母亲那一代的不同，母亲遇到一个特别适合结婚的时代。时代不同，男女之事也要随之发生巨变。迄今为止，她一直像一只被围堵的小鹿，被那么多猎人手持武器追赶。面对时代的变化，面对一个个“动物凶猛”之人对她的追逐，面对单位领导“基本需求”的威逼，面对史东宾各种诱惑，甚至面对同性恋的纠缠，她丝毫没有“慌张”，充斥在心间的全是蔑视。“不慌张”便是她的守静最大的砝码。面对不结婚的责问，她坚定地回答，这是我的自由啊，婚姻自由，这才是基本常识。她的最大可敬之处是最终守住了自己的底线。她对在林中独居的史珂抱有一些好感，从没有见过如此沉静温和的、询问的眼睛。她曾和母亲说，那也是一个独居老人。为什么独居？可能是怕吵——到处，这个世界上，多么吵啊！

史珂的妻子肖紫薇也是一个“守静者”，但最终她没有守住，成了被欺凌、被损害的人。她是一个“小刺猬”一样的安静女子，她“守秘密”，没有守住，父母远逃海外的事情最终被人揭穿。她“守身子”，没有守住，被长小胡子的“专政者”乘虚而入。她“守爱情”，也没有守住，与史珂的爱情，是“饥饿时代的爱情”。他们的婚姻史，是“耸人听闻”的婚姻史。由于家庭出身的缘故，她多次被人迫害，因为失去贞洁，让她与丈夫关系出现裂痕，最终导致寻了短见。

狒狒本来也是一个懂得“守”的女孩。但是，家庭的变故，把她推向了社会。她十七岁时还在坚守，到了十九岁，就丢了“阵地”，加入“扣子俱乐部”，成了“问题少女”。进入“娱乐”场所后，因为组织“不正当行为”，被卖到大山深处，再后来她也变成了一个“人贩子”。逃出来后，她来到林子，一心照顾舅舅鲈鱼，让人感到不可思议。

鲈鱼的妻子胡春旖也是一个“守静”的人。她长得“娇小清新，楚楚动人”。她特别倾心这样一句话：“我的心里柔和谦卑。”作为教会学校校长的女儿、后来的老师和校长，坚守和矜持是她的本色，以致在鲈鱼那里获得了一个“石女”的称号。她的全部有幸和不幸都在于遇到了一个爱她爱得发疯的“超级大流氓”。当鲈鱼背叛她的时候，她曾经相信他的辩解，而且多次出现反复，最后不得不醒悟：狠狠心彻底离开他。回想往事，她发现必须对鲈鱼要有铁一样的绝念，不仅不能有一丝牵挂，就连掺上一点好奇也不行。这是怎样的失望和决绝？

史东宾与史珂和鲈鱼不是同一类人，他是时代的“追潮人”和“弄潮儿”，也是海滨平原的“祸害”。本来他是一个“倒霉的人、会憎恨的人、沿着墙边走的人”，因为娶了市里一个头面人物的侄女，成了一个“风云人物”。他的发迹史，既是依靠妻子吃软饭的历史，也是不断更换妻子、不断开辟“新事业”的历史，还是官商勾结谋取不法利益的历史。他野心勃勃，和妻子马莎一起，通过人脉关系，拿下海滨平原的开发权，想把这里开发成国内一流的度假村——“东方夏威夷”。他非常自负，称“我和别人不一样，我要享受第一流的爱情”。在追求师辉，谋求再次换妻子，掀起事业第三次“浪潮”时，他最终败下阵来。

马莎是史东宾的第二任妻子，也是他“事业”的得力助手。

这是一个追逐潮流的人，也是一个厚颜无耻的人。她通过不正当手段从别人手里得到了史东宾，为了自身利益，不惜和官方很多人保持不正当关系，当她发现史东宾追求师辉，准备“背叛”自己的时候，不惜准备向师辉下毒手。甚至扬言，如果史东宾背叛她，她就跟他的叔叔史珂相好，厚颜无耻到了极致，是一个典型的社会渣滓、时代垃圾。

史铭是史东宾的爸爸、史珂的哥哥，一个典型的“叛国者”，也是一个“时尚”的追随者。这个人的可恶之处在于，他不仅叛国，而且给叛国找了一个冠冕堂皇的理由——祖国对他不好，自己遭到了不公正待遇，所以在一个代表团外出参观时，他趁机逃跑，舍弃了妻子和儿子，最终逃到美国，过他所谓的“理想生活”。他不仅叛国，而且还背叛祖国的文化。他患有“离国者”典型的“思乡病”，但是，他的“思乡病”并不是通过想法子回国，或者通过亲戚介绍祖国和家乡的情况来得到治疗，而是通过毫不留情地教训贬低来自故乡的人来实现。他崇尚美国文化，否定民族文化的“优雅”，想一口气送给史珂一个“纵欲的美国”，通过多种手段让弟弟史珂接受“世界之都”的所谓美好生活、先进文化和新潮行为，接受因特网、接受性，然而，最终却失败了。因为，他的弟弟史珂，是一个喜欢安静的人，颠沛流离了一辈子，就想过几天安稳日子。史珂曾抱怨哥哥：这是干吗啊？你说服了一个弟弟并不等于征服了全中国，你又不是国王。

这就是一个“外省人”的《外省书》，一棵美丽的丁香树。

“隆隆之声伴了苦思之夜。如今居于河湾真好似与狼共舞。”①

① 张炜：《外省书》，作家出版社2000年版，第274页。

“好孩子！不要怕……因为怕也没有用——我现在知道：对这个世界不能怕。”①

“对这个世界不能怕！”这是全书的“诗眼”，也是石破天惊的一句话。

① 张炜：《外省书》，作家出版社2000年版，第273页。

第六章　写作：艰苦卓绝的劳动

从最陌生最隐秘之地出发
十指抚摸世界四角
于几维空间里跌宕，而后
躺在一张吱嘎作响的床上
用泪水抗议，用手臂，用心血
长路上拉白色雾幔
后面是你洇去的声音和睫毛
你白皙葱嫩的黑夜之光

——张炜《寻找》

2009年，张炜遇到了一场意外。在济南八一立交桥上，他发生了严重车祸，胸部受创。那次车祸，给他的身体造成严重伤害，也极大地影响了他的工作、生活和创作。特别是第一次手术时，由于“胸膜和肋膜”没有彻底处理好，疼痛和不便长时间伴随他，致使后来三次住院进行后续治疗，最长的一次长达三个月。住院和休养期间，除了治疗伤痛，他很重要的一项任务便是写作。车祸一度中断了他的工作，但没有中断他的写作。在病房里，只要一有条件，他便利用一切可以利用的时间进行写作。家人在身边陪着他，给他以足够的勇气和力量。他的很多作品，是在医院病房里挂着吊瓶完成的。他有几张照片，是在山东省立医院病房里照的。他身着病号服，坐在病床上修改稿子，妻子坐在一旁。那情那景，令人肃然起敬，也令人热泪盈眶。

也许很多人认为，张炜写出那么多优秀作品，他一定是个很聪明的人。其实不然，几十年来他笔耕不辍，写得很艰苦，很顽强，很坚韧，也很悲怆。一看到他写作时的形象，便令人想起绘出“阿尔的太阳”的梵高、明代大画家徐渭徐青藤、写出“无韵之离骚”的司马迁和月下苦吟的诗人贾岛。

坚韧：他始终以愚公移山的精神写作。

张炜发现，在他的老家出现的文化和历史人物中，大都有一个“笨”字，人们做事情，不要聪明，很厚重，不漂浮。他就是按照这种“笨”的精神从事写作的。少年时代，他曾经写过几十个短篇、六七个中篇、一个长篇，还写了两个戏剧、两部长诗，总共几百万字。这些东西，一个字也没有发表过。他曾经将笔折断，将墨水瓶子摔在地下。他恨自己缺少才华，却又这样挚爱文学。但是，最终他还是坚持下来，始终没有放弃自己的选择。如果说，他的整个文学创作是靠愚公移山精神搬走的一座太行山的话，那么，正式发表作品前的五六百万文字，便是太行山下一个个山头。他以自己愚公般的力量，将它们一一“搬走”。

他说，创作不是做买卖，不需要那么机灵。文学是“愚人”的事业。小聪敏会成为大作家的大障碍。人们有时可以嘲笑他的“愚气”，但到后来却不能不正视他这些年辛苦的耕耘，这些年他有力的挖掘。他始终盯住一个目标，决不游移彷徨，往前攀、往前走，也会有疲累的时候，也会有喘息的时候，但敢于走下去，就表现出一种不同寻常的力量。在漫长的创作过程中，他的身边少不了“河东智叟”那样的“聪明人”，对他指指点点、评头论足，对此，他毫不在意，也毫不理会，依然坚持着自己的坚持。这就是“愚公移山”的精神。

《你在高原》出版时，著名评论家孟繁华指出，在当下这个时代，张炜能够潜心20年去完成一部小说，这本身就是一个巨大的挑战和奇迹。这个选择原本是一种拒绝，它与艳俗的世界划开了一条界线。450万字这个长度非常重要：与其说这是张炜的耐心，毋宁说是张炜坚韧的文学精神。

张炜的坚韧还在于他每一年，每一个阶段，都对自己的写作提出新的要求。2013年，他在写给《文艺报》的“新年寄语”里写道：新的一年，可能是极为特别的一年，写作者将在这一年里获得新的想象，更加拥有吃苦耐劳的精神和沉思与鉴别的能力，让时间慢下来，将好书收在手边。他是这样要求的，也是这样做的。这一年，他出版了20本的300万字“自传”——《万松浦记：张炜散文随笔年编》，这是继《你在高原》之后的又一宏大叙事。

守静：他始终以甘于寂寞的精神从事写作。

每每进入创作，张炜便进入一个完全忘我的境界中。宋遂良先生曾经介绍说，夜阑人静，凝神屏息，屋外起伏呼啸的海潮如同这个性格沉静的少年奔腾激荡的心情，他完全沉浸在文学的世界里。1987年11月，创作长篇小说《九月寓言》时，他绝大部分时间“藏在”登州海角的一个待拆迁的小房子里。小房子说不出的简陋，隐蔽又安静，走出小房子往西，不远处就是田野、林子。在那里心可以沉下来，感觉一些东西。那个小房子不久就要拆了，张炜给它拍了照片。五年劳作借了它的空间、时间和它的精气神，他怎么能不感激它。小房子破，它的精神比起用现代化建筑材料建成的大楼来，完全不同。它的精神虽然并不好得突出，但却让人信赖和受用。这不仅仅是个写作环境问题，而且是个精神状态和精神来源问题。

他曾经寻找远离喧嚣的幽静之处，也曾撰文发问能否在快速旋转中找到一个安静的角落，但是最终发现，哪儿也没有世外桃源。要做一个好的作家，就必须学会从容不迫地生活。当各种事情潮水一样涌来的时候，能不能保持安然沉静？如果八九个声音同时呼喊你去做，那只能逐一分析判断，做出抉择。他羡慕那永远的镇静，始终如一的平和与自信。因为只有那样才能在纷乱的生活中显示智慧。

评论家张幕莹曾说，每个人都有清净的法门。张炜抬头是大海星空，想不思考都不可能。对于他来说，最大的清净法门就是始终保持“大定力”。这是对付浮躁的最强有力的武器。他非常有底气地说：“时代不是浮躁吗？那就用大定力对付它。文坛不是无常乖戾吗？那就用最传统的劳作心对付它。时尚不是最浑浊最粗鲁吗？那就用清洁癖和工匠心对付它。势力客不是总盯着洋人和热卖场吗？那就用自家作坊银匠似的锻造去拒绝和抵御它，心无旁骛。”①

对于自己写作的清苦，他有自己的认知，坚持写作几十年，

① 苏墨：《张炜：重回18岁》，《工人日报》2017年1月16日。

始终全力以赴。在他那里，“写作是倾诉，是转告和呼号，没有写作，他将活得倍加艰难”[①]。他手中的笔是心灵的指针，它标示了人的刻度和方向，也是对生命性质的鉴定和证明。

在接受《文学报》记者傅小平采访时，他明确告诉记者：我要爱属于自己的寂寞。尽管他的一些作品在文坛引起了轰动，但他始终不谋求轰动，也不以引起轰动为荣。他说，一部作品轰动了，在一个成熟的作家那里，我想会是相当尴尬的事情。一方面，作家担心他的思想和艺术不能有效地介入，不能施加起码的影响；另一方面，真正的思想和艺术送达彼岸的方式是缓慢的、逐步的，也只有这样才较为可信。轰动只能是肤浅的回响。一部好的作品往往不具备轰动效应，应该“汇入时间的长河和历史的长河”。

耐得住寂寞，守得住沉静，这是一个作家的“基本功”，绝大多数作家一般情况下都能做到。但是，像张炜一样如此坚持，如此坚韧，几十年如一日的，很难找到他人。对于寂寞，张炜有自己的理解：大天才总有大寂寞。许多时候，一个写作者应该有勇气让自己懒下来，闲下来，给自己一点闲暇才好。衡量一个生命是否优秀，还有一个标准可以使用，就是看他能否自己耐得住寂寞。寂寞是可怕的，一说到人的不快，常常说“很寂寞”。其实，正因为寂寞，才会有特别的思想孕育和发展。

勤勉：他始终以劳动者的姿态从事写作。

张炜说，干起活来任劳任怨，一声不吭，力求把手中的活干

---

① 张炜：《张炜文集》第31卷，作家出版社2014年版，第347页。

好、干得别具一格。劳动是要花费力气的，是不能偷懒的，要从一点一滴做起，并且忍受长长的孤寂。这是真正的劳动者的气质，张炜认为，作家也应该有这种气质。他认为典型的艺术工作者的劳动应该是这样的，他或许抽着烟斗，用一个黑乎乎的茶杯喝水，捏紧笔杆一笔一画写下去，半天才填满一篇格子。艺术可以让人热血沸腾，可以使人狂热，可是制造这种艺术品的人看起来倒比较冷静。

他一直遵从勤勤恳恳的劳动原则进行写作。他要求自己永远有一颗质朴的心。他认为，如果没有这种原则这种心态，人格就出现了问题。他曾经追问，为什么不能像一个工人、一个农民那样扎扎实实地流汗、日复一日地在那里劳动？没有这种劳动的耐力，就等于缺失了一种过硬的人格力量。“任何劳动都连接着一个广阔的世界。”[①]这就是他的“劳动世界观”。劳动是朴实的，但对劳动的态度，可以看出一个作家人格的高度。

一切艺术最后的竞争都是人格的竞争，人格没有高度，绝不会成为重要作家和伟大作家。张炜始终坚持着这种朴实，这种高度，以自己的方式不间断地劳动着，把稿纸当土地，把笔当耕犁，如此耕作不息。他把写作视为最为艰苦的劳动，把创作称为精神的“掘进”。他认为，世界上有两种人劳动强度最大，即两种“掘进工”：一种我们非常熟悉，就是矿山掘进工；另一种是精神领域的掘进工。这一部分我们不太清楚。“他们的求索和寻找与人类命运息息相关。没有他们的开掘，我们可能至今还处于黑暗之中。”[②]多年来，

① 张炜：《阅读的烦恼》，江苏凤凰文艺出版社2019年版，第14页。

② 张炜：《心灵与物质的对话》，《联合报》1993年3月27日。

他始终以一个精神“掘进工”的虔诚和耐力，开拓在寻找和求索的巷道。

有人问他写作的习惯，他说，写作时闭门不出，连胡子也不刮，胡子老长，大有“蓄须明志”的意思。每次写作长篇，他都焦虑不安，和病了一样。《古船》写完那一天，他觉得全身骨头架子都散了，带着恍恍惚惚的神情从写作的小屋走回家。宋遂良先生曾介绍说，张炜写《古船》的时候，有一段时间住在英雄山下的济南军区第五招待所里。那时他心里非常激动，他曾说：“每天从宿舍到第五招待所距离很近，大约一二百米，我总是顺着墙根走，生怕碰到一辆车把我撞倒，或者碰见一个熟人喊我一声，我需要保持一种感觉、一种情绪，一点也不能受到破坏。”[①]当他写到隋抱朴的苦难和他兄弟夜话的时候，他的眼睛里充满血丝，嘴角起了泡，蹲在椅子上写，钢笔下去像要把纸戳破，写完《古船》后，他病了一场，感到整个身心都太劳累了。那时候他的形象，让人想起当年研究“1+2”的著名数学家陈景润，有一次走在大街上，由于思考太专注，不小心撞到了路边的大树上。

1994年冬天，张炜在山东淄博参加一个文学座谈会，发表演讲《守望的意义》。谈起创作，他说：让一个艺术家成为一个真正的劳动者，远离名利，不过是要求他们的心灵回归到最基层最普通的人那里去。这样的人，其创造力常常是不可思议的。有的作家写了那么多还是总写不完，有的写了上千万字，有的出了六十多卷书，直到生命的最后，底气仍然非常充沛。他们的创造力非常神奇，简

①张炜：《关于我、我的忧虑和感奋——与烟师学生对话实录》，《烟台师范学院学报》1993年第4期。

直非人力所及。从他的这一观点中，我们可以得出这样的结论：劳动成就非凡的作家，劳动创造非凡的艺术。

1998年2月，他在《烟台日报》发表文章《做永不停歇的劳动者》，表达了他以劳动者的姿态进行创作的信念。《你在高原》出版后，他写了一篇创作谈，直言不讳地声称自己“渴望更大的劳动”。同年，他的中篇小说《请挽救艺术家》在《上海文学》发表，“编者的话”对此重点推荐，其中有这样一段文字：“《请挽救艺术家》大约可以看成是作家张炜经过长期思索后的一次精神独白，全文沉浸着深深的焦虑和孤独感……然而，艺术家的苦闷，又是一种带有个人性的生命现象，从某种意义上而言，它是一种永远的苦闷；没有这类的苦闷艺术家，并不是真正的艺术家。”[①]这也是劳动者的生命现象。

即便在成名之后，张炜依然坚持自己是一名普通“劳动者”，自觉地远离那些庸俗化的炒作。逄金一先生曾称赞他，一方面，视文学为神圣；另一方面，却要将其化为朴实的劳动，像农民劳作一样坚持和平凡。他几乎每天都在写作，恰与农民每天要到田地里去劳动一样，这已经成为与他生命相连的习惯。

“每个世纪，每个时代，都需要自己的作家。他应该是记录者，是跳动的良心、永生的精灵。所有配得上作家称号的都是吗？我想都是。”他说：“也正因为如此，我们才不敢轻易地称自己是作家。我们只是在敬仰的心情下，一些不能停歇的劳动者。”[②]

2003年春天，宫明亮先生在张炜长篇小说《丑行或浪漫》出版

① 张炜：《请挽救艺术家》，《上海文学》1988年第10期。

② 张炜：《张炜文集》第30卷，作家出版社2014年版，第186页。

之际，写了一篇《站在八百万台阶之上》的文章，认真分析了张炜创造中国文坛“意外惊喜”的原因：这种现象源于一种强盛的生命力或特别的个人经历，当然也会有艺术潜质一类因素；但不可忽视的是作家所一贯保持的朴素的“劳动者”的素质，还有过人的勤奋和谦虚吸纳，是这种综合起来的结果。他也把“劳动者素质”看作张炜创作成功的重要因素。

荷尔德林说：“人充满劳绩，但诗意地栖居在大地上。”虽然写作是一项艰苦的劳动，但张炜无限热爱这一事业，并从中感受到快乐、充实和幸福。他曾经对《山东青年报》记者这样说：我只是一个专业写作者，我还不能说是一个作家。我的主要时间是用来读书和写作，这是我的快乐，劳动的快乐。有了自己喜爱的劳动方式，人就有幸福感，我不知道还有什么比从事自己喜爱的劳动更好、更充实。我选择，我向往，我劳动，我快乐。

张炜说：“如果让我重新选择，也还是一样：从事写作。因为我觉得这是人类最重要，也是最艰难的工作之一。”①2004年5月，《中华读书报》记者崔雪芹对他进行了一次采访，通过长达三个小时的交谈，记者从他身上得出了这样一个结论：写作者是幸福的！

恒久：他始终以夸父逐日的精神从事写作。

他说，文学是一次长跑，是一次马拉松，是一次长恋。

奔走在写作的道路上，绝不是一帆风顺的，可以用艰难来形容。其中有很多欢愉，也有很多焦虑。他有时觉得，人活得真累。

① 张炜：《张炜文集》第34卷，作家出版社2014年版，第289页。

每天有那么多事情要做，也要为好多事情担心。我们的道路那么遥远，那么多弯曲和坎坷。这时候，他或许会想起古代那个不停追赶太阳的夸父，想起他矮小的身材，坚定的脚步，前方的太阳。有时，他也会想起，大海里的水手。真正的作家应该天生是一个水手，一生都在生活的潮流中搏斗。桅杆被打碎的那一天，会化为碎末飘动，但总有一支迎着大潮永远挺立的桅杆，它将驶向地平线，在永恒的太阳下闪出金色。人的光荣凝聚在上边，人的尊严也凝聚在上边。当水手的人不一定实现那个向往。但他们孤零零地立在那里，天上的浮云与之相对应。1998年9月，石高来在《江苏社会科学》杂志第五期发表文章《追寻古老的精灵——中国20世纪文学原始主义研究之一》，文章以“张炜：当代精神夸父”为题，对张炜进行了专题研究，称赞他的创作和作品坚持了“夸父逐日”的精神。

他曾长时间在胶东半岛上游走。他原来有一个“大野心”，就是想把半岛上的每个村子都跑遍。他为此付出巨大的努力，做了大量的录音、笔记，还搜集了一些民歌。遇到老人，只要阅历广的，他就想和人家攀谈，但后来他发现，要真的走遍也非常困难，“像夸父真的要追上太阳”。他想重要的是拥有这些经历，可以改变自己，改变自己的感觉，扫除自己的疲惫。

评论家房广星认为，这些年，几乎从张炜的所有作品中，我都读出了一个歌手的衷情，一个流浪者孤独而执着的身影。他很艰难，他在沼泽地里拼尽生命中的每一滴血奋斗、抗争，倒下，就爬行，但从不屈服——这不正是人类精神中最可贵而我们正一点点丧失的吗？这是什么精神呢？这就是现代人非常缺少的夸父逐日的精神。这种精神，主要体现在前进、追赶、恒久上，其基本状态是“奔跑”，一天到晚地“奔跑”，向着太阳“奔跑”。在这里，“奔跑”不是单纯的、简单的“奔跑”，而是负重“奔跑”，有方向的“奔跑”。《中华读书报》记者舒晋瑜将其命名为“一天到晚跑着干活”。他的“奔跑”也不是“一路顺风”的“奔跑”，而是“迎着北风赶路”，冒着严寒前行。在“奔跑”的道路上，不断排除各种困惑、各种难题和各种干扰。

他的这种精神，不仅体现在自身生活和写作中，还体现在作品中的主要人物上，《九月寓言》和《你在高原》的主人公，都是在大地上不停地“奔跑”的形象。他们在“奔跑”中思考，在“奔跑”中发现，在“奔跑”中“干活”，在“奔跑”中创造。著名作家王安忆认定，《九月寓言》是一个“奔跑”的世界。这里的人必须要“奔跑”，这个世界必须“奔跑”，一“奔跑”就有生命，一停下来就没有生命，可是为了“奔跑”，却要付出身心两个方面的代价，这种代价几乎是九死一生，牵肠挂肚的。但必须“奔跑”，不“奔跑”就要死亡，牺牲是不可避免的。《九月寓言》就是这么一个火热的、“奔跑”的世界。同理可以推断，他的世界，也是这么一个火热的“奔跑”的世界。

他的“奔跑”还是“寻找”中的“奔跑”，边“奔跑”边寻找精神的家园和归宿。罗良金先生指出，张炜在三十年的创作中，一直在流浪中不停地寻找，在寻找中流浪，他不仅向着苍茫大地寻找生命的皈依，还向着家族的精神血脉逆流追溯，赋予流浪更深层次的文化意蕴，最后似乎找到了他流浪中寻找的精神家园并构建了“我的家园”。2000年，他在日本一桥大学应邀发表演讲，题目是《焦虑的马拉松——对当代文学的一种描述》。他认为，当代文学非常浮躁和焦虑，像一场乱哄哄的马拉松比赛。为什么会出现这种局面？其中很重要的一条原因，应该是“参赛选手”缺乏夸父逐日的精神，缺少火热的“奔跑”精神。

我们真切地看到，在他那里，“写作是一场真正的远行”。

严谨：他始终以大匠精神和工匠精神从事写作。

“我不信过去的智者们在运笔之前曾计划过征服。因为那样他最终也难逃简陋。可以信赖的只是昼夜不舍的劳作，是银匠似的打磨精神。创造物上遗留了指纹磨擦的光亮，有着心的刻度。”①对于工匠精神，张炜作如此理解。

写作需要工匠精神，写作需要独具匠心。他在这方面有独特的建树。战略上，他有一颗“大匠之心”，努力构筑“大匠之作”。他的10卷本长篇小说、3000行长诗，都是“大匠之心”运筹帷幄的成果。这方面，他比其他作家花费的心血都多。战术上，他对作品匠心雕琢，力求精益求精。一个作品写出来之后，他并不急于拿出来发表，常常让它们在抽屉里躺半年，发现问题和不足后，再进行修改完善。有时先拿出来，发给朋友，让大家提修改意见，反复推敲，反复修改，反复打磨，努力追求一种高远的境界，寻找适合自己的艺术风格。长篇小说《古船》写出来之后，根据出版社的意见修改，至少修改了五六次，最后又综合了朋友们的意见修改后，才最终定稿。《九月寓言》也是精心打磨的结果。第一稿32万字，第二稿压缩到29万字，到第三稿压缩到26万字，正式发表之前，又下决心在第8章中抽掉一部分，最终只保留了7章23万字。写《你在

① 张炜：《阅读的烦恼》，江苏凤凰文艺出版社2019年版，第24页。

高原》时，修改的工作量更大，需要处理的问题不可想象。他很爱惜自己，作品需要过他的水平线才会拿出去。用笔写完，姐姐帮他用计算机打字，他再在计算机上一改再改。眼睛出了问题，小字号看不清。最初是五号字，最后改完是三号字，放大了看，眼睛才会舒服。伤筋动骨地改，每一部都改四五次，一般的改动每部要十几次。打印一遍稿纸一大摞，复印几十份，让一些能讲真话的朋友看，约他们喝茶，让他们谈看法，让他们把书稿往死里砸，他记住他们的意见，并不马上改，沉积过后回头改，有时都过去四五年。《你在高原》出版之前是600多万字，出版社觉得太长了，不得不压缩到450万字，其实，那是他凭着一股“笨”劲儿，在二十多年的时间里，一笔一画写出来的。由此可见他精益求精的精神。

他曾经告诫同人，也告诫自己：“作家要做的就是写下去，慢慢写。一个‘慢’字，不是数量和发表的频率，而是状态。让写作脱离竞技、脱离名利、脱离焦灼、脱离喧哗、脱离冷眼和白眼。”①

很多方面，他是“很保守”的，也是“很守旧”的。从20世纪90年代开始，计算机技术开始普及，很多人由用笔书写改为打字书写。但是，他始终留恋“纸与笔”的温情，坚持用笔，一笔一画、一字一字地写作。网络时代和数字化时代，他陷入深深的思考之中。尽管最早的文学不是写在纸上的，但用笔和纸成就文学是很早以前的事情了。更早的是用竹简木片、兽皮龟甲，后来有了纸和笔。但是，有了纸和笔，虽然人们写得更多了，但是并不能保证写得更好。

在缺少纸的竹简时代，人们为了记录方便，就尽可能把句子弄得精短，非常非常精短。由此他得出结论，工具变得越来越灵便，

①张炜：《秋天漫谈——答〈文艺报〉》，载《张炜文集》第36卷，作家出版社2014年版，第314页。

文学作品的数量也随之增多，品质也在改变，但却不是变得越来越好了。现代写作工具的速度在逼催艺术，逼催它走向自己的反面，走向粗糙艺术。他说，数字的传播和输入方式影响了思维，改变了文学作品的质地和气味。但是，真正意义上的文学作品，读者首先看到的总是“文字”，而不是“代码”。纸与笔比起数码输入器具，更像是绿色生产方式。

他始终认为，电脑打字效率是很高，但是这像在催促自己一样，而用手写字可以留出充分的时间去思考接下来的内容，这样一来，在细微的、很难察觉到的地方，用电脑打字的创作会影响文稿质量，作品的成功与否，需要等待时间和社会的检验，但自己应该坚持用手写的寂寞去创造有质量的作品，而不应该用金属味儿浓重的电脑写作。由此，我们真正参透了他为什么始终在意那“纸与笔的温情”。他隐隐地感觉到：“将来，只是不久的将来，一定会有什么来催逼我。到了这一天，我会扔掉笔杆。这当然是被迫的。它会逼我将钟爱了的笔，扔到明天的一个角落，让它在那儿静静地蒙上一层灰尘。这真可怕。”[①]不过，他是绝不会甘心的。他说，每一支笔都不过是在记录“明天”之前的一刻。“明天”会证明它、考验它、鉴别它。这支笔属于现在，更属于明天。

动情：他始终坚持“用心灵”从事写作。

著名作家王蒙在《谈张炜》中指出，张炜是当代极具创造力和用心灵写作的作家。他是纯文学园地上执着的坚守者；是一位充

① 张炜：《精神的魅力》，群众出版社1996年版，第200页。

满深情和深挚的忧患感的书写者。1990年，张炜的《他的琴》出版时，邱勋在序言里介绍说，张炜不停地写，如痴如醉地写，小小的身躯伏在低矮的炕桌上，几年时间写下数百万字。稚嫩的字体写在中学生练习簿上。他写了一个农村少年对于人生的观察和感悟，写了他周围世界各种人物形形色色的面孔，他们的悲苦和欢乐、抗争和沉沦。写了一颗善良的心对于美好事物的憧憬和追求，字里行间可以让人感受到一个幼小的、充实的灵魂的律动和战栗。

张炜有一篇文章题目是《现实的真诚》，文章谈到作家究竟应该用什么写作的问题。他说："我想写作不仅用脑，而且必须用心。机智、灵动，多么难得，可是这些都取代不了心灵深处的震撼和激动。用心写累，老得也快，可是真正有力量、有内容的作品，还是必须用心写。"①《你在高原》编后记里，也有这样类似的文字，说明他正是凭借着这种认真的态度，才耐得住寂寞，在漫长的二十多年中倾心打造这部巨著。毫不夸张地说，《你在高原》是张炜用生命的全部力量完成的心血之作。

有一次，张炜说，自己的书是"抄来的"，从哪里抄来的？从心灵里"抄来的"。为什么他的作品能够打动人心，让人读后眼里总是满含泪水？为什么他的作品能够不断地拷问时代、拷问社会、拷问自己、拷问灵魂？大概是因为，他始终在用心写，他一直在关注人的心灵。

作为一个不断反思，不断拷问的作家，他的内心是不安的。他时常抚摸内心中那片"不安"的部分。这种不安源于什么？他认为，可能是另一个"我"的注视。是的，人是分离的，人在自我斗

---

① 张炜：《张炜文集》第27卷，作家出版社2004年版，第202页。

争。我们的确非常矛盾。不言而喻，有人因这种矛盾而升华，有的人却因此败下阵来。他希望人是往前走的，无论他的内心有多苦。他就是在这种自我“注视”、自我矛盾中，不断向前走，走得很苦，也很有味道的人。

他曾说，人和人是不一样的。有一个朋友把创作看成是生命的流淌和保存。从这个意义上去看作品的创作，立足点是很高的。他认为自己的观点和朋友的感觉是一样的。所以，我们所读到的他的作品，不是他的写作成果，而是他“生命的流淌和保存”。

在他看来，选择了艺术，差不多也就等于选择了自己是一个永不妥协、格外执拗的讨人嫌的人。自己不会放过揭露黑暗和抨击丑恶的机会，与强暴和专制斗争到底，只为自由而歌唱。要真正做到这一点，不是一般的简单，必须在内心深处，不断地与自己的灵魂开展搏斗和撕扭！因此，张炜用心写的过程，实质上也是自己的灵魂在不停地搏斗和升华的过程！

1992年，他曾为《洗砚池》杂志题词：“拿起你的笔，刻出你的心迹，表达你的尊严。”这十七个字，既是写给杂志的，也是写给自己的。

李洁非在《张炜的精神哲学》里说，我一再在张炜的文章中读到“大心”一词，这是一个很有他思想特色的词，是一个融合了他理想的词。“在这个变色龙般的文坛，他是仅有的几个在艺术哲学和精神哲学上保持了连贯性的作家之一，并且是在格物致知、反心为诚的真正个人化意义上。”①他的用心写，用的就是一颗“大心”，一颗博大之心，一颗“大我”才有的“大心”。他曾经写过一篇文

① 李洁非：《张炜的哲学精神》，《钟山》1999年第6期。

章，题目直抒胸臆：心事浩茫。他的心事，不是自己的心事，不是一个个小小的心事，不是“转回头，迎着你的笑脸，心事全被你发现的”“心事”，而是关心“巨大事物”的“大心”事。

在他的“《辞海》”里“心灵”有时和“信仰”是同义词。他认为，人的写作必须依赖信仰。人的写作是灵魂与世界的对话。灵魂不断地欣悦、挣扎，震颤不已。这就是人的状态。写作恰恰记录和表达了这一状态。帕斯卡尔说：“人是会思索的芦苇。”这句话可以拆分成“人是芦苇，但他会思索”。“人应该有灵魂，人的全部力量、与其他生物的区别，都在这里。”①

周海波、王光东先生指出：“我们知道，当人们疯狂地追逐金钱，创作在大讲消闲的时候，信仰就显得多么悲壮，多么令人激动。张炜坚守了自己的信仰，并以自己对文学的理解和不懈努力，向世人证明了信仰的力量。”②

他为什么如此忠于自己的信仰，忠于自己的写作？易平先生的评价一语道破天机：因为他把生命的价值全部押在了文学上。由此可见，写作不仅关乎他的心灵，而且关乎他的生命价值。

---

① 张炜：《张炜文集》第32卷，作家出版社2014年版，第20页。

② 周海波、王光东：《守望者的精神礼仪》，《当代作家评论》1996年第3期。

第七章　高原：透迤大地的长城

我站在远山遥望

无意中长成一棵树

根脉给我自尊

却阻止我走去

让我一生遥望

——张炜《皈依之路》

2010年3月，张炜的“大河小说”《你在高原》由中国作家出版社正式出版。一部著作10个单元、39章、450万字，而且是一次性推出，这在中国出版史上没有先例，在整个中国文坛也是第一次。因此，它成为出版界的一个重要事件，也成为中国文坛的一个重要事件。这一年，因《你在高原》在文坛引起广泛热议，成为讨论的焦点，被文学界和评论界称之为“张炜年”。[①]这是继“古船年”之后，张炜的第二个“专题年”。这种热度，并没有随着2010年的结束宣告终结，而是持续了长达三年之久。一部作品引起如此巨大、

① 亓凤珍、张期鹏：《张炜研究资料长编》，山东教育出版社2018年版，第475页。

如此广泛、如此长时间的关注，在中国文坛是一种极为罕见的现象。它仅仅是一部“有一定阅读难度”的纯文学作品，而且并没有迎合快餐文化的“时代潮流”，也没有改编成电视连续剧或者电影大片在社会上制造轰动效应。这就显得尤其难能可贵了。

作品出版伊始，文学评论家孟繁华指出，2010年，长篇小说最大的事件莫过于张炜的“大河小说”——《你在高原》的出版。这部鸿篇巨制我们还没有做好评论的准备。但可以肯定的是，在接触它的瞬间掠过心头的就是“震惊”。“震惊”的不只孟繁华，不只他一个人，还有很多读者，很多评论家。即便那些“冷眼旁观”文坛的人，那些几乎对当代文学失去信心的人，面对这部巨著也不可能再保持自己的超级淡定，而是会从内心深处激起些许波澜，心生一番敬意。

震惊，为何震惊？为其宏大结构所震惊，为其达到的高度所震惊，为其顽强的毅力所震惊。时任作家出版社副总编辑、该书统筹和终审的杨德华先生也感到了震惊。2010年4月5日，他在《文汇报》发表《一座用心血浇铸的历史浮雕》一文，对《你在高原》发出六个方面的由衷感叹。杨德华说，作为稿件的终审，我终于读完了张炜的长篇小说《你在高原》。对于我来说，这也许是本人阅读和审稿史上最为漫长的一次。掩卷思之，心潮久久不能平静。当我试着梳理繁漫的思绪时，发现至少有六个感叹沉淀在心底，以至于不得不一吐为快。一是感叹它深沉的思想和强大的道德勇气；二是感叹它强烈而真实的现场感；三是感叹它百科全书般的容量和质地；四是感叹它描绘的令人震惊的众生相；五是感叹它艺术探索的难度与勇气；六是感叹它与作家其他作品形成的奇妙关系。为了编辑这部书，杨德华曾经得了一场重病，生病期间依然坚持审稿。为什么会对这部书如此重视，如此爱惜？只因为在他心中，这部书对于中国文坛来说别有一番意义。

2010年9月4日，中国作家协会在北京专门举行《你在高原》作品研讨会，与会专家对其展开研讨，给予高度评价。《人民日报》《工人日报》《文艺报》等报纸杂志先后对《你在高原》进行了报道和评论。《人民日报》认为张炜正行走在汉语写作的高原上。《工人日报》认为《你在高原》是具有榜样意义的创作。《文艺报》则刊登一组文章，集中对《你在高原》展开评论。陈晓明认为，《你在高原》本身就是高原，大气俊朗，宽广通透。雷达认为，《你在高原》是燃烧心灵的长途旅行。贺绍俊认为，《你在高原》是在引导人们走向理想的家园。李建军认为，《你在高原》是对大自然的最深刻和热切的感情。吴秉杰认为，《你在高原》深刻传达知识分子的内心世界。张炯认为，《你在高原》是时代的镜子，历史的百科全书。白桦认为，《你在高原》是"三气合一"的文学大作。何向阳认为，《你在高原》是与生命同长的精神追索之旅。施战军认为，《你在高原》是屈原式的彻痛。李亦认为，《你在高原》的长歌在高原回荡。舒晋瑜认为，《你在高原》是探路大时代的大作品。这些人物，几乎囊括了当代文坛最著名的专家和评论家。他们从不同侧面，对《你在高原》做出了认真严肃地分析，给予了充分的肯定和赞扬，深刻把握了其精神实质、艺术成就、时代贡献和历史意义。绝大多数很有见地，也恰如其分。但有些评论，对张炜和《你在高原》也有一些误读，甚至被贴上一些标签。

《你在高原》问世后，张炜曾接受采访，介绍该书创作的一些真实情况和真实想法。2010年6月，香港《明报》专门刊载张炜的文章《22年的跋涉》，介绍了《你在高原》的创作情况。当年6月19日，《新商报》刊载李媛媛的专访《张炜：写一本不屈服的书》。7月，《天涯》刊载梁文道的专访《有一些神秘的东西蕴含在时间里》。9

月，《出版人》杂志社刊登田伟青的专访《张炜：我的心啊，在高原》。从那一系列报道可以看出，《你在高原》是一本呕心沥血之书，是一本具有神秘性的书，是一本一心向往高原的书。

当凤凰网记者要张炜以作者的身份，向潜在读者推荐这本书时，他说：恢复记忆，唤起激情，不忘他人的苦难。这应该是他创作这部书的最初动因。

可以看出，“大河小说”的命名是对评论界认识误区的一次纠偏。张炜的“秋天三部曲”诞生之时，评论界普遍认为，那时候张炜的作品基本围绕故乡的芦青河展开，属于“大河文学”。自从《古船》问世后，又有一部分评论家认为，张炜的创作转向了新的领域，由“大河”转向了“大海”。实际上这是一种误解。他后来的作品，无论是《古船》，还是《九月寓言》，抑或《柏慧》《家族》《外省书》等，都没有离开故乡，没有离开“芦青河”，严格意义上都属于“大河系列”。《你在高原》，虽然是一部在大地上的“行走之书”，虽然冠名《你在高原》，但依然没有离开故乡，离开“芦青河”。所谓“你在高原”，只是他从大河角度，对高原、对精神高地的一种向往，并非写的就是高原。

这是一部异常丰富博大的书，仅凭既有的、某个侧面的评价不能概括其全部故事、全部精神和全部风貌。

“大地上的行走之书”，是作者自我介绍时的一种界定，也是他写成之后“穿越旷邈和远征跋涉的”一种感觉。但这一说法即便出自他本人，也不能够概括作品的全部。因为，“大地上行走”只是一种生活状态和精神状态，没有揭示它究竟铸造了什么，究竟给历史、给时代、给文坛留下了什么的问题。

“一位地质工作者的手记”，是该书创作的基本方式，也是张炜的自谦式介绍。但“地质”只是其外在的表象和具体的承载，没有概括出其精神内涵。实际上，它透过地理之质，写的是历史之质、时代之质、社会之质和人心之质。它不仅是一部“手记”，还是一幅“文字工作者的精神地图”。

“百科全书式的著作”，也是一个不错的评价，但只能说明它内容的丰富，知识的渊博，涉猎的广泛。最关键的是它没有道出心灵的依托，没有道出作品中那种昂扬向上的历史精神和时代价值，没有道出它是生机勃勃的历史画卷和生活画卷。

“史上最长的纯文学作品”，也只能说明它的字数，它的长度，甚至包括它的纯粹性。但是，看不见它的厚重，它的伟大，它的光芒与不朽。文章再长，如果没有厚重作支撑，即便能入选《吉尼斯世界纪录大全》又如何？

著名评论家雷达当年曾称赞《古船》是民族心史上的一块厚重碑石。沿着这个思路，我们可否这样认为，《你在高原》是民族心史上的一座长城。它是张炜精心构筑的一座文学的长城，是他为中国文学构筑的一道厚重的长城。它像西起嘉峪关，东至山海关的那座千年不倒的“伟大的墙”，矗立在当代文坛的高原上，深沉苍凉，放射光焰。这样一个说法，看似有些夸张，实则不然。因为，上下五千年，浩瀚文学史，毕竟有一部，而且仅有一部《你在高原》。

《你在高原》是张炜20年心血、汗水和智慧的结晶，是他用“砌长城”精神一砖一瓦、一石一木建立起来的恢宏建筑，也是他文学长恋的一次集中展现。

《你在高原》的写作是极其艰辛、极其孤独、极其悲怆的。“茂长的思想，浩繁的记录，生猛的身心”是成就这部宏伟著作的三大因素。从心理学角度来分析，《你在高原》是他“内心不安和冲动”的结果。他在随笔《渴望更大的劳动》中曾介绍说，第二部长篇小说《九月寓言》即将完工时，有两个因素使他变得格外不能安宁，以至于要努力掩饰和一再压抑内心的冲动：一是长久的写作过程中，在阅读和行走两个方面都有了大量的积累，它们在心中鼓胀着，却没有通过自己的作品全部表达出来，没有淋漓尽致；二是以往的工作激励了自己，再加上正当盛年，开始渴望一场规模空前的更大劳动。正是这“内心的不安和冲动”，化成了苦行僧式的“智力+体力”的艰苦劳动，创造了这部宏大的艺术作品。这完全符合马克思主义文艺学说。

为了完成这部巨著，他真的像一个真诚的地质工作者一样，足迹踏遍胶东平原，栉风沐雨，星夜兼程，“从春天到冬天”，丈量脚下的土地，仰望天空的星辰，吸天地之灵气，沐日月之光华，从民间、从时代、从大地汲取营养和力量。宫达先生在《〈你在高原〉诞生记》里介绍了张炜创作这部书时的情景和故事，令人击节，令人赞叹。1987年，张炜开始了系统的行走计划、工作计划。这使他更大地点燃了创作激情，开始了《你在高原》呕心沥血的行程。

为了抢时间，他养成了很快的吃饭速度，他填鸭似的往胃里灌。为了方便，早餐时他把好几种食物放在打汁机里打碎，问他什么滋味，不知道，那时候他还未从睡眠中清醒过来呢。他告诉宫达先生，等大脑完全清醒时，食物也消化完了，正好投入工作。

有一次，过度的劳累使他突然被送进医院急救，还有超强度地使用大脑，造成了他至少七八次的晕厥，最长的一次昏迷长达十几分钟。这极其危险的身体警告并没有阻止他一笔笔刻写《你在高原》。即使是被数次下过病危通知的大病，也没能阻止得了他的脚步。他事后微笑着说，当他躺在医院的病床上时，想的是何时才能下床走上一小步。如果可以下床走动，就意味着，他就可以继续《你在高原》的行程了。

为了这部书，张炜竟如此不爱惜自己的身体，不珍惜自己的生命。如果他当时晕厥不再醒来，我们又如何能见到这部巨著？试问当今时代，谁还肯将自己置于如此艰苦、如此窘迫、如此决绝的境地，默默无闻、日复一日、不怕劳累、不怕倒下地干着这种“修长城”的事业？

张炜在2009年9月11日的写作笔记中，曾有这样一段介绍：杨德华认为无论如何，这将是包含文学和生活神秘最多的长卷，阅读时让他常常双泪长流。他问张炜，你写作时流泪吗？张炜搪塞过去。对这个问题，张炜不想回答。如果不能感动自己，又怎么能感动他人，更何况是对感动要求极为严格的编辑。

创作《你在高原》时，有些书目写得很慢，有些书目反复修改，有些书目的写作和修改交叉进行，有时候多头并进。单看其写作时间、地点和修改次数，就能窥见其中的艰辛。《家族》，1994年1月起草于济南东八里洼；2004年4月17日，三稿成于烟台万松浦。《橡树路》，1992年5月—2008年12月，一稿至三稿成于烟台龙口、济南；2009年12月2日四稿成于烟台龙口。《海客谈瀛洲》，1991年8月—2008年4月，一稿至四稿成于龙口、济南；2008年11月—2009年12月，五稿至六稿成于济南、龙口。《鹿眼》，1991年7月—2006年6月，一稿至六稿，成于龙口、济南；2009年1月—12月，七稿至八稿成于万松浦。《忆阿雅》，1990年9月—1995年10月，一稿和二稿成于龙口；2009年10月，三稿成于万松浦。《我的田园》，1990年4月—2001年11月，一稿至三稿成于龙口、济南；2009年11月，五稿成于济南、龙口。《人的杂志》，1991年10月—2006年8月，一稿至三稿成于龙口、济南；2009年10月，四稿成于万松浦。《曙光与暮色》，1992年3月初稿成于龙口；1997年5月二稿成于济南；2009年6月五稿成于龙口。《荒原纪事》，1992年1月—2007年5月，一至四稿于龙口、济南；2009年7月，五稿成于万松浦。《无边的游荡》，1992年12月—2007年7月，一稿至三稿成于龙口；2009年11月18日，五稿成于万松浦。这些书，最少的也改了三稿，多的高达八稿，有的仅修改就长达一年多时间。一部书，整整耗费了张炜20年的光阴，那是他“抚摸与镌刻的20年，不舍昼夜的20年”。试问人生有几个20年？

这部书，毫无疑问是张炜创作出来的，他自然是它的“母亲”，他的“主人”，它也自然属于他，但它又不仅仅属于他一个人，它属于那片土地，属于那个时代，属于那里的人民。因为它是时代的产物，是大地的产物，是凝聚民间智慧的产物。

《你在高原》主题深刻，思想深邃，是一部民族的心灵史诗，是时代的正气之歌，体现的是坚韧不拔和自强不息的民族精神。

精神自救是张炜文学创作的最大特征，《你在高原》最能体现这一特征。

著名学者严家炎在《二十世纪中国文学史》中曾经指出，张炜是思想底蕴比较深厚和深邃的小说家之一，自鲁迅以后，二十世纪中国文学史中像张炜这么注重作品思想性和哲学内涵的作家已经不多了。《你在高原》很好地体现了这种思想性和哲学内涵。它以宁、曲两个大家族的悲剧故事为主线，以宁伽、梅子、吕挚、宁周义、宁珂等人为主要人物，以“行走”为主要行为方式，讲述了“大河”沿岸人们的历史变迁和现实考验，讲述了他们的生活、生存方式及自己的不断追寻与探求，揭示了历史的悲剧、时代的悲剧、社会的悲剧和家族的悲剧。

它对家族的追溯，是为了正名历史；它对时代的摹写，是为了警醒时代；它对人性的揭露，是为了完善心灵；它对爱情的讴歌，是为了爱的美好；它对悲剧的展示，是为了悲剧不再重演。

它是一部家族的史诗，艺术再现并深刻地回答了两个家族从哪里来；他们是谁，为何而来；他们有什么特质，有什么发展变化；他们究竟向何处去，他们与社会、与时代、与环境，以及人与人之间究竟有着什么样的关系等人生哲学问题。

张炜曾如此判断：史诗必须具有强大的艺术魅力，充满灵性，洋溢着旺盛的生命力，而且是鸿篇巨制。《你在高原》符合上述史诗的标准和条件。他在《你在高原》序言中介绍：这是一部超长时空的各色心史，跨越久远又如此斑驳。

2010年10月11日，中国人民大学文学院和当代文艺思潮研究所主办“著名作家进人大”活动，专门举行《你在高原》研讨会。会议的主题便是：大地行吟与历史书写，直接揭示了《你在高原》的史诗性特点。2011年4月24日、25日，中国当代文学馆在《人民日报》和《文艺报》上分别发布《2010年中国文学发展概况》。在介绍《你在高原》时指出，它在对自然、乡土和人性的忧患及现代文明的反思中求索，力图构筑当代社会的心灵史。

它是时代的正气之歌，展现了不屈服、不妥协、不随波逐流的精神。它敢于直视时代，具有强烈而真实的现场感。张炜曾将当今时代细分为“三个时代”：商品时代、消费时代和网络时代。每个时代都有自身的时代特征，每个时代他都有自己的思想和主张。商品时代，他倡导新人文精神，抵制庸俗、媚俗和艳俗，反对妥协和投降。消费时代，他主张精神背景，抵制文化沙化，反对精神流食。网络时代，他主张个人语调，抵制网络洪流对精神的消解和数字化洪流对个性的淹没。《你在高原》的写作，正是体现了这些认知和主张。

它具有强大的道德勇气，使作品充盈着一种天地间的浩然正气和清洁精神。在物质主义和消费主义横行，娱乐至死潮流难以遏止的时代，所有艺术家都深处其中，大多数被这个潮流裹挟，有的随波逐流，有的被淹没其中。然而，张炜的《你在高原》却顽强地挣脱了这种海啸式的强大惯性，能够在长达二十几年的时间里，以宗教般的虔诚，展开了一场长途跋涉和精神远行。如果没有强大的道德勇气和理想支撑，这种叩问是不可想象的。物质主义时代，有些人是以低俗的炫示为荣，以追究和思考为耻的。反衬之下，就愈加凸显了《你在高原》的精神品质，使其别具光彩。

《你在高原》结构严谨，气势恢宏，是一个大制作、大创造，具有长城一样的伟岸和气魄。

它是一部巨著，以宏大规模建构“中国故事”，讲述“民族故事”。读它的时候，思绪会飘得很远，不自觉地将它和世界文坛的名家名著联系起来。隐约感知，它与巴尔扎克的《人间喜剧》、托尔斯泰的《复活》、普鲁斯特的《追忆逝水年华》有某些相似之处。

它具有长城一般的骨骼、长城一般的架构、长城一般的质地、长城一般的坚固。一切都显示着作者非同一般的驾驭和掌控能力。《你在高原》序言如是介绍：10部书虽然每部可以相对独立，却跳动着同一颗心脏，有着同一副神经网络和血脉循环系统。杨德华认为，它与一般系列长卷作品有一个质的区别，即它是一个完整的生命躯干。因此，它不是系列作品，而是一部完整的书，一部“大写的书”。

它的10个卷本虽然各自相对独立，但思想内容有着非常紧密的联系，是一个完整有机统一的整体。《家族》是一部“血缘”启示录。叙述的是一个历史与现实交叉的家族故事，充满“战斗性”。关键词是“叛逆”、“追梦”和“坚守”。

《橡树路》是一部“行走”启示录。叙述的是一个永远排遣不掉、充满了诱惑和诗意的“童话”故事，充满“传奇性”。人性的阴冷、时代的堕落和追求的美好，是其三大基本内涵。“我不安，我反抗”是其基本主旨。

《海客谈瀛洲》是一部“梦幻”启示录。叙述的是为一个“名人”写传记，从而发现历史和人性某些真实的故事，充满“真实性”。关键词是“发现”和“斗争”。故事围绕两条线索展开，第一条线索揭示时代的浮躁、堕落和趋利。另一条线索揭示某些人的虚伪、扭曲和贪欲。

《我的田园》是一部“回归”启示录。叙述的是一个中年人挣脱城市森林，回故乡经营葡萄园，不断追寻和破解家人当年在革命队伍里蒙冤去世之谜的故事，充满“悬疑性”。关键词是“回归”和“追问”。

《鹿眼》是一部“爱情”启示录。叙述的是主人公与一个鹿眼女孩之间发生过一场奇异的感情，然而最终以悲剧结束的故事，充满“唯美性”。关键词是“美好”和“悲伤”。

《人的杂志》是一部“家园”启示录。叙述的是主人公宁伽逃离喧闹浮躁腐败的城市，回到老家创办葡萄园、酒厂，接手一家面临停办的杂志，最终以失败告终的故事，具有“现实性”。关键词是“家园”和“坚守”。

《忆阿雅》是一部“守护”启示录。叙述的是主人公经历了父亲被迫害后的贫困、孤独，被人歧视，以及阿雅遭受血腥磨难的故事，具有“悲剧性”。关键词是“顽强”和“抗争”。

《曙光与暮色》是一部“追忆”启示录。叙述了一个人的回忆，不同年代所发生的部族迁徙、地质考察、劳役纪事、鲁滨逊式逃亡、淘金热，具有“曲折性”。关键词是“迁徙”和“变化”。

《荒原纪事》是一部“变迁”启示录。叙述了触目惊心的民间疾苦，荒原的乡亲为保护家园奋起抗争，最终失败的故事，具有“冲击性”。关键词是“正义”和“捍卫”。

《无边的游荡》是一部“心灵”启示录。叙述的是主人公宁伽经历着难言的人生苦痛，从肉体的游荡到精神游荡的故事，具有“震撼性”。关键词是“漂泊”和“皈依”。

它们沿着这样一种轨迹推进运行：血液——行走——梦幻——回归——家园——爱情——守护——追忆——变迁——心灵，战斗性——传奇性——真实性——悬疑性——唯美性——现实性——悲剧性——曲折性——冲击性——震撼性。10部启示录，像万里长城上的一个个城垛和关隘，手挽着手，肩并着肩，心连着心，紧紧地联系在一起，构成它气势磅礴、深沉雄浑、奇绝伟岸的生命图腾和“思与诗的交响”。

著名学者李俊国曾在《以无边的“游荡”趋向精神的“高原”》中，专门研究《你在高原》的结构。从“行走—游荡”“探访—凝思”“野地—高原”“后撤—横站”四组关键词为路径，展开了对其结构的研究和分析，窥见其精神世界和文字构架的严整性。①

《你在高原》的结构之奇伟，还在于它构建了一个独特的“人物王国”，塑造了近百年中国社会发展推动者和参与者的人物群像。这些人物，有血有肉，个性鲜明，雕刻在“长城之上”，雕刻在“历史和时代之上”。杨德华称赞这书是“用心血浇铸的历史浮雕”，他所说的“浮雕”的具体指向也应该在这里。它的人物群像既各有特点，又有基本“基因”和“图谱”。

在张炜营造的这个独特世界里，在那片“走向高原”的胶东大地上，生活并活跃着形形色色的人物，知识分子、实业家、政治人物、流浪汉、市民与乡党、边地异人，其数量多达几百个。宁伽、梅子、吕挚、宁周义、宁珂、阿萍、庄周、武早、林蕖、小白、象兰、四哥、罗玲、肖潇、毛玉、太史、瓷眼、三先生等，这些使人心动难忘的角色可以开出一串长长的名单。这些人物群像，展现了“家族的传承”、“个人的奋斗”和“心灵的向往”；同时，也展现了“人民的力量”、“历史的力量”和“唯物主义的力量”。

作品的主要人物宁伽是一个生命的“硬汉”，是民族精神的代表，也是作者张炜本人的艺术化写照。他像一个背负苍天的勇士，行走和跋涉在他塑造的长城上。凄苦、呐喊、愤怒、思考是他的生活状态；坚韧顽强、永不屈服、义无反顾是他的生命底色。之所以感人，就在于他身上体现出的巨大悲剧力量，像那位伟大的先民夸

① 李俊国：《以无边的“游荡”趋向精神的“高原”——张炜小说〈你在高原〉的结构—功能研究 》，《华中师范大学学报》2012年第3期。

父一样。

《你在高原》价值独特，地位独特，像万里长城雄踞高原之上，难以超越，也难以复制。

长城是世界上独一无二的，难以超越、难以复制的。《你在高原》同样具有这种特性。

《你在高原》的成功，客观上证明了张炜是一位有强烈社会责任感和天下担当的作家，是一位在市场经济大潮中具有中流砥柱作用的作家，是一位能够写出史诗级作品和扛鼎之作的作家，是一位无愧于时代、无愧于大地、无愧于人民的作家。

“大音希声”——这应是《你在高原》思想上达到的高度。正可谓“仰之弥高，钻之弥坚”。互联网上如此介绍其思想成就：它包罗万象、精彩纷呈，是一部足踏大地之书，一部“时代的伟大记录”。各种人物和传奇、各种隐秘的艺术与生命的密码悉数囊括其中。它的辽阔旷远与缜密精致得到了完美的结合；它的强大的思想的力量和令人尊敬的“疯狂的激情”，给人以巨大的冲击力。我们可以设问，当人们回眸打量20世纪转型的中国，还有什么会比这部煌煌大书更为丰富、逼真和生动呢？

“无与伦比”——这应是《你在高原》艺术上达到的高度。杨德华先生认为，作为一次高难度的、复杂的文学实践，《你在高原》可以说集中了19世纪至今中外主要的文学试验和探索成果，第一次囊括了西方19世纪现实主义和现代主义运动以来的技法，更深得中国古典文学的气韵，其大开大合、气势磅礴的构筑，每每令人惊叹。全书至少包含了几百个精妙的细节、几十个性格迥异的人物，无数的重大场景和历史传奇，这种交织演绎的难度可想而知。那宽广的格局与缜密严谨的细部，几近两极状态，却能够形成深层的和谐与完美。语言之精致细腻，运思之绵密邈远，都是作家以往创作所未能抵达的。在网络时代的书写呈现斑驳破败、文学阅读变得越来越困难的时候，辨析和维护真正的文学语言，确立书写的标准和高度，已经是十分迫切的了。也正是从这个意义上说，《你在高原》纯正严谨的文学语言，更显示出它弥足珍贵的贡献：依仗对语言的苛求和抵达的高度，它得以成为一部精美之书，一份诞生在世纪之初的沉重的精神礼物。在艺术制作极为商业化和娱乐化、浮躁急就几近常态的情势之下，作家的匠人之心令人敬重。

“难以超越”——这应是《你在高原》地位上达到的高度。《光明日报》曾发表何建明的《〈你在高原〉：无尽的长旅》。该文认为：“这部书在当下中国文坛具有不可超越的意义。主要体现在三个方面：所花费的精力和时间上具有不可超越性。创作精神和文学追求上具有不可超越性。深沉热切的哲学意识和自然景物描写的浑然一体的艺术之美，具有不可超越性。”①进一步分析，还有更多的不可超越性：宏大逼真的历史画卷和生活画卷具有不可超越性；深沉博大的思想内容和坚韧不拔的精神追求具有不可超越性；上百个有血有肉的浮雕式人物群像具有不可超越性；干净纯粹的“思与诗”的文学语言具有不可超越性。

“没有终结”——这应是《你在高原》的未来走向。据张炜介绍，《你在高原》出版前，他曾经担心对一般读者来说，会不会造成阅读和理解上的难度。等作品正式出版之后，才发现低估了这个

① 何建明：《你在草原：无尽的长旅 》，《光明日报》2011年8月25日。

时代和读者的耐力。很多读者认真仔细地阅读了这部450万字的作品。有一个东部海边的公务人员，用三个月的时间读完了全书，而且写下了10万字的读书笔记。这10万字，完全可以出一本书。西部地区有一位年逾古稀的女科学家读了这部书后，叮嘱自己的两个孩子，暂时放下手头的事情，把这部著作从头到尾仔细读一遍。这是怎样的阅读盛景！它告诉我们，优秀的作品永远不缺乏真正的知音和优秀的读者。不是吗？《你在高原》已经悄悄拨动了时代的心弦，走进了读者的心灵，引起了读者的共鸣。

作为“书中”人物的一员，或者说是主要人物，面对《你在高原》的成功，张炜更多的时候是将一切掩入内心。因为他知道，“你尽可以畅言，却又一言难尽”。

我们仿佛看到：张炜不是在高原，就是在去高原的路上。等蓝色沉入黑暗，大地上的行者走向远方。《你在高原》是一本没有写完的书，它像那座古老的长城，无限地向远方延伸。

第八章　刺猬：现代社会的异人

她走近心中的英男子
为死亡备下一串刺芒
滚烫的眼角上
闪烁出冰凉的星辰

——张炜《也说玫瑰》

世纪之初，张炜进行了新的探索，新创作完成了三部长篇小说，书写了现代社会“三大异人”的故事，分别是“狂人”（艺术天才）、“吃人”（食人番）和“痴人”（大痴士）。

《能不忆蜀葵》之于张炜，犹如《向日葵》之于梵高。故事围绕一个艺术天才来展开。强烈的时代感、鲜明可爱的人物、深刻的矛盾冲突、曲折动人的故事、触痛心灵的情感和极度浪漫夸张的手法，使其成为拥有读者最多的一部书。这是一部关于“激活”时代的书，适合在风起云涌的岸边阅读。这是一个关于艺术“狂人”的故事，必须从语言进入才能理解。

究竟怎样的时代背景/深刻的当代性/时代也是一把杀猪刀。

时代有时像列车，按照既定轨道有序运行。有时也像醉汉，吐着酒气，跌跌撞撞往前跑。《能不忆蜀葵》展示的时代，是一个“大时代”，一个全面“搞活”的时代，一些不该被激活的东西也在无意中被激活了的时代。

被激活的社会不再稳定，包括爱情，也包括家庭。在这样一个时代，离婚也被激活了。“我身边的几个人都离婚了，有人已经是第二次了。嘿，这就对了，这多么好——整个社会都处于激活状态……”[①]“老婆这东西，旧的不去新的不来。当然，温故而知新，新人辈出——总之，要激活！”[②]“对于一般男人而言，不是别的，正是形形色色的婚姻销蚀了他们的斗志，多么可怕啊。婚姻本是人世间最常见无奇的东西了，却想不到蕴藏了这等玄妙！”[③]

时代还“激活”了艺术。各种新潮艺术盛行，极度吸引眼球，原有的艺术被打入冷宫，有的艺术家陷入无边的孤独和无助。让我们来谈谈这个时代，谈谈这个物质时代与激活的艺术。

时代激活了“瘪三”。“他真想了解一下，这个无所不能的世界又变出了怎样的魔术：在一个数一数二的笨蛋身上搞出什么恶作剧？”[④]“母鸡变身金凤凰。”靳三，这一原本是“垃圾艺术家”的人，现在却大行其道，横行天下。老广建这种原本上学时最笨的

① 张炜：《能不忆蜀葵》，作家出版社2003年版，第2页。
② 张炜：《能不忆蜀葵》，作家出版社2003年版，第134页。
③ 张炜：《能不忆蜀葵》，作家出版社2003年版，第134页。
④ 张炜：《能不忆蜀葵》，作家出版社2003年版，第80页。

人，很快成为暴发户，拥有巨额财产，过上“体面”和“有尊严”的生活。真正的艺术家却被逼得无路可走，被迫“下海”。

岁月是把杀猪刀，时代也是一把杀猪刀。这刀虽然无形，但很快、很锋利。时代的杀猪刀杀了艺术。“目前的全部问题，尴尬的全部原因也许是：自己在一个物质的时代却偏偏选择了艺术。是的，看看那些熟悉和不熟悉的艺术家吧，只要他们不就范商业或其他，那就只有贫病潦倒。一个极有才华、天真如儿童的画家不久从五楼跳下，摔成了残废。另有一个驰名画坛的中年艺术家不小心卷入了纷争，结果肋部被捅了六刀，至今仍躺在医院里。更有那些潜隐的无所不在的苦难……”①“其实这也是当今城市里最常见不过的事儿，一个恶棍可以随心所欲地糟蹋一个艺术家！”②

时代的杀猪刀杀了友谊。“想想看，自从你功成名就之后，就再也不能促膝谈心了。这真是时代的悲剧。我们有了隔阂，尽管无数次想打破这隔阂，结果还是白费。”③“商品法则伤害了他们二十年的友谊，还有那个该死的洋奖，也造成了这种伤害。”④

揭开了时代的面纱，推进了生活的真相，这是《能不忆蜀葵》的当代性。之所以称其为“艺术的悲悼，友谊的悲悼”，理由就在这里。

---

① 张炜：《能不忆蜀葵》，作家出版社 2003 年版，第 168 页。
② 张炜：《能不忆蜀葵》，作家出版社 2003 年版，第 123 页。
③ 张炜：《能不忆蜀葵》，作家出版社 2003 年版，第 10 页。
④ 张炜：《能不忆蜀葵》，作家出版社 2003 年版，第 76 页。

究竟怎样的精神内涵/悬幻的象征/蜀葵是画家的“向日葵”。

作品多次写到蜀葵——一种很特别、有寓意的花。“他们那次看到了海草房子，海鸥，屋前有一片片的蜀葵花……”①“淳于新搬出的这些画都画了蜀葵，大小五六幅——明亮逼人的光马上投射过来……夏天的光，夏天的热量，中国乡间的烂漫和魅力。”②“一种属于他们两人之间的独语，正从数不清的花瓣和叶片之间汩汩流出。蜀葵，懂得羞愧的花，这一刻热情逼人。”③“那些蜀葵对桤明多少有点神秘。他心里除了感激还是感激——为蜀葵，为淳于。”④“一走进蜀葵林她再也走不动了。眼前发黑，脚下打漂，一下跪倒了。”⑤“淳于那时画了欲望的蜀葵，而自己则画了思念的蜀葵。”⑥这里几乎到处充盈着蜀葵。故乡的蜀葵，小岛上的蜀葵。初春的蜀葵，夏日的蜀葵，秋天的蜀葵。桤明的蜀葵，淳于的蜀葵。米米身边的蜀葵，雪聪看到的蜀葵。疯长的蜀葵，画中的蜀葵。眼中的蜀葵，记忆中的蜀葵，梦中的蜀葵。童年的蜀葵，现今的蜀葵，永远的蜀葵。

这样的蜀葵，究竟象征着什么？蜀葵的花语是什么？是梦，是主人公的一个梦，梦在蜀葵。这是故乡的梦、自然的梦、艺术的梦、人生的梦；是孤岛之梦，是喧庐之梦，是友谊之梦，也是爱情之梦；还是作家本人和主人公的“向日葵”之梦。

---

① 张炜：《能不忆蜀葵》，作家出版社2003年版，第32页。
② 张炜：《能不忆蜀葵》，作家出版社2003年版，第37页。
③ 张炜：《能不忆蜀葵》，作家出版社2003年版，第37页。
④ 张炜：《能不忆蜀葵》，作家出版社2003年版，第37页。
⑤ 张炜：《能不忆蜀葵》，作家出版社2003年版，第39页。
⑥ 张炜：《能不忆蜀葵》，作家出版社2003年版，第170页。

究竟怎样的一种友谊/海水与火焰的冲突/背后有一双看不见的手。

桤明和淳于是一对“挚友”，但不属于“诤友”。他们的情感，曾经浓得化不开。两人在认识以后，曾经认为，再也不会分开。他们曾经约定，永远相知和信赖，携手共赴一个未来：两个艺术家的登峰造极。桤明甚至从来没有像爱淳于一样爱过任何人。而后来他们闹隔阂的时间，似乎比在一起的时间还要长。他们出生在相似的家庭，祖辈都曾参与革命，也都是“胜利者”，虽然后来的结局不同，两人对此的认识不同，但他们都挚爱艺术，也有崇高的信仰和追求。

英年早逝的作家王小波曾在小说《黄金时代》中，借用主人公的话说，《水浒传》中的豪杰们，杀人放火是家常便饭的事儿，可一听到及时雨的大名，立即倒身便拜。我也像那些草莽英雄，什么都不信，唯一不能违背的就是义气。只要你是我的朋友，哪怕十恶不赦，为天地所不容，我也要站在你的身边。桤明和淳于的友谊，显然不是这一类型。他们不是草莽英雄，在一起做朋友也不是为了义气。他们因为对艺术的共同追求走在了一起，又因为对艺术的追求产生了严重分歧。他们之间的矛盾冲突有性格上的因素。一个是风，是火，是激情；另一个是水，是冰，是理性。他们在一起，一半是海水，一半是火焰。淳于是一团火，桤明是等待燃烧的柴。每一次相遇，都是一次燃烧。过度燃烧，必然造成“过火”行为；也有一点嫉妒心理，在悄悄作怪。那个自称“天才”的人，曾经发问：“我想问你一句，你估计将来有没有可能——超过我？”①对方没有回答，也无法回答。他们背后，有一双无形的手，撕扯着他们的友谊。围绕实现艺术理想，他们选择了不同的道路。面对日益恶化的艺术环境，淳于依然坚持着孤傲的本色，而桤明选择了一条中间道路。矛盾便自然而然地发生了。

究竟怎样一个“天才”/最突出的感受是心痛/另类“狂人”形象。

淳于是一个自称“天才”的人，而且真的有一些“天才”的能力，能够从任何一种环境中呼吸到令人欢快的空气。他太善于享用和发掘快乐的资源了。他的生命主题写着四个大字：拒绝平庸。如果自己不是一个伟大的艺术家，如果自己像其他艺术家一样平庸，那么对自己就是地狱。这是一种“不伟大，毋宁死”的气概！他是当地公认的“生人”——“生猛”之人，也是社会和时代中的“狂人”，一个具有多重性格的人。他行为怪异，语言惊人，本色又非常透明，拥有一颗出奇美丽又出奇善良的心。

他还自称是一朵“恶之花”，盛开在这个时代。他非常勇敢，又非常恐惧，也非常孤独，是“全国最孤独的人”。画最好的画，追求最好的爱情，是他的信条。少年时代，他曾向往像更“生猛”的父亲一样，做一个“马上英雄”。知青时代，他担任“赤脚医生”，发誓要对死亡采取行动，而且取得不错的成果。他治疗饿痨和色痨两大顽症，不自觉中自身也染上某些症状。为了拒绝平庸，他离开了山区，回城追逐梦想。为了拒绝平庸，他苦追苏棉，享

① 张炜：《能不忆蜀葵》，作家出版社2003年版，第77页。

受最好的爱情；为了拒绝平庸，他不惜牺牲友情，谢绝“伪君子”桤明造访；为了拒绝平庸，他不被世俗左右，一直坚持自己的创作风格。

当理想碰壁，尊严受辱，他主动实施“伟大的战略转移”，封笔绝画，下海经商，“燃烧生命”。为了拒绝平庸，再次获得“新的生命”，他又追逐新的爱情——“雪地里的一棵葱”。在此期间，他始终不忘蜀葵，不忘孤岛，不忘喧庐。当经商宣告失败，追逐新的爱情宣告失败，他努力偿还，最终远走他乡。无论是痛苦还是欢乐，他都不能停留在低层次上，这是他的信念。

这个故事是一个极端理想主义者的悲剧，一个在现实世界中梦游者的悲剧。故事最大的悲情在于，一个堂·吉诃德式的人物，居然常常思考“致命的大问题”，总想掌握这个世界的“规律”。一个艺术“天才”就这样被扼杀了，这纵然属于高层次的痛苦，却也依然让人心痛！

究竟怎样一个“老桤明”/最典型的性格特征/现代的另类失败者。

桤明是作者所有作品中最具理想性格的人，也是作者本人经过“化学反应”后生成的典型性格的写照。他最大的性格特征是坚持和隐忍。在他身上，散发着理性和沉静的光辉，绝不像淳于那样自命不凡，我行我素，自由张狂。在生活和艺术上，他走的是“中间道路”，既坚持自己的理想和追求，又适度适应时代的某些要求。在友谊和爱情上，他走的也是“中间道路”，既忠于友谊和爱情，又保持适度、不过火原则。然而，他最终和淳于殊途同归，也是一个失败者，并没有真正“功成名就”。面对所谓企业家的恶意讹诈、开发商对妻子的野心，甚至公开的羞辱和挑战，他是那样的无助。他曾自问，我们的“强项”是什么？是忍受？忍受也许是这个世界上大多数人的“强项”。正是因为忍受，非同一般的忍受，一个脆弱的世界才能存在下去。明知不能再“忍受”下去，却又无力改变，无力反抗。这是无声的控诉，也是最令人心痛的地方。

2003年3月，春暖花开的季节，继《能不忆蜀葵》之后，《丑行或浪漫》由云南人民出版社出版。一个很独特，也很具吸引力的书名，究竟写了什么？谁的丑行？谁的浪漫？怎样的丑行？又是怎样的浪漫？

浪漫为何变得微不足道/不忍直视的丑行和悲惨/另一种“吃人”。

刘蜜蜡、雷丁、铜娃是有理想的人，他们的理想是美好的，也是浪漫的。刘蜜蜡一心想“上书房”学习，长大了当“大写家”，心里爱着老师和铜娃，为了实现自己的理想，不惜舍却一切。“金色睫毛”雷丁老师也是有理想的人，他的理想就是办一所好的学校，让村里的孩子们都来读书，把刘蜜蜡培养成“大写家”。铜娃也是有理想的，他的理想是考上大学，离开这个受气的地方，还要找到“捉草虾的女人”。但是，他们的美好理想，遭到了现实的严重亵渎，与现实的丑行和他们的悲惨遭遇相比，浪漫理想已经变得微不足道。

浪漫稀缺，丑行四处可见。这些丑行，并不是刘蜜蜡、雷丁和铜娃所为，而是发生在大河马伍爷、小油挫、老獾、黑儿、老会计和高干女等人身上。特别是大河马伍爷和小油挫，为了满足自己的私欲，无所不用其极，可以说丧尽了天良，干尽了坏事，丑态百出。刘蜜蜡逃亡路上，曾“放浪”了自己，成了传说中的“浪女”——“光棍干粮”，满足了老光棍“蔑儿”等人的生理和心理需求，也曾和铜娃发生“一次之情”。“我跑出来，跑了一路，遇上了不止一个可怜的人。反正我不想活了，就把自己交给他们了。”[①]但这绝不属于真正的丑行。相反，由于她出于善良之心，应该视为一种“美德”和“善行”。这也绝对称不上“浪漫”，而是现实所迫的无奈之举。

伍爷和老獾等人，是食人族的后裔。他们的祖先虽然早已拔掉了獠牙，很多人的食人本性也早已退化，但在他们这些人身上，依然流淌着食人族的血液，随时随地露出食人的獠牙。黑儿、老会计、女高干、教育助理等人，以莫须有的罪名，准备把“金色睫毛”雷丁老师抓起来，最终“咔嚓”了，吓得其远走他乡，最终走投无路时投河自尽。这不是食人，又是什么？小油挫把女民兵娶回家，因为不能生育，不能为老獾家传宗接代，便让她过上连奴隶也不如的生活，父子两人将其殴打折磨致死。这不是食人，又是什么？小油挫一家人骗娶、强娶刘蜜蜡，对其施行长期折磨，令其被逼无奈离家出走，被抓回来后，又极近羞辱，实施惨无人道的暴行，让其痛不欲生，并趁机将其强行占有，哪还有一点人性？这不是食人，又是什么？

① 张炜：《丑行或浪漫》，云南人民出版社 2003 年版，第 19 页。

真正的好人和孬人/一个根本性的问题/还原事情的本来面目。

谁是真正的好人，谁是真正的孬人？这是一个根本性问题，是所有矛盾的出发点和焦点。按照二元对立理论和阶级斗争学说，这个问题非常好回答。但事实上，它非常复杂。有些被某些人定义为“孬人”的人，往往都是好人。铜娃的父亲，是被冤枉的一个人，他在大雨中劳动，却被人说成是搞破坏，遭到无端毒打。刘蜜蜡就因为有一个“名声不好”的母亲，就因为是一个“遗腹子”，便成为“孬人”的后代，遭到无端威胁和迫害。雷丁老师，拖着多病的身子，把山崖上的学校搞得风生水起，不但没有得到好报，反而遭到无端陷害。他们的心地是那么善良，他们的行为是那么端庄，他们的梦想是那么美好。然而，他们早早地被划入“孬人”行列，成为被恐吓、被监视、被教育、被管制，甚至被“咔嚓”的对象，最终成了被侮辱和被损害的人。

有些自命为“好人”的人，经常欺压“孬人”的人，恰恰是真正的“孬人”，甚至是恶霸。他们借助某些机遇，利用手中的权力和势力，横行乡里，欺压百姓，完全忘记了自己的阶级属性和阶级本质，成为十恶不赦的人。下村村头大河马伍爷，简直就是一个恶棍，一个典型的“土皇上”。他最突出的特点是管理村子“手腕狠”，民兵连、辩论会、黑监狱是他的“三大武器”。民兵连用于吓唬那些“不听话”的人，辩论会用于整治那些“有问题”的人，黑监狱用于制服那些“不认错”的人。他的常用语是“咔嚓”，口头禅是“我日”。他把自己手下的村子搞成了一个“黑暗王国”，自命“皇上”。他虽然没有当上省长，却使上了“缩地法”，把一村缩成一国，差不多就是皇上了。得意忘形时，他自己也说，咱就是皇上又怎么样，咱就有三宫六院又怎么样。哪里还有“好人”的一丁点儿品质？

他为何如此行事？因为仇恨左右着他，这是对所谓“孬人”的偏见和仇恨。因为贪欲左右着他，这是对美好的人、事的强烈占有欲望。控制欲左右着他，这源于唯恐大权旁落、威风不再的强烈担忧。这些人，这些恶行，都打着正义的旗号，打着“好人”的旗号，这不能不令人警醒。昭昭日月，朗朗乾坤，此事为何发生，为何没有人过问，原因究竟在哪里？不能不令人追问。究竟谁是“孬人”，究竟谁是“好人”，究竟谁在“吃人”，不能不令人深思。

一个全新女性的形象/历史究竟是什么/绝对不是一个杀人犯。

作品的一号主人公，是刘蜜蜡，而不是赵一伦。这是一个全新的女性形象：美丽鲜活，善良多情，至情至性，敢爱敢恨，好学上进。她是一个一心追求知识的女性形象。她把读书看得比什么都重要。父母不让她去读书，她不从。那山崖上的学校，是她最喜欢去的地方。读书生活，是她最美好的时光。即便被逼迫改变初衷，同意去下村，也是因为对方同意让她“上书房”。在小油挫家里，她只有一个愿望、一个要求——“上书房”。逃难路上，她什么也不带，只带着她的“书包”。上学是她的一个执念，求得知识是她的一个梦想。

她是一个敢于追求爱情的女性形象。因为喜欢读书，她爱上了“最好的一个人”——雷丁老师。她第一次逃亡，完全是为了这个人——她的老师。为了能找到老师，为了能和老师在一起，她不畏艰难，不辞劳苦，昼夜奔跑。“俺是海边的人，这一路上跑跑停停，只为了寻找俺老师。一个月了，不知跑了多少路，最后才知道老师不在了。俺再也不想活着回去，只想一头扑进这河里。”[①]可是，这时候，她遇上了铜娃，“心狠不下来了”。她爱上了瘸腿老赵家的美少年，一眼就喜欢上了这个忧郁少年。她把自己捉的草虾送给他，把自己美丽的身子交给了他。为了他不受影响，她又下决心离开了他，从此让他再也找不到她。

她是一个敢于反抗的女性形象。面对小油挫和伍爷的强权，她毫不畏惧，毫不妥协，敢于逃跑，敢于拼死反抗。即便被骗，即便被强暴，她也想尽千方百计，脱离魔爪。哄骗不能改变她的想法，失身不能改变她的坚强，无尽的折磨不能改变她的意志，纵然“瞌睡虫”来袭，半睡半醒之间，也绝不停下她奔跑的脚步。

她是一个温柔贤惠的女性形象。当刘蜜蜡变成刘自然来到赵一伦家的时候，她的形象发生了较大改变，变得成熟、沉稳、谦卑、贤惠、体贴。生活改变了她，但依然保留着最初的本色，那是家乡南瓜饼的味道和色彩，是家乡大海的气质和胸怀。评论家戴锦华透过刘蜜蜡，曾写下这样的判断：历史是女人的身体。不错，历史是刘蜜蜡的身体，还是其美丽善良的心性，有时还是其生命中那些难以忘怀的细节。山崖小屋里的读书声——河边的草虾——大地的颤动——暗夜里的奔跑，它们生动而鲜亮，构成一个全新女性的力量和光泽。有人说，她是一个杀人犯，是一个逃亡犯。不，她是一个自卫者！她暗夜里的一刀，不是捅向了伍爷，而是捅向了身边的黑

① 张炜：《丑行或浪漫》，云南人民出版社 2003 年版，第 20 页。

暗，捅向了世界上的不公正。

珂勒惠支说，每当我要创作一个女人形象时，在我的脑海里浮现的始终是一个看到世界苦难的女人。张炜笔下的刘蜜蜡，也是这样一个女人。

南瓜饼是一个梦/一切恍若隔世/黑暗的力量在悄然发生变化。

岁月如梭，当铜娃变成了赵一伦，当刘蜜蜡变成了刘自然，一切恍若隔世，但初心依旧在。南瓜饼是一个象征，是一种乡情。“这个女人也像南瓜：真是丰硕，露在外面的部分红红的。大概她的周身都是火红的。”[①]南瓜饼串起一个梦，一个河边美少年和“捉草虾女子”共同的梦。这是异地他乡的相遇，这是中年危机之时的相遇。妻子肆无忌惮的背叛，女上司无休无止的骚扰。这让一切都让他变得心灰意冷，百无聊赖。她的到来，改变了他的生活，也最终让他们重温旧梦。历尽劫难，终于重逢。这是一个梦，是作者的一个审美理想。这个梦现实世界很可能并不存在。

“俺刺猬，心欢喜；半辈子，遇见你；手扯手，找野蜜；接近了，小心皮……”[②]《刺猬歌》是一首野精灵之歌，也是一首人与自然的和谐之歌。歌声里飘荡着“大痴士”守护家园、守护爱情的悲情故事，演绎着神话艺术版的《荒原纪事》。这首歌，最初像一粒种子植在心里，慢慢发芽生长，长成了令人喜欢的旋律。

---

① 张炜：《丑行或浪漫》，云南人民出版社 2003 年版，第 3 页。

② 张炜：《刺猬歌》，作家出版社 2003 年版，第 47 页。

为什么写动物和人交织在一起/有些人是畜生不如的“上人”/以动物喻人。

这是人与动物相互交融的世界。在这里，人与动物是息息相关的。家畜养在栏里，野畜散在林中。没有野畜哪有家畜，没有畜牲哪有人，没有了林子哪有野畜。他身上的气味，那是莽野之气、绿草的青生气，还多少掺杂一点麝香味儿。大山中有数不清的动物攀爬、移动、呼叫，这让廖麦感到世界的清新和生动。那些没有礼数的闺女，最好能经历一下狐狸的指教。瞧它们眼看就要下小崽了，还是如此妩媚。

以动物喻人，以人喻动物。它告诉人们，有的动物，比人更善良更美好，有的人就是动物，也有的人不如动物。“唐童，金矿主，天童集团董事长，唐老陀的儿子。如今是整个时代的上宾，却算不得上一个人，也算不上一个好畜牲。”①如此“显赫”，如此有“成就”的人物，为何算不上“一个好畜牲”？只因他的所作所为。他不仅不是一个人，还是一个杂食怪兽。眼睁睁吃光了山区和平原的所有庄稼地、村子、园子、水塘。他们开了一个血淋淋的金矿，什么都干，在山地和海边平原发疯一样地挖河寻找，要把整个世界翻个底朝天。他是一个毁灭家园的野兽。早年，他们父子二人发动人们几乎砍掉了林子里的所有树木。后来，他们在这里建起了一个个紫烟大垒，还要建蓝烟大垒、黑烟大垒。把一个好端端的棘窝村，变成“脐窝村”，然后又变成“鸡窝村”。

① 张炜：《刺猬歌》，作家出版社 2003 年版，第 10 页。

他还是一个走了魂儿的“大痴士”。痴于疯狂，痴于对美蒂的追逐。“她是俺的活命粮哩，没有她俺就活不成了……”[①]为了得到美蒂，他用尽了各种手段。差一点儿把美蒂爱着的廖麦活活打死，逼得其仓皇外逃，亡命他乡。采取强硬手段无果后，他曾长期囚禁美蒂。美蒂骂他是“猪狗不如的畜牲”。后来他变换手法，硬的不行来软的，最终得手，骗美蒂和他发生了“五次”关系。这是一个有命案在身的真正的“野兽”。他与珊婆狼狈为奸，干尽坏事，曾和珊婆一起，用七叶草偷偷害死鱼把头。金矿塌方，很多员工被埋在里面，他不仅不采取措施施救，还要求直接封死洞口，封锁消息。为了得到想要的土地，他想方设法追赶打击上访的“兔子”。颇为滑稽的是，他们还自称是“上人”。

怎样一个美丽的精灵/爱得为何如此深沉/家园和爱情守护者的悲剧。

美蒂是刺猬精变的女孩，也是最美丽、最善良、最实在的女孩。她对廖麦爱得是那样深沉、那样彻底、那样痴迷，比白娘子爱许仙爱得有过之而无不及。她本质上也是一个“痴士”，痴于对廖麦的爱。“棒小伙叫廖麦，一生一世把你爱，爱啊，往死里爱啊，使牙咬，用脚踹，呼啦啦搂进咱的怀！廖麦！廖麦！”[②]他打她，揪她的头发，她一点也不生气，依然深深地爱着他。“我爱死你，你打死我。”[①]她曾发誓，拼上命，去死，也要让唐童答应——孩子

① 张炜：《刺猬歌》，作家出版社 2003 年版，第 83 页。
② 张炜：《刺猬歌》，作家出版社 2003 年版，第 1 页。

他爹，我的丈夫，一定得回来。为了拒绝唐童，美蒂坚持了很久很久，但是，最终还是背着廖麦，屈从了他。这说明，即便最美丽、最善良的人，爱得最坚决、最彻底、最深刻的人，即便是刺猬精灵，也有弱点和不足，也会被人找到突破口。

廖麦心中也深深地爱着美蒂，但更爱他们共同的园子。因为，园子——家乡，是他的根，是他的命，是百姓、万物呼吸和生存的依据。这里的每一寸土地都洒上了悲欢的泪水。他曾被迫离开，终又归来。归来，放弃一切地归来！归来厮守啊，一块整饬这片园子，没白没黑地相爱啊！既然归来，又为何要再次失去？面对唐童侵占的野心，他毫不退缩，毫不动摇。一个典型的“大痴士”形象。他还想要这片园子，一生一世都想要它。“所以我要守在这儿，你会看到我怎么守在这儿？”②

究竟怎么守？抵挡住所有诱惑坚守，抵挡住步步紧逼坚守，抵挡住高压淫威坚守，与被欺压被损害的人联合起来坚守，不惜冒死反抗坚守。他还以记录历史写下《丛林秘史》的方式坚守。“如果不能一个字一个字地记下来，山地和平原的一些事成了一场梦，我们的家——我生生死死的经历就成了一场梦，完了也就完了。”③他坚守到了最后。“我说了呀，咱们会拼命顶住哩。咱们会顶到最后一分钟，除非……反正得咬紧牙顶住啊！”④为什么要这么做，而且一定这么做？“就是我对自己、对自己一颗心的忠诚。你别笑我咬文嚼字，因为我不这样说，就找不到合适的词儿。对我来说，或者忠诚，或者死

---

① 张炜：《刺猬歌》，作家出版社 2003 年版，第 5 页。
② 张炜：《刺猬歌》，作家出版社 2003 年版，第 39 页。
③ 张炜：《刺猬歌》，作家出版社 2003 年版，第 38 页。
④ 张炜：《刺猬歌》，作家出版社 2003 年版，第 37 页。

亡——就是说，我如果背叛了自己，我宁可去死。”[1]最终他失败了，园子没有守住，爱情没有守住，家园没有守住。

廖麦和美蒂最大的分歧，就在于对家园的态度，在于对工友的态度。与美蒂相比，他拥有另一种情怀：理性和仁慈，敬畏和怜悯。

关于动物和人，作者写了很多，究竟昭示了什么？既要反对纯动物的人，也要反对概念化的人。这应是作者的本意。

真正的接地气之作/来自胶东大地的传奇/与对外接轨没有一点关系。

《刺猬歌》是一部接地气之书，一部融地气之书。这部书融生他养他的土地之气，融胶东半岛齐文化之气，融自然与人和谐之气。无论人物，还是动物，还是故事，抑或环境，像神话，像传奇，像童话，又与现实紧密地联系在一起。它们来自胶东大地，来自民间传说，来自作者踏遍的每一个村镇，来自长时间的收集和整理，来自作者的浸润和二次创造。它是齐文化孕育的结果，是聊斋志异风格的承继，与南美大陆没有半毛钱关系，与魔幻现实主义也没有半毛钱关系。这样的故事，这样的神话，马尔克斯讲不出来，福克纳也讲不出来。

---

① 张炜：《刺猬歌》，作家出版社 2003 年版，第 36 页。

张炜曾对来自法国翻译家安妮女士介绍说，那里有无边的林子、无际的大海、星罗棋布的岛屿、缥缈的海雾，从古到今都流传着许多神奇的传说，把这些传说如实记录下来，就是那样的作品，那样的色彩了。

第九章　诗学：昂贵的审美阅读

从诗经出发
除了民歌什么也不怕
风雅颂，好大的风
从古九州吹遍天涯

——张炜《从诗经出发》

行走在人生长恋的路上，有一件事情张炜永远不忘——凝视大师的目光，向大师学习，与大师对话，追着大师的脚步不断前行。似密林中的探险，似大山中的登攀，一路花香，一路芬芳，一路奇险，一路风光。在大师身上，他窥见了精神，感受了心跳，沐浴了光华，吸取了营养。渐渐地，他也写出了大师级的作品，孕育了大师的风范，长成了大师的模样和形象。尽管他从不刻意为之，尽管他一再谦称自己是一个“小人物”。

读“孔子”：感受先民自由律动的生命。

“思无邪”——孔子之思，如蚕，吐丝千年，直到今天。张炜发现，在他的掌心有一道孔子雕刻的生命线。

大地空旷，陌上青青，伟大的先人负荷躬耕，如怨如痴的歌声从远方传来。张炜把目光转向如火如荼的春秋时代，捧读大师孔子，捧读伟大的《诗经》。分析孔子对“诗三百”怎样“乐正”，领悟“诗”何以成为“经”，真正地感受什么叫诗“可以兴，可以观，可以群，可以怨”。

他究竟读出了什么？又参透了什么？他将《诗经》还原为一部众人集体的创造，还原为带旋律的歌唱，从而倾听到生命合唱的“群声”，像无数颗繁星挂在夜空，银河一样颗颗明亮，慰藉一个民族的心灵。这部凝聚了道德礼法、思想规范的经典，在强大的政治属性下，依然具有强大的精神生命力和艺术感召力。那充满旺盛的激情和野性的生命躁动，那恣意放肆的生命产生出巨大的感染力，唤起多少浪漫的想象？那是极为开放和自由的生命的嚎唱！

谁也不能阻挡，《诗经》像泰山风、黄河水一样，带着淳朴自然的气息，吹进他的胸膛，流进他的心房。

读“屈原”：感受浪漫而伟大的心灵。

遥远的汨罗江畔，有一座高高的山峰。它是大诗人屈原铸造的精神和文化的高峰。张炜时常仰望，迎视屈子的美目，循着诗篇的照彻，与其跨时空交流，一寸一寸抚摸遍开鲜花的汨罗江畔。

“长太息以掩涕兮，哀民生之多艰。”屈原的灵魂，是有别于其他文人的灵魂，浪漫、深沉、至美、忧郁、悲愤、失望、决绝——是多种元素的集合。

大山之中，孤院之内，只读屈原，只在夜晚，只与他交谈，触碰他的灵魂，听雨打芭蕉，听《离骚》、《天问》和《九歌》，听汨罗江畔的叹息和哀歌，感知他的心灵的寂苦和跳动。

诗歌写得如此忧伤，正气唱得如此磅礴。因为楚辞当歌，因为诗酒江河。一个男人，自杀也如此浪漫，怎能不让人赞叹，让人欣赏，让人仰望？

《楚辞》是一块瑰宝，但误读者大有人在，而且前赴后继。在那样的辞海，屈原是一个失志、落魄的人，一个一心向往仕途的人，一个将楚庄王誉为“美人”的人，一个极端绝望的自杀者。

谁又为此感到了深深的忧虑？读它，悟它，匡正它。用诗的态度和审美的目光细细打量，一个字一个字地琢磨、回味，沉浸在瑰丽和唯美的天地里，真切感受伟大的家国情怀和蓬勃向上的力量。他笔耕不辍，记下自己的叩问和低吟，甚至是呼唤，一部感动心灵的新“诗作”——《楚辞笔记》由此诞生。

他不仅仅是在写读书笔记，而是对一个伟大的生命作出更深的理解。从瑰丽浪漫的文字，他读出了那个生命的脉搏和律动。他不仅仅是在和一个人在对话，而是在和一个时代对话。那个时代的所有特质，都在屈原一个人身上得到了集中体现。

再没有该书“序言”作者、北京大学的客座教授龚鹏程先生分析得更到位、更准确的了。屈原之不朽，在于他浪漫天才无边的铺陈与幻想，纵横驰骋挥洒自如的感情，冲决一切形式的酣畅气力，令人眼花缭乱的文章。他的笔记，就旨在说明这样一位浪漫而粹美的伟大心灵，如何进行的追索。①

“路漫漫其修远兮，吾将上下而求索。”他读《楚辞》，也是在进行如此的追索。在说明屈原的追索时，他本身也在追索着屈原的

① 张炜：《楚辞笔记》，中国青年出版社 2012 年版，第 2 页。

美之追索。屈原唯美的生命与他的生命融合为一。屈原启发、洗涤着他，他也证明着屈原。屈原的行吟，让他谛听了；他的思绪，也使屈原复活了。这是动人的交光叠影，这是美丽的精神探寻，千古遥契，彼此皆以对方为知己。

这几乎是他所有文字中最美丽的文字。因为，他是在与一个最浪漫的人对话，欣赏最美丽的诗篇，用了最纯粹的心灵。读者的“二次阅读”之旅，同样也是一次思想的洗礼、美的熏陶、情的感动。

《楚辞》是一首离别之歌，在张炜那里，是义，是情，是缠，是绵，是断，是舍，是离。张炜用最优美的文字、最充沛的情感、最理性的视角，置身当时的社会和时代背景，挖掘其内心思想和情绪的拨动，展示其长长的心路历程，阐释诗人所处社会最复杂、最本质和最重要的关系。

血脉何所承？从生命的源头开始写起，诗人的渊源、血脉，像人生抛物线的起点，将意味着怎样的传奇、怎样火爆的人生戏剧？这是血缘与生命奇迹的关系。

本色何所依？一个一心向往政治的诗人，会不会改变其作为诗人的生命本色？漫长的政治生涯不能改变，铁与血的斗争也不能改变。如果改变，屈原就将不是屈原，诗人也就不会成为诗人。这是政治人物与生命本色的关系。

颂咒何所指？他颂扬“三后”，歌颂公正和完美。他咒骂桀纣，寥寥数笔就描绘出一个险恶的前途。诗人伸出的手指是可怕的，因而连自己也在颤抖。这是诗人的力量与真善美的关系。

忠诚何所逆？他谈到忠心，他谈到“毁约”，他谈到权利和力量之美，他进行“逆向思维”，谈到自信和刚毅，从而得出一个有趣的结论。这是社会中心和被边缘化者的关系。

力量何所据？他于盛开的春天种植百花，他在一片芳园中向一个地方张望，另一个他的目光瞭望另一个地方。他总是如此高大、双目炯炯。诗人具有姣好的面容，其微笑是致命的，因为他的美目是致命的。这是诗与美的力量之所在。

世俗何所拒？他一个人远离了世俗，一切都那么完美精妙，具备了“非人”的性质，本质上是一个充满智慧的“孩童”。这是诗人与现实“服与不服”的关系。

刚正何所执？这种现状不能改变，诗人倒是非常清楚。“虽九死其犹未悔”，但有一个不死心的“怨”字，依然包含了一线未曾放弃的希望。与其说诗人内心是刚强的，还不如说他心存执拗。

情志何所抑？淹死诗人的是强大的浊水，他在清流中能俯仰自如。世俗之水流转不息。他必须拥有不可思议的清澈，对肉体和心灵的双重惋惜，“屈心而抑志”。这是一个完美的过程，修葺自我的过程。

人生何所戏？仿佛是一次长旅，满怀希望地开始，忧心忡忡地前行，在曲折中不期而遇，返回时已是暮途。实现抱负的道路，三番五次，周而复始，是正经的大业，也似一场游戏，而且是生死攸关的游戏。谁让他将此看得高于一切？

修身何所惧？苍凉不安的心情，无法言说的悲懑，也不能改变他的习性和举动。“余独好修以为常”。这种修行，已经成为日常，成为刚性的约束，即便粉身碎骨也不会改变，绝不惧怕受到任何惩戒。

忧伤何所隐？不能实现远大抱负，不能被“美人”接受，众人以为是小人作怪，是谗言作怪。唯独他自己最清醒，事情绝不是那么简单。诗人和“美人”之间，一瞬间，国体、纲纪、社稷，全部失去分量。这是千古以来的一大奥秘，他悄悄将其隐藏。

痛苦何所拭？诗人在这儿泣不成声，悲痛欲绝，哀叹生不逢时。然而，他并没有自暴自弃，自毁形象。他依然坚守自己的理想，坚守对美的追寻。他用芬芳的蕙草拭去痛苦的泪水。

长路何所阻？诗人遭受人生重大挫折，奔走在离别的路上，独行在流放的路上。前路茫茫，怎么办？是放弃，还是继续前行？他站在大山之上，极目远望，天地更加高远，他发出千古绝唱：路漫漫其修远兮，吾将上下而求索。没有任何力量阻挡他走向远方。

胸怀何所广？他展开瑰丽的想象，俨然来到天上，居高临下，看云霞何等斑斓，看宇宙何其广大，俨然一位帝王，既有一份尊严，也有一份飘逸。他又一次拥抱了伟大的理性，他的心胸像天地一样广阔。

长旅何所寻？一场宇宙间的长旅开始了。他来到宇宙的东方，来到“悬崖”边上，寻找那梦中的宓妃，寻找异性的安慰。寻找女人就是寻找遗忘，就是寻找明天和永生。他不遗余力，走遍四方八极。

天上何所见？他周游于天上，结伴于云霓，寻觅于美女，走入另一个澄明的境界，来到了他应该去的地方。然而，他再一次碰壁，再一次失败。他看到了另一个“美人”及其同类，到了天上，依然走投无路。他知道，真正的痛苦始终无解。

神巫何所启？走投无路之时，他选择了占卜。他找来灵草和细竹占卜爱情，当然更占卜事业。他得到神巫的启迪：黑暗的世道让人两眼迷离，谁也不能洞察人心分辨善恶。这是占卜者的无奈之举，也是世间的普遍真理。他终于发现，“美人”身边正堆满了善恶不分的“粪土”。

终将何所去？末路歧途，是巨大的失望、巨大的懊丧。“美人”究竟在哪里？理想之路究竟在哪里？他知道，他应该向后看，上天入地，去寻找意气相投的同道，那样的人物，不是“美人”，而是汤禹。他开始了一次非同寻常的远行。太阳升起，到处一片光明，他看到了自己的故乡。他没有真正离去，他不仅忠于祖国，还忠于爱情。他遁入了黑暗，由此变得更加强大。

张炜这个现代人，通过他的文字帮助大师屈原，实现了又一次涅槃。因为，无边的黑暗和白昼一样，具有强大而不可战胜的力量。

《读〈九歌〉》是张炜与屈原的一次对话，也是与诸神的一次对话，更是对大师理想、心志和操守的一次新的挖掘。

东皇太一是尊贵的神，屈原有两大梦想：“欣欣”和“乐康”。“欣欣”是对东皇心态和面容的理想，“乐康”是对百姓生活的梦想。屈原就是这样，一心关心着上，一心关心着下。关心上是为了更好地关心下。

云中君是美丽的云神。屈原认为，最光荣也是最不幸的是爱上了云神。为什么爱上她，因为她美丽，而且能够带来“甘霖”。但是她虽神奇美丽，可爱又难以把握。所以只能尽情表达对其最深切的“思念”，希望他们的感情能够稳定下来。

湘君和湘夫人都是湘水之神，蕴含着与诗人“三位一体”的关系。主题是思念、猜忌和怨恨。挚爱和思念到了尽头，就是怨恨和猜忌。爱使人敏感、失误、彷徨，爱又把一切都加以平衡和调和。屈原希望，与“美人”之间的“爱”，也能够得到调和与平衡，千万不要变成一场“大虚幻”。

大司命是命运之神、阳刚之神、威严之神。屈原盼望，他不仅仅掌握众生的死，更应该掌握他们的生。与其离则死，与其合则生。大司命首先应该变成可“亲近”的人。

少司命是掌管少男少女命运的神。屈原无比喜欢这个神，因为她阴柔、多虑、伤感，具有诗人的气质，更因为她可“亲近”。这种形象和职能让人爱恋。他走近她，寻问、倾听她的叹息和哭泣。他希望，神也应该万般柔肠、万般美、万般善良。

东君是太阳之神，光芒万丈，照彻天地。然而，在最壮丽的搏击中，它操弓西降，走向最后的旅程。屈原最赞赏他的英勇、他的坚守。他在夜色里奔向山谷，开始新的轮回，又一次再生，和不屈、不朽的诗人一样。

河伯是黄河之神。这是一场水陆的因缘，因为差异，几乎不能成功。然而，他们都懂得为了爱，可以让步。河神最先作出了让步，有趣的婚约也就完成了。黄河之恋，是谁说“不到黄河不死心”？

山鬼其实应该叫山神。她飘忽在茂密的山岭，是一个闪烁的女性，没有人敢于和她“亲近”，也没有人理解她的心。只有诗人，纤细的诗人，实在厌倦了世俗的纠缠，把感情洒向野水荒渡，雾霭山峦，和山鬼谈一场恋爱。这场恋爱，只有一个主题：回归自然。

国殇是追悼为国牺牲的阵亡者，也可以说祭祀英雄之神或者国神。他们身既死，灵魂永远不灭，是人，更是真正的神。这是祭祀中唯一的慷慨激昂之歌，蕴含着诗人们的最高情感理想——大悲悯。

礼魂是最后的典礼，送诸神归位。在这样一个特殊的时空，是谁滋养了精神，增加了希望，获得了神助的勇气和信心。答案应该不只在张炜的笔记里。

读“李杜”：追寻悲天悯人的伟大情怀。

李白和杜甫，是中国诗坛的两座高山，一个是诗仙，一个是诗圣。是谁认定，天之双骄，前无古人，后无来者？

李杜文章在，光焰万丈长。与大师对话，他感到两位大诗人离我们很近，唐朝也并不遥远。“朝辞白帝彩云间，千里江陵一日还”。有一种通感，长存天地间。

李杜文章在，江山多豪迈。与大师对话，他发现两位大诗人一生不停地在大自然中穿梭奔走，遍览祖国大好河山，只为揭示一个永恒的主题——“人与大自然”。有一种神秘，长存天地间。

李杜文章在，良知抵万钱。与大师对话，他确认两位大诗人一生求仕谋职，又时常不安、反省和惭愧，不仅为自己，还更好地为民，只为人格的更加自由和独立。有一种精神，长存天地间。

李杜文章在，浪漫成经典。与大师对话，他断定两位大诗人，虽然性格、风格、色彩各不同，但他们都很理想，也都很浪漫。有一种气质，长存天地间。

李杜文章在，笔下天地宽。与大师对话，他惊见两位大诗人罕写情与爱，不道缠绵与悱恻，只写天下寂寞与孤单。有一种责任，长存天地间。

读“鲁迅”：探寻伟人真性情。

夕阳西下，回望二十世纪的文坛，天地之间，有一座巍然耸立的高山。他清澈的灵智如雷火电光，遮住激情狂怒的面容。这是鲁迅的形象，光芒四射，令他仰慕，令他沉醉，令他深思。

他对一百多年前出生于绍兴的那个小男孩倍感亲切。他举目远望，仿佛看见，那个面孔冷峻，紧抿双唇，衣衫单薄的小男孩，怀揣母亲为他筹来的八元路费，背着书包，走异路，逃异地，外出求学，何等艰辛，何等执着。这与自己早年的经历是多么相像。他知道，鲁迅面对的时代，是一个非常特殊的年代。尘土飞扬，刀枪林立，到处是战争、疾病和穷困。正义之旗难以高举，人们看不到未来和希望，有的人奋争，有的人消沉。鲁迅是人类的一个异数，似是上苍对于中国人的一种爱恋。在普遍的醉生梦死之间，鲁迅承担起另一种道义、另一种责任、另一种担当。这是真正知识分子的责任，更应该是作为作家的担当。

鲁迅所有人生选择，都不是为了他个人。最初东渡日本学医，以图治疗国民的疾病和穷困。如果坚持下去，肯定会成为一流的医生，另一个华佗或李时珍。当他发现，行医并不能达到自己神圣的目的时候，毅然决然弃医从文，拿起有史以来最犀利的笔，最终成为新文化的一面旗帜。

张炜把鲁迅当作最好的、永远的精神导师。面对鲁迅的作品，有时也感到羞愧。鲁迅的倔强和顽强、冷静和清晰，特别是前后一致的分析能力，与恶俗在浊流中斗争的不妥协精神，令其敬畏，也时感自卑。

无须对比和衡量，鲁迅是对他影响最大的作家。从选择到责任，从思想到精神，从内容到风格。对鲁迅的著作，人们总是一读再读。对鲁迅的思想，人们总是一思再思。捧读鲁迅，不仅仅是为了阅读，而是将其当作一面镜子，一种鼓舞，一盏指路的明灯。

多少年来，张炜始终坚持的知识分子的立场，实质上就是鲁迅的立场；始终不放弃的担当，实质上就是鲁迅的担当。透过热烈的表象，他分明看见，鲁迅作为一个伟大的人、伟大的战士，作为一种尺度、一种证明，已经被社会、被某些人简单化和抽象化，甚至完成了另一种“神化”，被贴上了某种特定的“标签”，变得不再那么具体，不再那么生动，不再那么鲜活，好像生活在另一个世界，只知道批判和战斗，不食人间烟火，甚至让人望而生畏。

鲁迅的灵魂是一个极其独特的灵魂。对于社会大众来说，既亲切又遥远。一副冷面孔、一把匕首、一杆长枪、一身战斗性。这绝不是全部的鲁迅，更不是他全部的灵魂。必须“重读”鲁迅，重新认识鲁迅。张炜清醒地认识到，学界在深入研究鲁迅的同时，还必须承担一个艰巨的任务，向民众宣传真正的鲁迅：丰富和真实的鲁迅。

张炜将自己对鲁迅的认识，与常人区别开来，因此伟人不再是一个单纯的符号和概念。他就这样爱着伟人，喜欢着伟人。爱伟人的“志于道”；爱伟人的的责任感、使命感和不妥协精神；爱伟人的冷峻面孔下一颗伟大的爱心；爱伟人的的冷静与深沉；也爱伟人的曾经的苦闷、彷徨和挣扎。这种爱，慢慢渗进张炜的血液，变成张炜生命的一个部分。张炜反复地、认真地、不厌其烦地阅读鲁迅，从鲁迅的作品里读出了焦灼和激愤的目光。张炜回头仰望，被鲁迅的目光一次又一次地照彻或激励。

张炜不放弃介绍和谈论鲁迅的任何一个机会，先后写下诸多关于鲁迅的文章：《读鲁迅》《再读鲁迅》《夜读鲁迅》《思鲁迅》《真正的鲁迅》《再思鲁迅》《永远的鲁迅》……他还原了一个真实的鲁迅：一个立论严谨的学者；一个温和的父亲；一个宽厚的长者。他为鲁迅画了另一幅肖像：和煦的笑容，动人的怜悯。他廓清了对鲁迅的误解：短篇照样成就大师。他概括了鲁迅的思想和情怀：巨大的悲悯。他检视了鲁迅的最大精神遗产：责任永存，就是人类的永存。他明确了鲁迅一生的精神状态：至死没有厌倦。他归结了鲁迅的最大贡献：一个人，却抵御了无边的黑暗。通过他的笔，一个可敬可亲的、生动鲜活的、怀揣伟大情怀的鲁迅向我们缓缓走来。

读“域外”：发现大师的光芒。

文学是民族的，也是世界的。他的眼界是民族的，也是世界的。面对意大利记者的提问，他作出这样的回答：“屠格涅夫，《猎人笔记》是那样卓越，几乎每篇都看，每篇都喜欢。托尔斯泰，整个的人，还有史诗般的作品，深深地影响着我，最重要的是他的执拗精神。海明威，是那么简洁有力，给了我全新的趣味和感受。福克纳，我不是一般的喜欢，而是十分喜欢。契诃夫，他不是让我喜欢的问题，而是让我‘着迷’。他的作品圆满、精确，关键是极为幽默。”①

他常常感到，有机会接触到这么多外国作家的作品，这一代作者是很有福气的。面对二百年来的文艺星空，无数颗繁星，他洗净双手，端坐并带有虔诚，在蔚蓝色夜空下捧读，与一位位大师逐一对话，感知他们的心灵。

他涉猎的范围非常广，从欧洲到美洲，从印度到日本，从莎

① 张炜：《张炜文集》第38卷，作家出版社2014年版，第221页。

士比亚到托尔斯泰，从海明威到聂鲁达。读得多了，自然就有话要说，有诗要写。于是，他干了一件非常“冒险”的事情，在“大人物”面前说话，对“大人物”“评头论足”，纯粹是为了自己的心灵，因为只有这样才能够安宁。

《心仪：域外作家的肖像和简评》是一部“冒险之作”，最终证明也是成功之作。他眼光敏锐，笔法简洁，画龙点睛，惟妙惟肖，直抵心灵。他以独特的眼光，发现和发掘大师们身上各具特色的光泽。

发现贝娄的睿智之光。“人生中最曲折隐秘的部分也难逃他的眼睛。这是一双万里挑一的眼睛——穿透力、视角、目光的性质……一切方面都那样卓越。”[①]这是一个作家应有的睿智之光，洞察社会，洞察时代，洞察人性。要想观察伟大的时代，必须要有如此睿智的眼睛，否则只能观察社会和时代的表象，随波逐流。

发现米兰·昆德拉的理性之光。“《生命中不能承受之轻》虽然不如它那么有力、内向和扎实，但仍然写得才华横溢。这是典型的欧洲作家的杰作，它不会出现在东方作家手中，它是逻辑的、分析的，而东方作家绝不会以分析见长。”[②]这是作家的理性之光，以逻辑和分析闪耀思想的光芒，增强作品的思辨性和哲理性。文学创作虽然是形象思维，但他并不排斥理性思维和思想。诗人必须让读者看到思想的火光，才能看到优美之诗。

发现海明威的简明之光。“所有人都说他的语言是简约的，是电报式的；他经营出很多的‘艺术空白’，这是显而易见的。”[③]也

① 张炜：《心仪——域外作家：肖像和简评》，山东画报出版社1996年版，第3页。
② 张炜：《心仪——域外作家：肖像和简评》，山东画报出版社1996年版，第5页。
③ 张炜：《心仪——域外作家：肖像和简评》，山东画报出版社1996年版，第5页。

许海明威深得中国画和中国传统美学留白的要领，因此他的作品都不写满，而且语言简洁。这简洁的语言，也许正反映了一个朴素的道理“简约而不简单”。毕竟，作家不只是在做加法，而且也需要做减法。

发现福克纳的孤寂之光。“写作对他而言，更像是不可缺少的日常劳作，可以长时间地坚持下来。他的作品很内在，因而也更能经受时间的挥发。他很孤独，所以他从写作中汲取的快乐至为重要。”①这就是耐得住寂寞的力量。当寂寞沉入石头，总有一天会放射孤寂的光辉。在红尘滚滚、五光十色的时代，当“何不潇洒走一回”成为社会主流意识时，谁还会像福克纳一样坚守着自己的孤独？

发现托尔斯泰的真诚之光。“他的作品多得不可胜数，又由于都是从那颗扑扑跳动的伟大心灵中滋生出来的，所以一旦让我们从中加以比较和鉴别时，就不由得使人分外胆怯、涌起阵阵袭来的羞愧。它们都由生命之丝紧紧相联，不可分割，不可剥离，真正成为一个博大的整体。”②为什么面对托尔斯泰，会让人感到胆怯和羞愧，只因为托尔斯泰是用心灵、用生命、用热血在创作，而我们中的很多人，是在用所谓的聪明和技术在创作，犹如给奔驰的汽车油箱里掺了水。

发现普鲁斯特的纯粹之光。“他将自己的仅有的一次生命如数押在了一部长长的著作上、一场无声响的劳作上。他没有渴望与这种劳作精神相去甚远的酬谢和犒赏，无论来自哪个方向，他都全无兴趣。”③这是他创作目的的纯粹性。“就是这种罕见之至的纯粹

① 张炜：《心仪——域外作家：肖像和简评》，山东画报出版社1996年版，第14页。
② 张炜：《心仪——域外作家：肖像和简评》，山东画报出版社1996年版，第24页。
③ 张炜：《心仪——域外作家：肖像和简评》，山东画报出版社1996年版，第29页。

性，才使一部长卷具有某种无从想象的纯净和丰富华丽感。”[①]这是在讲创作动机纯粹性和作品纯粹性的统一。试问，当今有多少作家的创作动机和作品如此纯粹？有多少作家，不期望自己的作品产生轰动效应？又有多少作家，真正将通俗文学和纯文学区分开来？

发现萨特的时代之光。“萨特一直主张介入和干预生活，贴近现实。”[②]“萨特比任何作家都更具有‘当代性’。理解他离不开那个时代，他是与时代紧紧结合和互助的思想艺术巨人。”[③]萨特所处的时代，是一个非常特殊的时代，他一方面积极投身于时代斗争，另一方面，以笔为枪，做特殊的斗争。介入和干预生活，这是时代赋予作家的责任。毕竟，我们生活在这个时代，总不能天天做一些远离时代的无病呻吟。

发现歌德的情爱之光。“那时，他们的热情曾像火焰一样燃烧。”[④]“从《少年维特之烦恼》到《浮士德》的最后完成，经历了多少时代风云，他却仍然在为心中激动而吟唱。那个因爱而死去活来的少年，到了七十岁的高龄，也仍然为爱浑身滚烫，两手抖动——这才是令人羡慕的生命。”[⑤]我们的作家，我们的芸芸众生，年纪轻轻，就丧失了爱的能力，甚至“爱无力”成为一种时代病，这究竟是谁的悲哀？

发现聂鲁达的激情之光。“他始终是热情的灼人的歌手，越到后来，他越是懂得把热情倾泻到民众中。”[⑥]他开采的是金子，是不

① 张炜：《心仪——域外作家：肖像和简评》，山东画报出版社1996年版，第29页。
② 张炜：《心仪——域外作家：肖像和简评》，山东画报出版社1996年版，第40页。
③ 张炜：《心仪——域外作家：肖像和简评》，山东画报出版社1996年版，第40页。
④ 张炜：《心仪——域外作家：肖像和简评》，山东画报出版社1996年版，第79页。
⑤ 张炜：《心仪——域外作家：肖像和简评》，山东画报出版社1996年版，第79页。
⑥ 张炜：《心仪——域外作家：肖像和简评》，山东画报出版社1996年版，第66页。

朽的。多少人反复诵读而热泪盈眶。聂鲁达说，我投身生活时比亚当还要赤身裸体。他还说，只要有爱，就值得战斗和歌唱。正是他包含激情的演唱，使他最终成为拉美大地上的一代歌王。在这个时代，谁还像他一样，像夜莺一样，深情歌唱？

发现米斯特拉尔的母爱之光。她差不多一生只歌颂爱、爱情。人人都触摸得到的那个大主题在她那儿变得很实在又很新鲜。这种执着本身就是最好的诗。这种情感的性质属于人类亘古不变的那一部分，最受人尊重和厚待。一切都源于她深沉博大的爱。她吟诵爱情，可是爱让她伤心一生，终生未婚。她礼赞母性，可她从没有结过婚，也从未生育。她祝福儿童，可她没有一个亲生孩子，但是，全世界的孩子似乎都属于她。她是用粗壮的手臂怀抱孩子的女人的身姿，是母亲的形象和化身。

这些是世纪的星光，这些是大师的星光。在这样的星光下，人们的内心是幸福的。但是，又是不安和有缺憾的。什么时候，大师们的星光，也能够在身边像星星之火可以燎原？这是张炜内心的一种期盼。

第十章　读书：家住美丽的天堂

他双手捧起星辰

看碎银抖动

涟涟水波上

那一溜可爱的额头

顶满了纯稚的想念

——张炜《情书》

张炜的人生之路，应该算是从读书开始的，先有读书，然后才有了创作。他人生的长恋，既是爱恋文学的过程，也是爱恋读书的过程。读书，滋养和充实了他；然后，他写出了很多的书。如此循环往复，就是一个典型的精神文化扩大再生产的过程。在接受《图书馆报》记者白玉静采访时，他曾说，读书是一件关于人生和幸福的事情。

《携一本书游走》：寻找当年的青涩“初恋”。

有一本书，陪张炜踏上人生之路。那是一本没有封皮的书，实际上是一本残卷。因为前后部分都被撕去了。读它的时候，甚至不知道这本书叫什么名字。它是这个世界悄悄送给他的第一份“礼物”，也算是他收到的第一份“情书”。

那是一本充满传奇色彩的书。他对它如痴如醉，像第一次谈恋爱一般。只要有空，就拿出来一遍遍抚摸，一次次捧读。夜深人静的时候他阅读，入睡之前他回味，醒来之后立即将书抓在手。这本书为他打开了一扇诱人的生活之窗。透过这个窗户，他看到了另一个神奇的世界，更重要的是，它陪伴他走过了无数个难挨的日子。

后来，他游走四方，行囊之中，始终带着这本书。一次意外，他不小心将这本书丢了。他非常惋惜，像丢失了一位好朋友。它是少年时候的一个梦，他曾为之失眠，为之牵肠。

多年之后，他再次想起了它，并努力寻找它。得益于朋友和网络的帮助，终于寻找到了它，并且知道了它的名字和作者。那是一本《猎人的故事》，作者是俄罗斯作家阿拉米列夫，仅仅活了57岁，却把最美的文字，留给了这个世界，留给了他。一本破旧的书，他读出了世界的辽阔，享受了读书的幸福，发现了未来的归宿。

《把天堂买回家——我与书店》：与书籍有一场深刻的爱恋。

2015年新年刚过，《齐鲁晚报》发表张炜的新年寄语：“集中精力，勤于阅读。”同一天夜晚，灯影之下，他又写了一篇关于读书的文章：《把天堂买回家——我与书店》。把“天堂”或者整个书店买回自己的家，看起来口气似乎有点大。其实，他的家，果真不亚于一个书店，也果真是他幸福的天堂。他是一个典型的书籍痴迷者，一个典型的书籍收藏者，一个典型的书籍疯狂阅读者。有人把豪宅别墅视作天堂，也有人把金银珠宝作为收藏。他没有豪宅别墅，家里也没有金银珠宝，只有满屋的图书，满屋的书香。

他的书橱有整个墙面那么大，一面墙又一面墙，一排一排、“一闪一闪”全是书。他说：“我的住所没有其他宝物，除了图书。是的，我住在了天堂里，这天堂是我一点点买回来的。我不知道还有什么人生积存比图书更有价值。”“宝物”——这是胶东方言中的一个特殊词语，他用来形容书。

参加工作之后，他的薪水一直不高，虽然依靠创作，能获得一些稿费和版税，但生活一直算不上太富裕。他把收入的很大一部分，都用来购买图书了。纵然生活在消费时代，他的主要消费品也依然是图书。

他曾搬过几次家，每次搬家公司人员一来，都会吓一跳：这人是干什么的？为什么这么多书？为什么不卖掉？他们不知道，他是一个大作家。他们是在为一个大作家在搬家，搬的是他心爱的“宝物”。他们也不知道，搬家所搬动的只是他书籍中的一部分。他有一万多册精心挑选的藏书，分放几处。每一次搬家，他都表示深深的歉意，并且直接动手搬那些沉重而心爱的“宝物”。

《学习马一浮》：海量阅读打造“强力大脑”。

20世纪90年代初，他发现了一个问题，文坛似乎只关注作家们写出了什么，而不关注作家们正在读什么。这并不是一个好现象。为了提醒作家们注意这个问题，他接受了媒体的采访。他曾经多次接受媒体采访，接受最多的是《中华读书报》的采访。有时记者采访的话题并不是关于读书的，谈着谈着他就会自觉不自觉地谈到读书。可见他对读书的喜爱和重视。

“学习马一浮”，他提出这一建议。马一浮是谁——国学大师、一代宗儒，引进马克思《资本论》中华第一人也。他对马一浮推崇备至。道德、学问、劳动，都在于积累。积累在于缄默，时间短了不行。20年，也太短。马一浮如此做了一辈子。像马一浮那样，先读书，后写书；先“输入”，后“输出”；而且要多“输入”，少“输出”。他这样要求自己。

《古船》中的星球大战，他采集了几十万字的报刊资料，专门作了军事方面的研究，俨然成了一个“军事迷”。他写了一点中医方面的内容，却通读了整部《黄帝内经》。

到目前为止，他先后写出了一千八百多万字作品，如果写作和读书按1：10的比例计算，他应该读了近两亿的文字。这些文字摞起来多高，无法计算也无法形容。这哪里是读者？简直是一架庞大的“食书机器”。正是他巨大的海量阅读，打造了他的“无限创作”的“最强写作大脑”。

读书识人。“感受一个人读书多少，不在于他操持着怎样的语言系统，也不在于他拥有多么丰富的词汇，而是要看各种知识怎样交相辉映，改变其思维质地。一个人坐在那儿，与之交谈一会儿，或者并不交谈，也能感受到他读了多少书。人必须被书养过来，养过之后，气质才会改变，胸怀才会发生一些变化，谈吐也就不同了。”这是他的一个体会，也是识人的一个标准。关于读书，他还有一个标准：读书少是没出息，多读书才会身心健康。

《域外作家小记》：绝不丧失理解伟大人物的机缘。

他穿行在世界经典作家的碑林之中，陶醉于伟大作品深沉的思想和独特的艺术。索尔·贝娄、米兰·昆德拉、略萨、厄普代尔、海明威、福克纳、尤瑟纳尔、屠格涅夫、陀思妥耶夫斯基、列夫·托尔斯泰、兰波、普鲁斯特、博尔赫斯——他与世界上300多位著名作家在精神上握手交流，为他们画像，吸取他们的“大营养”。

他告诫自己，人失去阅读伟大艺术、理解伟大人物的机缘是十分可惜的，失去这种能力就更可悲了。一方面他紧紧抓住这种机缘；另一方面，他不断提高这种能力，为了能够始终拥有并不断保持这种能力而努力不息。

读图时代，他也读图。他读的不是仅仅吸引眼球的“快餐式”图片，而是具有丰富内涵的图片。他挑选了四十七幅图片认真研读，从中读出了内涵，读出了艺术，读出了社会和人生。他将从中所悟记下来，写出了“稀世之美和人间之爱”——《凝望》。

他认真研读域外著名画家的作品，怀斯、雷诺阿、高更、达利、莫奈、毕加索、夏加尔、康定斯基等近百名画家的画作展现在他的面前。他一一作出自己的理解和评判，于是一部《远逝的风景》走进我们的眼帘。

《时代：阅读与仿制》：恋爱路上的壮美摆脱。

他是一个超级阅读者，从读书中吸取了“大营养”，但他还是一个警醒者，对书籍这个恋人也保持着一分警惕。他发现，一般意义上的阅读，容易让人陷入一个新的陷阱或误区，不可避免地造成邯郸学步和批量仿制。他感到了担忧，不得不以文字的形式，提醒自己，也提醒他人。

这篇文章文字并不多，但步步推理，循循善诱。他说，阅读是一种交流，但它是有陷阱的。作家或艺术家，只有一个小小的空间，才能够存放心灵。一般化阅读，对保持精神上的独立，是一种致命伤害。仿制式创作，以及盲从式追随，实际上等于自我取消。向现实妥协，迫于时代的模仿，是某种怯懦的表现。大量阅读能开发心智，但创作是释放灵魂和生命本身。在这样一个仿制时代，艺术终究会失去一种永恒的力量。世上没有两个相同的大陆，也不应该有两个大致相同的作家。

真正的小说家极有可能不属于他的时代，他应该从阅读和仿制中走出来。源于此，他决心奋力摆脱文化制成品的影响。

他的这一行为，十分壮美，像当年红军的长征。他不仅找到了长征的方向，而且找到了实现途径：只有放下书本，踏上“土地”，才能捕捉真正的“天籁”。他一直在努力阅读一本“大书”——生活。

《八位作家待过的地方》：发现大师生活和艺术的奥秘。

读万卷书，行万里路。他于旅途之中展读大地，吸取最丰富博大、最神秘灵性的力量和信息。每当接近作家、艺术家的“圣地”，他的步履总是稳健有力，眼神总是熠熠生辉，总是于平常事物和微弱细节中，发现一些隐藏、一些秘密。他具有这方面的能力，很多人无法企及。在八位作家待过的地方，他发现了别人没有发现的东西。

苏东坡之波，是波折之“波”。大宋时代的一代诗人，为何总是颠沛流离。圣旨一道接着一道，被累坏的身躯正在赴任的路上，又接到了“飞马来报”。他发现帝王的手法是那样大同小异。伟大的诗人，注定一生都在奔波，总是一波未平，一波又起，从南方到京师，被贬、被宠，宦海沉浮，多少次死里逃生。“朝云”的离去，是最大的打击。拯救生命的只有诗人自己。面对生命的波折，他为自己筑一座生命的“苏堤”。无论几多波折，他都初心不改，快乐写诗，快乐生活，纯洁无邪！这是他发现的苏东坡的秘密。

歌德之勺，是博大之“勺”。在伯恩，他通过逝去诗人遗留在器物中的神秘，去接通那颗伟大的灵魂。他发现了那把巨大的勺子。铜的，平底，勺子的把很长。他仿佛看到，当年的盛宴，高朋满座，诗人在一场大欢乐中怎样陶醉。一个伟大的诗人，只“取一勺饮”。他的勺子很博大，是一般人的十倍二十倍。我们怎样才能也有这样一把“大勺子”？

艾默生的礼帽，是谦卑之“帽”。艾默生是一位伟大的演说家。他一生都在演讲，然而，他又是那样谦卑。可以想见，每次演讲开始，他都挥帽向人们致意。每当演讲完毕，他都会脱帽鞠躬向听众表示感谢。这是怎样的礼貌，怎样的谦卑！艾默生的礼帽，斜放在衣架的顶端。我们也应该买这样一顶代表“谦卑”的礼帽。

佐藤春夫馆，是“上一茬人”的情怀之“馆”。在新宫市，有一个和东京一模一样的佐藤春夫馆，而且是“完全照搬”。它的特点是闲适和情趣。一根长长的烟嘴上面居然插了一支香烟。谁过去给他点上？这是东方老人的“情怀”。再伟大的诗人，也是人，首先要活得有趣。张炜引导我们得出这样的结论。

艾略特之杯，是苦涩之“杯”。他写的是诗，喝的是咖啡。因为咖啡很苦，他才写出了《荒原》。成功之前的所有杯子，都是这样的杯子。只有苦，才耐人寻味。减肥时代，谁还在意饥肠辘辘的感觉？幸福社会，谁还回味和怀念苦杯的滋味？

梭罗的木屋，是执拗之“屋”。一个没有“出路”的人，一个被世人嘲讽的人，却是那么“执拗”，不敢与人“苟同”。他躲在小木屋里，犯了“执拗病”，一年之后，才肯出来。小木屋很简陋，一床，一椅，一桌。像他本人，除了一身衣服，就剩了“精神”。湖边的一间小木屋，以“执拗”的精神，反抗一个时代的“文明”。作者看到一个“封闭”的小木屋，是后人把小木屋禁锢起来。他想把它打开，让月亮进来。

惠特曼的摇床，是伟人的“摇篮”。“床的四角立着木杆，支起了幔帐。诗人就诞生在这张大床上，而床的一边，又放了一个独木舟似的小床——摇篮床，极小极小。这是他一两岁时使用的卧床。”①作者命名为“一个可爱的生命之舟。”“船长，哦，船长/可怕的航程已经结束……”②林肯总统被刺后，诗人写下总统的崛起之地：木屋，林间的空地和树木。这是航船的“摇篮”，是诗人的“摇篮”，也是伟人的“摇篮”。《草叶集》的咆哮，势不可挡。可以联想，有一个诗人，家住万松浦。

《阅读的烦恼》：用庖丁解牛的方式分析“名著”。

他不仅是一个阅读者，还是一个批评家。他拿起犀利的刀，解剖25部作品，直截了当，刀刀见血。他绝不阿谀奉承，绝不人云亦

① 张炜：《阅读的烦恼》，江苏凤凰文艺出版社2019年版，第183页。
② 张炜：《阅读的烦恼》，江苏凤凰文艺出版社2019年版，第184页。

云，也绝不吹毛求疵。

L.B的文本，一度非常走红，也赢得很多人的“赞颂”。他毫不客气地指出，虚假。它的“长处”就是虚假。可谓不成立的写作。但也恰恰因为这个理由获得“成立”，获得“成功”。多么有趣，二律背反。在某些时代，某些环境里，真正成立的作品，真正真实的作品，不会获得“成功”，也不会真正“走红”。只有那些具有迎合功能的作品，才能够赢得某些人的“芳心”和同样虚假的掌声。面对这样的作品，他只有四个字回答：我不相信！当然不乏相信者。有骗子就有被骗者，有欣然前往的被骗者，有共同的作弊人，有自寻烦恼的人。这远远超出了文本批评本身。不仅指出了作品的虚假，而且给出了一个最恰当的命名：画鬼的“范本”——“鬼本”。

M.K的作品，也一度被很多人认可。当然，也有人发现了这个“聪明人”的问题。但是没有人敢直截了当地指出来。何必呢？这事与我何干？他同样毫不客气，毫无例外。M.K也走入形式上的矫揉造作，刻意为之，无论如何也没法掩盖的苍白。它内容上的缺失，力量的缺失，竟是如此地显而易见。他指出了问题所在，生命力并没有强大到将形式的桎梏完全融化和摧毁的地步，而是完全相反。把思想囚禁在自己营造的“格子”里，而不是释放灵魂和生命。这哪里是在创作，应该命名为“作茧自缚”。他非常痛心的一件事情是，文坛上正出现一批“失去天真的孩子”。他要“救救孩子”。有些“老资格”的人，嫌一个七八十年代出生的孩子肤浅和模仿得还不够，要鼓励他在这条道上越走越远。他们让他好好地模仿一番，把最廉价的东西塞给他，而且注明这是一个“孩子”的表述。他们让他制造出一本书，然后大肆渲染，再寻找新的模仿者，造成所谓的“轰动”效应。他发现了这个规律，这个秘密，于是便揭穿了它，揭穿了害孩子的人。

25本读书札记，句句扎心，句句惊心。求是者的精神，知识者的立场，让很多无病呻吟的批评家无地自容。

《中年的阅读》：苍凉之中对现实世界的反顾。

人到中年，有许多变化，也有许多感叹，还有许多发现。沧浪之水可以濯我缨，沧浪之水可以明我目。他发现，书籍不再是稀有“宝物”，而是像“潮水一样涌来”。这时候，你必须有所取舍，有所选择。他发现，心态变了，心智成熟了，让青少年兴奋的书籍，中年人未必喜欢读。阅读，必须选择具有真实品质的作品。

他发现，中年作者，特别是虚构文字的作者，遇到了某种尴尬。虚构一事，很容易变成第一等的工作。文字最重要的品质和最终要的职责，便是真实记录。中年作者和读者，应该最关注世界此刻正发生哪些真实的变化。

由此，他找到了中年时期阅读和创作的路途：阅读和写作属于一个范畴、一个内容、一条道上的跑车。它们必须紧密地联系在一起。他的话语，可以如斯翻译：我阅读，我写作，阅读就是我的写作，写作就是我的阅读。

《看老书》：自觉提升的人类意识。

2002年3月8日，他来到美丽的姑苏，在苏州大学为莘莘学子演讲。面对眼前“小时代”“赵小李”（赵本山、小沈阳、李宇春）

和“超女快男”的迷恋者，他循循善诱，娓娓道来——《世界与你的角落》。

他建议年轻学生，莫要一味“向钱看”，静下心来多读书。他为年轻人开出了一个书单，名字叫“老书”。远离时髦的书和流行读物。在他眼里，“老书”早已接受了时间的检验，是时光留下的“金块”。一如米拉波河的爱情，夜晚来临，听钟声响起，时光消逝了，我还在这里。

他本身就是看“老书”的典范，多年来一直喜欢看经典，看“不时髦”的书。经常看许多年以前读过的好书，因为他知道它们好。对于什么样的书是好书，他有自己严格的评判标准：好书是能够陪伴人成长的，好书不会陈旧；好书是经得起时间检验的，好书不会流行；好书是沉默自尊的，好书是轻易不会在大众间炙手可热的；好书是充分而独特的个人见解，同时又具备有益于人类生存的价值观。借问“好书”何处有？张君遥指“古典村”。

对于自己常年喜欢的这些好书是什么？他没有保留，而是集结在一起，推荐给广大读者，于是，人们有幸看到“一生的文学基础”系列丛书：《张炜喜欢的小说》《张炜喜欢的散文》和《张炜喜欢的诗歌》。

与很多作家和读者不同，他还坚持看“老书”中的“红书”。他读古今中外经典文学著作，也读马列主义经典作家的社会科学著作，最有代表性的是《共产党宣言》。一本小册子，他读了又读，被他几乎读“破”，圈圈点点，做笔记，深思考，得启悟，爱不释手。这方面，他比很多党员领导干部进行政治理论学习要自觉得多。他心中的悲悯情怀和无产阶级理论在心中有机地结合，极大地提升了其“人类意识”和“阶级觉悟”。这在长篇小说《古船》和

《刺猬歌》主人公隋抱朴和廖麦身上得到深刻体现。社会上极其个别的人读了他的作品后，认为他“阶级立场”有一定问题。其实，说这话的人，其“阶级立场”远远不如他自觉清晰而坚定。

2015年元旦，他参加《齐鲁晚报》发起的“时光邮局——给梦想一点时间”大型读书互动活动，写下了对未来理想生活的期盼：“我们期盼的未来，就是居住在风清月明的城市或乡村里，并且在劳动之余，能够安静地阅读。”[①]这个期盼，看似简单，实则很难实现。同年5月，他为济南民间刊物《泺源》题词：无论是一个人还是一个民族，拥有自己丰富的阅读生活，才能拥有光明的未来。

他在期待着中华民族新的“悦读时代”的来临。

《比谁读得更少》：行走在阅读的理性大道上。

言不在多，而在深。书不在多，而在精。行走在阅读的大道上，他越来越深刻地认识到，读书，并不是越多越好。于是，他主张不要简单地比读得多，而是看谁读得精。这是一种对极简风格的追求，也是一种阅读上的返璞归真。

博览群书是一种美德，但很可能是出于好奇。好奇之心害死猫，也会“害死”盲从的读者。他认为，必须忍住好奇心，回到理性阅读上来。大量阅读，不仅占用时间，影响身体健康，还会导致心情的位移。人的大脑，并不是电脑，也不是“文字处理器”。海量阅读的各种知识存储在体内，会产生“过剩”，也会产生“垃圾”，久而久之，会造成郁结和不适。

① 张炜：《给构想一点时间》，《齐鲁晚报》2015年1月3日。

他提出了一个崭新的观点，不要总是试图当一个博览群书、博闻强识的人。在读书上，不妨“简约”一些，“懒惰”一些，“无知”一些。自相矛盾吗？不，这是一个只有达到一定境界才能认知的真理。唯有如此，才不会成为“书呆子”，不会成为“书虫”，也不会成为“文字垃圾储存器”。

第十一章　书院：零度激情的火焰

千年吟哦不息的
是林与海
是微微或猎猎的风
更是这不曾停歇的
透明之丝
今夜的故事
发生在哪个时辰

——张炜《北冥：万松浦雨夜》

那一年，张炜听从了某种使命的召唤，被某种责任所驱使，暂时放下了手中的笔，变身一个实干家和创业者，去操持一个既古老又崭新的事业，一次挽救“非物质文化遗产”的行动。在美丽的渤海之滨，他和他的朋友一起，筑起了我国第一座现代意义上的书院——万松浦书院——一座文明传承的新的火炬台。他“零度”燃烧的人生，因此又增添了一把新柴和一抹新的光彩！

《筑万松浦记》：干了一件与写作具有同等意义的事情。

《筑万松浦记》是一篇纪实散文，完整地记录了他和朋友建万松浦书院的过程，包括初衷，包括原则，包括进程，从选点到规划，从蓝图到运行。人们从中可以看出他的担当，他的操守，他的努力，他冷静中的激情。

为什么要建一座书院？从《筑万松浦记》可以看出，这绝不是一时的兴起和冲动，一切有着深刻的渊源和由来，是时代和心灵的双重呼唤。很久很久以前，他心中就有一个美好的愿望——找一个好地方，干一件极具意义的事情。至于干什么事情，一直很模糊。不过，对于这件事情的基本要求和基本条件，他心里一直非常清晰。

第一，它必须惠及众人，绝不独享。这件事情不仅对自己极具意义，而且对很多人极有意义。第二，它必须冷静操持，绝不过热。这件事情整个运作过程必须是朴素的、积极的，而不是热烈的、夸张的。第三，它必须生命长久，绝不短命。这件事情具有相当长的生命力，并且让未来的人享受某种“福祉”。第四，它必须众人参与，绝不索空。这件事情需要由许多人以各种方式参与进去，而不是许多人去索取或占有。

众里寻他千百度。蓦然回首，那人却在，灯火阑珊处。他和朋友灵光闪现，忽然之间想到了书院。他终于找到了心目中要干的事情。于万千事物中，他选择了它——现代书院。那时候，一提起“书院”这个词，他的心里就感到发热。

中华民族是以文明著称的民族。中华文明是世界文明史上唯一绵延传承、薪火不断的文明。几千年的文明传承，有着深刻的社会和历史原因。其中，起源于唐、兴盛于宋、延续于元，影响和波及全国，集讲学、藏书、祭祀等主要功能为一体的古代书院，在中华文明传承中发挥了十分独特而重要的作用。应天、岳麓、嵩阳、白鹿“四大书院”，因规模之大、持续之久、人才之多，闻名全国，威震八方。范仲淹、范成大、朱熹等文化巨人，著作丰硕，影响深远。如果没有这一座座古代书院，没有这一代代文化巨擘，中华五千年文明的有效传承不可想象。然而，进入现代社会之后，书院作为高级形态的私学，由于它的私人属性，还由于它的非功利属性，逐渐破败和式微。古代著名的“四大书院”，岳麓书院成为凤毛麟角，尚存一定影响，其余均学术不兴，萎靡不振。

作为中华文明的重要传承形式，书院实际上完全可以看作我们民族重要的“非物质文化遗产”，但社会和有关方面并没有充分认识到这一点。而今，这一文化遗产正濒临消亡。人们也没有充分认识到这一问题的严重性。能否出现这样一个人，他能够自觉地认识到保护这一“非物质文化遗产”的重要性。他具有较高的文化素养和文化成就，也具有一定的社会知名度和影响力。他非常喜欢和重视文化传承事业，而且不求任何功利，不求任何回报，不求任何轰动效应。通过他的努力，重启这一古老而崭新的事业。重建一座书院，而且赋予其现代意义，让书院在新的社会和新的时代重新焕发生机和活力，在中华文明传承中做出一定的贡献，从而避免其走入“灭绝”境地呢？时代也发出了这样的呼唤，张炜从时代的心声中隐约听到了这样的呼唤，他迈着坚定的步伐，顺应时代的呼唤而来。

一个情境在心中渐渐完成。那个春天，他下定决心，在滦河之滨、万亩松林的空地上，建设一座现代书院。

为什么偏偏选择在这里？这是机缘之所在，文心之所在，最美之所在。这是渤海之滨的一个犄角，一个独特的角落。它深入渤海，像是茫茫中的倾听与等待，更像是沉思。它倾听着什么，期待着什么，又沉思着什么？它难道不是在倾听历史，期待未来，沉思现在？

宏观上看，这是张炜的故乡。他就出生在离此处不远的一片丛林之中。一来到这里，他就深深地爱上了它。世界上没有任何地方，像故土一样让他感到具有强大的吸引力。选择这里，实际上是选择了心灵的回归，选择了与故土的亲近。

这里还是徐福的故乡。著名传奇人物徐福的原籍，就在这里，就在这个渤海之滨的犄角。这儿是他传奇人生的“起航之地”。据传，附近的古港，是他远洋日本船队的停泊之地。旌旗猎猎，桅杆林立，当年是怎样一种盛景！

秦始皇“焚书坑儒”之时，伴随齐国的消亡，一大批思想家和学者来到这里，让这里成为新的“百花齐放”之地，也成为新的“天下文心”。将书院选择在这里，在古代“文心”之地，插上一面现代文化的旗，是怎样一种象征和意义？

人们在这可以头枕着波涛，耳听着松涛。这是滦河的入海口。很多日子里，张炜在此徘徊。他发现这儿是“天下最美的入海口”。夕阳之下，河水和海水泛着金光，交汇在一起，让他想起了那首古老的黄河歌谣。他自问，古代文明和现代文明，可否在此再一次交汇？

这是巨龙吐秀的地方。渤海湾里，有两个美丽的小岛——桑岛和依岛。这里不仅风景优美，是旅游胜地，还有着美丽的历史传说。每当在小岛上遥望陆地，那一片无边的葱绿，总是让他的心头涌起无边的感动。“必须在这里干点什么！”他暗暗告诫自己。

这是一个绿意盎然的世界。这里是一片无边的松林，面积大约两万多亩。主要是黑松，在一万亩之上。林中还有其他各种树木，有无数可爱的小动物。清风吹过，松涛阵阵。他走在林中，难免想象做一个林中人的幸福。书院不选在这里，将是这里的不幸，也是选择者的遗憾。

当他手执一枝黄花，和朋友在此地考察的时候，时常向远方遥望，心中展开无尽的遐想，仿佛看到未来书院的雏形。由此，他的决心和脚步更加坚定。

建设一座怎样的书院？最根本的气质是内敛和守静。书院不是一个研究机构，虽然它具有一定的研究功能。书院也不是一所学校，虽然它也具有一定的教育功能。书院也不是一个文化机构，虽然它文化色彩极其浓厚。它最大的特点是讲学——为天下讲学。它还有一个特点就是藏书——藏天下之书。在古代，它还具有祭祀功能。在这里，原本意义上的祭祀功能必须剔除。新的祭祀功能只能是每个人对天地、对生命、对自然、对文化发自内心的那一份敬畏。它的最大功能是文化的传承。是的，传承，不仅是储备，也不仅是燃烧，而是薪火传递。

最难的是如何始终“敛住精神，收住心性”。对这一点，他看得非常清醒。站在万亩松林的空地上，他再三叮嘱自己，告诫朋友，一定把这里建成一个具有内在品质的“守静”之处。

朴素是最基本的要求，内敛是最根本的要义。他和朋友约定，只从头做起，凡事不求广大，不追虚名，不恋热闹，不借威严。后来“四不”之外又加了“两不”：不打扰乡邻，不增添俗腻。他为未来的书院定义：它应该是顺河而下的船夫登岸歇息之处，是造访林莽的远足借宿之地，是深处的幽藏和远方的消息，是沉寂无言者的一方居所，如此简单又如此挑剔。有功利之心者，敬请远离。高谈阔论的人，敬请远离；满身铜臭的人，敬请远离；耐不住寂寞的人，也敬请远离。只有那些心照不宣的心灵默契者，才能真正相约在这里，聚合在这里，共事在这里。

他为书院提出座右铭：人人自珍。他为书院颁布“律条”：爱惜自然，绝不损伤一点动物林草。他亲自提议和倡导：所有书院人员，都要做一个体力劳动与脑力劳动的结合者，不得终日室内攻读或消遣，而是要每天于野外做工。他为书院的人定制了一个特殊身份：这里人人皆诗人。书院大门左侧书写：和蔼；大门右侧书写：安静。他为它起了一个非常诗意的名字：万松浦。

他多次展开想象，在这个幽静之处，怎样安心读书、思考，静若处子；怎样以和蔼的姿态，悠然讲学，像当年孔夫子在杏树之下；怎样和朋友一起，谈笑有鸿儒，往来无白丁；怎样像农夫一样，白天在院子里劳动，夜来听松涛阵阵……

怎样建设一座书院？艰难的事业，游说的力量，众人的力量。这并不是说干就干的事情，也不是轻而易举就能办成的事情。他是发起者、建设者和主导者，也是总设计师。从提出，到认可、立项，从构想，到设计、施工，从蓝图，到路线图、实现图，甚至每一步每一路，每一砖每一瓦，每一桌每一书，每一花每一树，都需要他操心，需要他努力，一切无不浸润着他的智慧、心血和汗水。

这比创作一部优秀长篇小说，不知要难多少倍！世界上最难的事情有两种：一种是把别人的钱，变成自己的钱；另一种是把自己的思想，变成别人的思想。实际上第二种更为艰难。因为热爱，所以“怀着理想，带着冲动、气魄、恒念、决心，甚至也有中气和底气”上路。最大的问题是如何说服各方，能够使之顺利立项。这一过程，实际上也是把自己的思想变成别人思想的过程。上苍保佑，他遇到了“极为开明的人士”。虽然历尽千辛万苦，虽然不是一路绿灯，但终究验证，有志者，事竟成。

这是一项众人拾柴火焰高的事业。他积极联系各方，联系海内外大学，联系那些有共同认知和担当、想干点事情的人。于是，复旦大学、上海大学、山东大学、烟台大学、烟台师范学院等院校加入了这一行列。于是，世界华人文化研究中心、当代文化研究中心、艺术批评研究所、人文研究中心、现当代文学研究所在这里挂牌。

《家住万松浦》：在这个世界里进行最美的呼吸。

他以书院为家，在这里诗意地栖居。《家住万松浦》记录了他在这个家园最美的工作。

历史记住了这一天，也记住了这个人。2003年9月29日，万松浦书院正式落成，张炜亲自担任首任院长。这一天，秋高气爽，波光荡漾，他身着西装，佩戴红花，神采奕奕地主持了开坛仪式并发表热情洋溢的致辞。这篇致辞，回望历史，关注当下，展望未来，展现了围绕书院的“诗与思”。从此，张炜和他的朋友们，又有了一个新的精神家园。

这是一个平等交流的论坛，智慧和思想在这里碰撞、交锋、升华，参与者努力发出自己最真实的声音。学院建成之后，有序组织了多种研讨交流活动，从书院本身到文学艺术，从教育到生活，涉及范围非常广泛，研讨内容非常深入。这里的交流，有别于其他。它努力克服当代研讨会的种种弊端——假话、套话、不疼不痒的话、人云亦云的话，甚至阿谀奉承的话。这里没有权威，只有平等基础上的对话。这里没有客套，只有智慧的交流、观点的碰撞、思想的交锋。每一次活动，张炜都尽最大努力亲自主持，发表自己的思想和观点，形成自己的成果，同时，悉心倾听大家的不同声音，弥补自己的局限，提升自己的认识，开阔自己的视野。

这是一个讲天下之学的杏坛，四季如春的课堂终将桃李满天。学院的一个重要功能便是讲学，他努力搭建一个讲学的平台。为了使讲学活动能够长期坚持下来，他和朋友确定，每年举行两次大的讲学活动，分为“春季讲坛”和“秋季讲坛”，每次聘请院士专门授课。几乎每次讲学，他都积极参加，提前备课，力求讲出水平，讲出新意，讲出特色。

这是一个安心构思和创作的场所，无数诗作的构思在这里形成，一系列著作在这里诞生。书院的建成，为张炜开辟了一个沉思之地，一个最佳创作居所。自从书院开办之后，他再也不用为找不到创作之地发愁了。面朝大海，春暖花开。他曾多次长住这里，读书、写作和劳作，过着幸福而充实的生活。

静谧幽雅的环境、美丽质朴的大自然、丰富充实的藏书，甚至这里的一草一木都容易激发他的创作灵感，让他不得不拿起手中的笔。他的创作由此进入新的阶段，更加纯粹精美，也更加诗情和浪漫。他在这里创作出一生中极其重要的篇章，书写出人生道路新的辉煌。在这里，他写下诗歌《北冥：万松浦雨夜》，完成长篇散文《芳心似火》，潜心修改完成“大河小说”《你在高原》之《无边的游荡》《海客谈瀛洲》《鹿眼》《橡树路》，写下充满深情的

《万松浦的动物们》，等等。

这是一个诗与思交流的平台，海内外诗人在这里举行诗歌“派对”，海边“居所”似乎离诗歌的圆心更近。2005年6月6日，是万松浦书院成立以来一个非常重要的日子，“万松浦之旅——中英诗歌时段”在这里隆重举行。这是中英两国诗人较高水准的一次交流，采取独具特色的交流方式：一对一确认，面对面切磋，相互翻译自己的诗作，声情并茂地诵读，抑扬顿挫。一首首诗歌像插上美丽的翅膀，在万亩松林上空飞翔。一颗诗心面对另一颗诗心，一段文字留住一段美丽的时光。心中的美好和惬意，如夏浦一般缓缓流淌。

这是一个修身养性的场所，作家和诗人的心灵在这里得到净化和沉淀。这里有美丽的松林，林中有可爱的动物。这里有美丽的霞浦，落霞时常伴着孤鹜。这里有精美的藏书，书香营造无边幸福。如果要远离尘世的喧嚣，如果要亲近大自然，如果要沉淀日益浮躁的心灵，大概没有比这更好的地方了。张炜和他的朋友们，时常放下手头的工作，走出城市，走出热闹的所在，来到这里，来到这个犄角，这个“偏僻”之地。在这里，洗去身上的疲惫，洗去精神上的尘埃，于无声之处，沉思，沉思，再沉思——他们的思想，得到了升华；他们的精神，得到了净化；他们的生命，增添了活力；他们的创作，也进入一个新的境地。

这是一座小小的书院，也是一个百年大计。这是一个崭新的探索，也是一个最初的起步。“万松浦书院立起易，千百年后仍立则大不易。”[①]他很早便意识到了这一点。所以，他一点一滴、一步一

① 张炜：《阅读的烦恼》，江苏凤凰文艺出版社2019年版，第239页。

个脚印，尽量做得扎实，再扎实；沉稳，再沉稳。

《徐福东渡考》：追寻一位先人的足迹。

张炜是一位作家，也是一位民间文学和历史文化的研究者。他长期担任中国国际徐福文化研究会的会长，多年来积极参与徐福文化研究工作，先后形成一系列重要成果，主要有：《徐福文化集成》和《徐福辞典》。他出访日本韩国之后，先后写下《徐福在日本》七题，分别是：《正史与口碑》《佐贺》《新宫老人》《熊野》《黑瘦青年》《船队途经济州岛》《日本学者说》，记录和留存了他的考察成果。他的《徐福东渡考》是这方面的代表作，里面不仅体现了他的研究成果，更重要的是张扬了一种“徐福精神”。

中华五千年文明史，有一位先人令张炜“凝望”和“遥思”。他经常站在大海岸边，与这位历史人物展开对话。这个历史人物一生充满传奇，曾肩负“神圣使命”漂洋过海，东渡日本。这个历史人物极具聪明智慧，在始皇大帝面前敢于撒谎，而且面不改色心不跳。这个历史人物还是一个伟大的航海家，其远下东洋比郑和下西洋早出了一千六百多年。他就是秦代著名历史人物、胶东半岛代表人物——徐福。历史学家司马迁的《史记》曾有两处对其记载。

徐福原本是一位方士，按照一般逻辑推理，秦始皇“焚书坑儒”之时，他应该是被“活埋”的对象。然而，他幸免一劫，这主要有两个方面的原因。第一，秦始皇一心想寻找长生不老药。第二，徐福有一套关于海上有仙山，上面有“仙人”的说辞。论说，秦始皇“焚书坑儒”之时，方士们应该唯恐避之不及才是正确的选择。然而，徐福却反其道而行之。秦始皇二十八年，即公元前219

年，他主动上书秦始皇，声称在茫茫大海之中，有三座仙山，分别是蓬莱、方丈和瀛洲。更神奇的是，仙山上居住着长生不老的“仙人”。看了徐福的奏章，一心想长命百岁的秦始皇眼前一亮，他破例准许徐福出海，去寻找延年益寿的希望和“良药”。

据传，徐福专门打造了高高的楼船，带领三千童男童女一起出海。然而，第一次出海，由于风高浪急，铩羽而归。秦始皇三十七年，亦即公元前210年，面对秦始皇的责问，徐福声称海里有巨大的蛟鱼，影响了其寻找长生不老药的行程。秦始皇于是派射手射杀了蛟鱼，徐福再度率众出海。此次征程漫漫，他巨帆高扬，一路东行，先后抵达朝鲜南部和日本列岛，再也没有回来。留下一个历史悬念和一串神奇悬幻的传说。

对这位诞生于故乡、启航于故乡的传奇性人物，张炜始终心存一份好奇和神往。他不满足于史书仅有的记载，也不满足于民间的各种传说，一心想进行专门的研究，试图将历史的“悬案”揭开，透视先人东渡故事蕴含的英雄气概、东方智慧和文化内涵。这是他主动加入徐福研究行列中来的主要原因。这本辞典从发愿到落实，经历了很漫长的时间，依赖了强大的内在推动力。这是一种文化的责任感，活着就要做有意义的事情，做留给时间的事情；要严肃地做事情，要让自己快乐，有益于社会。《徐福辞典》讨论会上的讲话，准确地回答了他做徐福文化研究的目的和意义。

“百艘楼船兮驶入茫海，

日夜兼程兮，

寻瀛洲方丈蓬莱。

寻赤日出之地兮，

水天交融兮闪烁五彩。

何处渺渺神山兮，

锦绣乐园藏于天外？

……”①

他将收集的“东莱古歌”，写进长篇小说《柏慧》之中，气势恢宏，磅礴大气。他将自己研究的成果，有机地写进自己的作品里，极大地增强了作品的历史感。小说《东巡》，再现秦始皇东巡沿海和徐福东渡的故事。中篇小说《瀛洲思絮录》展现了徐福不平凡的一生：幼年求学、卧薪尝胆、感人爱情、密谋起事、远渡重洋、他乡立国。长篇小说《海客谈瀛洲》，用小说的手法，集中展现了徐福文化研究的进程和成果。

他对徐福文化的研究，也引起了其他人对他的研究。2013年，仪文卿、何志均撰文《张炜笔下的徐福形象》，专门对其进行分析和研究。他们指出，“凭借对东夷文化的熟知和严密的历史考证，张炜深入探寻了徐福东渡的缘由，塑造了闪烁在历史记忆中的性格鲜明、情感丰富、神秘莫测、意味无穷的徐福形象，在对徐福精神的探寻中找到了这位历史人物与现代知识分子和时代文化的某种契合点，从而借助徐福形象高扬了他理想中的自我精神家园，阐述了胶东历史文化中的精神内涵。于是，在他笔下，徐福成为东夷文化和齐文化的代言人”②。事实上，不仅徐福，他本人也成为东夷文化和齐文化的代言人。

“一轮朝阳冉冉升天。

浴霞光兮甲胄生辉，

① 张炜：《柏慧》，人民文学出版社2010年版，第271页。

② 仪文卿、何志均：《张炜笔下的徐福形象》，《廊坊师范学院学报》2012年第4期。

美徐芾兮捷登沙岸。

风息浪止

号角奏鸣兮楼船扬帆

……”①

这是对徐福文化的形象研究，也是对先人精神的恣意张扬。

① 张炜：《柏慧》，人民文学出版社2010年版，第276页。

第十二章　随笔：融入真正的野地

邮票大的史诗写尽金戈铁马
四季田垄郁郁葱葱，谷雨
我的篱笆是一道工整的金边
让流浪的公主驻足
这里有白马的蹄印，有宝剑
树隙最蓝的天，最亮的星星

——张炜《垦与播》

张炜是一位小说家，也是一位“非虚构艺术”的写作者。他“跨界写作”，不仅跨越小说和诗歌，也跨越散文和小说。一切都是自然而然，不是为了“跨界”而“跨界”，而是一种生活的日常和生命的习惯。他曾经短暂中断过小说和诗歌创作，但从未中断过散文随笔的写作，甚至一个月也没有中断过。他创作了1800多万字作品，其中大约四分之一是“非虚构性文字”——散文和随笔。一个作家，仅仅写虚构性文字，是远远不够的。

在众多文学体裁中，散文和随笔好像是最容易写的。他并不这样认为，他说：“散文是最随便最轻松的，但又是对作者要求最苛刻的。好像谁都可以把散文写好，又好像只有素养特别好的人才可以写似的。那些在创作中显得非常沉着的人，有时候恰恰在散文里表现出非凡的经验和智慧。”[①]如果不曾写一篇小说，仅凭其散文和随笔创作的实力，他将会被称为散文家，也完全会成为一位闻名全国的优秀作家。

如果说他的小说似群山，诗歌似星光，民间文学似宝藏，儿童文学似江河，那么他的散文就似广袤的莽野。他创作的1800多万充满诗性的文字，相互独立、相互联系，互文现义、相互辉映，共同构筑起一个博大深沉的文学世界。这个世界里有阳光，也有风雨；有平沙，也有骇浪；有幸福和欢快，也有痛苦和纠葛。

他的散文随笔，可以分为四大组成部分：读书随笔、人生独语、讲学答问和生活追记。读书笔记重在新的视角、新的理解和新的阐释；人生独语重在阐发自己的思想、观点和情怀；讲学问答重在回答对社会、对人生、对艺术的观察和理解；生活追记则于俗常之中发现生活的真善美。它们与其小说、诗歌一起，共同形成他全部的“人生日记”，全面深刻系统地反映着作家本身，反映着这个时代。

2013年春节前，20卷本散文随笔系列丛书《万松浦纪事：张炜散文随笔年编》由湖南人民出版社出版。400多万精美的文字按年度列阵出行，接受读者和时光的检阅。它们是：《失去的朋友》《葡萄园畅谈录》《去看阿尔卑斯山》《心事浩茫》《爱的浪迹》《无可隐匿的心史》《莱山之夜》《梭罗的小屋》《昨日里程》《楚辞笔记》《村路今生漫长》《奔跑女神的由来》《品咂时光的声音》

① 张炜：《张炜文集》第32卷，作家出版社2014年版，第335页。

《芳心似火》《纵情言说的野心》《小说坊八讲》《小说与动物》《求学今昔谈》《安静的故事》《诉说往事》。它们形成张炜文学世界最广袤的原野，写照着他的激情、他的梦想、他生命的本色。

最具唯美品质的散文——《穿行于夜色的松林》——人与自然与天地的高度和谐。

该文很短，但最具诗意，对平凡事物的描写，显示了超级的想象力。

这是万松浦书院附近的一片松林，他时常穿行其中，包括一个个月明星稀的夜晚。在这里，他发现了大自然的奥秘，发现了人与自然与天地之间的神秘关系。“我所说松林是天上的乌云变成的，乌云是松林的魂魄。”①人们都知道，雨是乌云变成的，但张炜告诉我们，乌云不仅能变成雨，还能变成松林。因为，云变雨，雨成水，有水的地方就有植物在生长，植物茂密的地方就会有松林。

松林是自然的，但它像人一样，也有生命，也有灵魂。它的灵魂是移动的、乌黑的。一切是这么形象，这么传神。

“林木纷纷消失的年代，也是云彩远远飘离的岁月。”②这是一种形象的比喻，也是一种真切的警醒。

“所以森林在地上诞生是最大的事情。”③为什么？因为森林是有灵魂的特殊植物群，没有森林，大地也就失去了灵魂。

① 张炜：《纸与笔的温情》，辽宁师范大学出版社2018年版，第162页。
② 张炜：《纸与笔的温情》，辽宁师范大学出版社2018年版，第162页。
③ 张炜：《纸与笔的温情》，辽宁师范大学出版社2018年版，第163页。

因此，他讴歌人类的“造林”，将它视为一种学习神灵的行为。

他赞美松林：像充满思想和灵魂的人——庄严、苍黑、高大、英俊。

关于森林消失的故事，他写得极为忧伤，也极为含蓄：故事实在悲伤，所以这会儿上苍没有言说，只是默默注视。

读它，如同欣赏孟庭苇的一首歌《风中有朵雨做的云》。不，它比歌更美，更形象，更意味悠长。

最具人生情怀的散文——《融入野地》——冥思遥远的精神高地。

《融入野地》是一篇非常重要的作品，是他散文随笔中的“《古船》”，集中反映了他的精神向度。读《融入野地》，很自然地想起鲁迅先生的那一册《野草》。读不懂《野草》，就不能真正懂得鲁迅。同样，读不懂《融入野地》，就不能真正懂得张炜。

面对高楼林立的世界，物质主义盛行的时代，作家和知识分子魂归何处？哪里才是他们皈依的家园？张炜给出了最基本的答案——野地。

融入野地，不是让人到野地去生活，也不是简单地让人去外边行走，而是要求不忘生命的自然背景，尊重自然，接受自然的抚育和教化，与大自然融洽相处，从而避免患上“大都市病”，不被现代生活奴役和异化。这是一种精神，也是一种情怀，具有守望的意义。

融入野地，是为了灵魂的真正安居。这是为了彻底拒绝物质主义，远离一切浮躁和庸俗。寻找安居之地，是个大问题。他做梦都想像一棵树那样抓牢一小片泥土。拒绝无根无定的生活，想追求的不过是一个简单、真实和落定。永远不能停留在愿望里。寻找一个去处成了大问题，安慰这颗成年的心也成了大问题。

城市不是安居之地，必须离开它。城市是一片被肆意修饰过得野地，最终将告别它。辽阔的野地充满奇迹，给人带来惊喜。辽阔的大地，大地的边缘是海洋。无数的生命在腾跃、繁衍生长，升起的太阳一次次把他们照亮——它令人惊悸、感动、诧异，好像生来第一遭发现了我们四周遍布奇迹。

长期的城市生活让人不能忍受，必须学会拒绝。神游的脚步磨得夜气发烫，心甘情愿一意追踪。承受、接受、忍受——一个人真的能够忍受吗？答案是不能，于是只剩下最后的拒绝。

故乡是野地的入口，野地具有万物的意义。这是在寻找大地的本源、生命的要义。野地是万物的生母，她子孙满堂却不会衰老，她的乳汁汇流成河，涌入海洋，滋润了万千生灵。

故地是连接野地的根须，人通过故地之门进入野地。故地连接了人的血脉，人在故地上长出第一绺根须。故地指向野地的边缘，这儿有一把钥匙。这里是一个入口，一个门。

人只要寻找，就一定能够找到安居之地。一个人只要归来就会寻找。只要寻找就会如愿。多么奇怪又多么朴素的一条原理，必须弯腰将它捡起来。匍匐在泥土上，像一棵想要扎根的树。

野地肩负使命，让万物繁衍生息。站在大地中央，它正在生长身体，它负载了江河和城市，让各色人种和各种动植物在腹背生息。

文学语言是一种根据，它来自广袤的野地。这是在寻找文学艺术最根本的起源和最好的生产方式。野地是语言的根据地。语言是凭证，是根据，是继续前行的资本。通行四方的真正语言藏身野地。他所追求的语言是能够通行四方的，源发于山脉和土壤的某种东西。它活泼如生命，坚硬如顽石，有形却也无形，有声却也无声。它就撒落在野地上，潜隐在万物间。

他在劳动中获得语言的金子。语言犹如土中的金子，等待人们历尽辛苦之后才掘出。那时，人与土地以及周围的生命结为一体，看上去，人也化成了蒙眬。这是劳动与交流的一场盛会，他想将自己融入其间。融入野地不仅获得语言，还让人获得形而上的意义。这是让艺术脱离个人主义，与时代融为一体，担负更大的责任道义。

融入野地，让自我从具体走向抽象。当他投入一片茫茫原野时，明白自己奔向了某种令自己心颤的、滚烫的东西。他从具体走向抽象。他站在荒芜间举目四望，一个质问无法回避。他的回答是仍旧爱着。

融入野地，时光了改变了最初的意义。自我消磨了时光，时光也恩惠了自我。风霜洗去了轻薄的热情，只留住了结结实实的冷漠。

融入野地，使他获得生命共同体的意义。一种相依相伴的情感驱逐了心理上的不安。他与野地上的一切共生共存，共同经历和承受。长夜尽头，不止一次听到了万物在诞生那一刻的痛苦嘶叫。他就这样领受了凄楚和兴奋交织的情感。

野地是充满生机之地，能让灵魂获得新的生命。这是在创造人生和创造新的奇迹。野地让他的灵魂走出一片新的天地。因为他在很大程度上摆脱了生命的寂寥，所以他能够走出消极。他的歌声从此不仅为了自我安慰，还用于呼唤。他越来越清楚这是一种记录，不是消遣。

野地让他投身全新火热的生活。他所投入的世界生机勃勃，这儿有永不停息的蜕变、消亡以及诞生。关于它们的讯息都覆于落叶之下，渗进了泥土。新生之物在这里可以被第一缕阳光照亮。

野地让他成长为一棵精神的大树。他完全可以做一棵树了。扎下根须，化为故地上的一个器官。从此他的吟哦不是一己之事，也非他能左右。一个人消逝了，一棵树诞生了。一棵树诞生了，它最大的愿望是一生抓紧泥土。

野地是信仰之地，能让生命更加虔诚。这是坚守知识分子的良知，守望灵魂工程师的精神高地。对艺术的虔诚，源于对劳动的虔诚。他在那个清晨叮咛自己：永远不要离开劳动——虽然从未想过，也从未有离开的念头。

迷于艺术的人，无法自我选择。人迷于艺术，是因为他迷于人本身，迷于这个世界昭示他的一切。一个健康成长的人对于艺术无法选择。

野地成就人生最高信仰。知识分子的标志，不仅是学历和行当上的造就，最重要的依据还是一个灵魂的性质。他曾经是一个职业写作者，但他一生最高的期望是成为一个真正的作家。

最具人文精神的散文——《大地的呓语》——做一棵精神的大树。

俄罗斯著名思想家别尔嘉耶夫在《论人的精神》中，这样定义人的精神："精神是灵魂的真理，是灵魂的永恒价值。"①"精神是人身上最高的品质，最高的价值，最高的成就。"②张炜的《大地的呓语》，是"思想在语言中的一次长途旅行"，语言的花朵盛开在

① 别尔嘉耶夫：《美是自由的呼吸》，山东友谊出版社2005年版，第1页。

② 别尔嘉耶夫：《美是自由的呼吸》，山东友谊出版社2005年版，第1页。

美丽的大地上。全书最突出的特点，就在于自始至终闪耀着独特的精神性。无论是“葡萄园畅谈录”，还是随笔六十则，精神的丝缕和火种闪耀其间，无处不在。

他写道，我们这个时代最缺乏一种宝贵的精神——“自省精神”。他说，这个时代，宁可做一个战士，也不做一个隐士。他还说，作家一辈子处于征服和被征服之间，伤痕累累。他旗帜鲜明地指出：“文艺就是战斗。”这体现出他毫不妥协的精神。

对于人生修养和文学创作，他心中长存的一个目标，就是在世俗社会里，建立精神的高度，成为一棵参天而立的精神大树。他是一棵向上的树，尽管有弧度，会倾斜，但他始终是努力向上的，奔向广阔的。这是精神之树，根植于生活，根植于大地，即使他倾斜倒下，也面向大地、亲吻大地、回归大地。在市场经济时代，坚持这样的理想和追求是一种怎样的难能可贵。

要想成为精神的大树，必须满足成为大树的五个条件：一是时间，没有一棵树苗种下去，马上就变成大树；二是不动，没有一棵大树第一年种在那里，第二年就换了地方也能成为大树；三是根基，只有千万条根深入地下，不停地吸取养分才能成为大树；四是向上，没有一棵大树不仰望蓝天，而只向旁边生长；五是向阳，大树要想成为大树，必须争取更多温暖的阳光。他遵循和坚守了成为精神大树的条件，而且正在成长为一棵昂然而立的大树。他不为利诱所动，不为他人所惑，不肯离开自己精神的领地半步，在漫长的时光中，耐得住寂寞，耐得住清贫，坚守着自己的坚守。他的创作，始终扎根时代的沃土，始终扎根故乡的原野，传承民族文化基因，从而获得强大的生命力。面对时代风云变化，面对着“各种征服和被征服”，始终以乐观向上的姿态，展示着精神大树的应有风采。

别尔嘉耶夫指出，人的精神解放，就是在人身上实现个性。张炜由此找到了自身精神解放的路途。他说，一个好的作家，他的全部创作应该是他的自身，而不是两者分离。我们有幸看到，这样一个作家，这样“一棵大树”：他的心灵指针永远指向生活的最底层，密切关注时代风云，反映人民的疾苦。他是一个坚毅的人，为了批判和揭露罪恶，维护美好，可以奋不顾身。苍天之下，荒原之上，有这样一棵大树昂然而立，实在是我们的一种福分。

在这样的时刻，捧读《大地的呓语》，耳边不禁回荡起“好大一棵树”的优美旋律：头顶一个天/脚踏一方土/风雨中你昂起头/冰雪压不服/好大一棵树/任你狂风呼……

最具人生哲理的散文——《人生麦茬地》——透视人生的规律。

割过麦子、种上玉米的“麦茬地”，在广袤的农村是非常普通的土地，张炜却从中发现了无与伦比的诗意，发现了深刻的象征意义，发现了麦茬地与大地、与母亲、与游子、与人生的内在关系和基本逻辑。这是多么美丽，多么诗意的“麦茬地”，平凡事物展现着神奇的色彩：那一片接一片的银亮麦茬，像电光一样闪烁的麦茬。土地焦干烫人，没有一丝水气，如果有人划一根火柴，麦茬就会一直燃烧到天边。

这是看似即将腐烂，又充满新的生机的“麦茬地”，大地万物如此更替：麦茬间的另一种颜色，是绿色的小玉米苗儿。一茬让给了另一茬。庄稼，这就是庄稼。谁熟悉农事，谁为之动心，谁在这旷阔无边的大野上耕作终生却又敏悟常思？

这是一茬又一茬人在此出生、又远走他乡的“麦茬地”，远方具有如此强大的吸引力：母亲生下健壮的儿子，儿子穿上背心到更远的地方去了。其实，一茬麦子与另一茬麦子总是差不多——麦茬的颜色一样，也同样在夏日里闪亮耀眼。人生亦是如此。

这是母亲在大地上呼唤游子的“麦茬地”，生命的本原在呼唤谁的回归？儿子，回来吧，回来吧。这个世界怎么总要把儿子引诱到远处去？一想到儿子，就联想到返青之后的麦苗。

这是越到年老越离不开的“麦茬地”，为何她的生命与土地会融合在一起？生于泥土上的女人，老了的时候简直丰富质朴到了极点。越来越离不开土地，与泥土紧紧相挨，仿佛随时与土地合而为一。

这是到哪儿也寻找不到的“麦茬地”，它是你生命的唯一：你走到高山、大海边上，走上千万里，也不会找到这么肥沃的土地，这里值得你待一辈子，值得你安下心在这里生娃儿。

这是她最相信的“麦茬地”，除了它，再发达的东西她也不能确认：她在儿子的手腕上惊讶地发现了一块手表。儿子告诉她到了正午，她疑惑地盯着指针——指针没有指向太阳，怎么就是正午？

这是他们白头偕老的“麦茬地”，它的生命与土地一样闪耀光泽。他们一起坐在了麦子地里——麦穗熟了。他们的头发和麦秸一块白了。唰唰割掉麦子，留下一片无边的麦茬。她坐在阳光下，让头发与麦茬一齐闪耀出光亮。

这是永远的“麦茬地”，阅读一次让人再也忘不掉。我只是瞥了一眼，再也没有转过脸去，就像脚踏着锋芒线索改行的麦茬一样。我小心地、一声不吭地离开了，但我一辈子也忘不掉这一幕。我在心中默念：麦茬地！

最具浪漫色彩的散文——《芳心似火》——谱写属于时代的“心书”。

这是一部浪漫之书，一部文化之书，一部心灵之书。虽为散文随笔，但采用了章回体小说的结构，严谨而完整。全部的故事，全部的书写，都源于对自然的敬畏，对文化的敬畏，对生命的敬畏。每篇的篇幅都不是很长，每每都有令人深思和击节的亮点。

《何为芳心》呼唤点燃的是爱的芳心。“芳心”是相爱之心，是似火之心。“芳心是温文的，却孕育和积蓄了人世间最大的热量。”①燃烧是芳心的本质，也是爱的本质。它启迪我们，要赢得芳心，要赢得爱，就必须付出生命的热量和激情。

《人生如长恋》呼唤将爱奉献给世界。“人要赢得这个世界，最终还是要赢得这个世界的心。追求它，依恋它，小心翼翼地与之相处，就像对待一个恋人那样。”②唯有爱，唯有奉献，才能赢得世界。由此，我们有必要反思，我们真的是如此对待这个世界吗？我们为什么总是粗暴地对待这个世界，有时只知道索取，不知道奉献我们的爱？

《古代的智者》告诉我们什么是真正的智者。那些试图脱离劳动的人，那些追求复杂生活的人，那些没有良好生活方式的人，那些高高在上、曲高和寡的人，并不是真正的智者。真正的智者，始终不曾脱离劳动，选择良好的生活方式并一直坚持下去，在生活中努力做“减法”，不做“加法”，与大众融为一体，轻松知足快乐

① 张炜：《张炜文集：芳心似火》，作家出版社 2014 年版，第 3 页。

② 张炜：《张炜文集：芳心似火》，作家出版社 2014 年版，第 5 页。

地生活。它引发我们的思考，生活在现代的人们，为什么做不到这些？是古代和现代智者的衡量标准不同，还是其他什么原因？

《不熄的丹炉》深刻分析了炉火不熄的原因和属性。这是一些长于幻想的人，也是具有专业精神的人，更是一些敢于冒险的人。通过不断试验，试图长命百岁，看似十分荒诞，实则始于对生命的焦虑，更是对生命的珍惜和眷恋。如此看来，貌似荒诞的行为，还真具有一定的合理成分。

《齐国怪人》对秦代“焚书坑儒”做出全新的理解和阐释。秦始皇为什么要“坑埋”方士，除了因为被骗，更深层次的原因是西部文化和东部文化、秦文化和齐文化的冲突。虽然这是一篇历史随笔，却对历史研究提供了一个崭新的视角。

《徐福》揭示一代传奇人物东渡成功的深层原因。徐福为什么能够成功东渡？不是因为他本人表达能力超强，谎撒得圆满；也不是因为秦始皇傻了，很好骗。最根本的原因在于，秦始皇对生命的敬畏，对长命百岁的渴望，对美好愿望的坚持。由此，我们懂得敬畏的作用和力量。“无论是帝王还是平民，有所敬畏总比没有要好。敬畏可以约束自己的行为，可以修葺内心。”①

《向东方》展示心灵的向度和文化的向往。秦始皇执政于西方的咸阳，他时常仰望东方，晚年多次莅临东方。秦兵马俑里的士兵，全部面向东方。东方是他们心灵的所向。因为，那是大海的方位，是齐文化的方位，是海市蜃楼的方位，也是长寿百岁梦想的方位。东方的风光，东方的文化，若隐若现在大秦的庙堂。

《古登州》简明又深刻地分析了移民们的“现实”和“梦想”。大

---

① 张炜：《张炜文集：芳心似火》，作家出版社 2014 年版，第 20 页。

海中的长岛，因为海市蜃楼的缘故，很快有了很多“移民”，最大的岛屿，发展成了一座繁荣的城市。“这些最早的移民在当年一定做过神仙梦，只是定居下来之后，就要慢慢回到现实中了。”[①] 多么形象逼真的描述，那些移居海外，做过“西方梦”“美国梦”的移民，一旦定居海外，还有多少没有回到现实之中？

《游走》对“闯关东”作出新的历史解释。“近代人的一个壮举，就是东北三省的开发。这是一个漫长的艰苦卓绝的过程，很难简单加以概括。但有一个事实难以否认，就是无论是最初还是最后，走在前边并且人数最多的，还是齐国东部，即被古代称为东莱的这些人。”[②]为什么是这些人？“考古学家认为其中的一部或大部，在更为久远的时代曾经奔走于贝加尔湖以南，直到胶东半岛这样一个极广大地区。”[③]更重要的是，他们身上，具有游牧精神，也更具有中华民族自强不息的精神。这是一个关于人口迁移的基本结论。

《许多狐狸》：为何挑战不可能——关公面前敢耍大刀？聊斋主人蒲松龄，“他转述的狐狸的故事，实在是脍炙人口，可谓空前绝后。他之前没有这么精彩的狐狸故事，他之后别人最好也不要写了，因为不可能再写出新的意趣。”[④]作者这样认为，但是，他本人并没有这样做，而是继续写关于狐狸的故事，在《刺猬歌》里写，在《万松浦的动物》里写，而且写出了新意。这是在干什么？挑战不可能。齐国，特别是胶东半岛，那里才是狐狸的老家，也是他的老家，一个习惯写老家的人，为什么会不写狐狸呢？一个勇敢的作

① 张炜：《张炜文集：芳心似火》，作家出版社 2014 年版，第 26 页。
② 张炜：《张炜文集：芳心似火》，作家出版社 2014 年版，第 35 页。
③ 张炜：《张炜文集：芳心似火》，作家出版社 2014 年版，第 33 页。
④ 张炜：《张炜文集：芳心似火》，作家出版社 2014 年版，第 37 页。

者，就是要敢于在关公面前耍大刀。

《棋形不好》：如此追求完美——作家、艺术家该当如何？“都说老人棋技高超到了极点，几乎没人能够战胜他。但到了后来人们才发现，有时候老人赢了棋非但不高兴，还要发出长长的叹息。原来，他不仅要赢棋，还要摆出一局好看的棋形：结局时棋子摆出的形状不好看不美观，比输了棋更让他遗憾。”[①]我们见过追求完美的人，从未见过如此追求完美的人。如果每个作家都如此追求完美，我们的文学世界将是怎样一个至美的天地？

《性情和衣衫》：发现服饰变化的奥秘——这是那个时代的性情？京剧服装代表了古代服饰的美，至今难以超越。“现代人对古代服装的不耐烦，也是由性情决定的。令人急躁的日子，每天都忙碌和穿梭，频繁的通信消息，最现代的交通手段，这一切都促使了人的性情的改变。”[②]于是，人们的服饰也改变了。最根本的原因是现代社会的“野蛮竞争”。什么时候，我们能够放弃过度竞争，稳定性情，穿着古代人的服饰，安然淡定地生活？由此，我们应该向着汉服出行的人，表达某种敬意。

《一棵树》：衡量现代人的标准——对一棵树是什么态度？从一棵树的故事，作者发现了衡量现代人的一个标准，看起来复杂，其实很简单，也很有道理。“衡量一个现代人是否在物质世界里蜕化和变态，是否正常和健康，其中有一个最简便易行的方法，就是看他能不能对一棵树或一片树发生感情上的联系。比起爱宠物，比起对一些动物产生感情和依恋，爱树木要更难一些。”[③]这是大自然的

① 张炜：《张炜文集：芳心似火》，作家出版社 2014 年版，第 49 页。
② 张炜：《张炜文集：芳心似火》，作家出版社 2014 年版，第 53 页。
③ 张炜：《张炜文集：芳心似火》，作家出版社 2014 年版，第 76 页。

标准，也是最朴素、最自然、最真实的标准。

《失灯影》：动物也有个思想品德问题——为什么有的人却没有？于灯影处，他得出惊人结论。闪烁不定的灯影，有可能是动物夜晚的眼睛。老人提醒人们千万不要靠近，为的是防止受到伤害。作者却说："有灵性的动物除了极个别品性不好的，一般不会向人施以损招。动物与人一样，也有个思想品质问题。"[①]动物世界里也讲个思想品德，可是在人类社会里，有的人并不讲。

《中医难觅》：专家们的最大敌人——嫉妒心为何总在作怪？中医难觅，为什么难觅？因为他们常常受到迫害。"自古以来，最杰出的专业人士与经国之才总是充满了风险，这其中的危难主要来自嫉妒。"[②]"比如扁鹊，最后没有死于当时的战乱和饥饿，竟死于秦国的一个姓李的医生。"[③]李医生这样的人，虽然医术并不高明，但害人还是比较专业的。我们有必要追问，难道他们不怕被其他害人更专业的人士嫉妒，有一天也遭到陷害？

《百草和文章》：行医和作文都是天下大事——可以并道运行。"熟悉中国文学史的人会发现，一些大文人同时往往也是好医生，或者是对医学有着相当程度的理解，有的虽非专业行医人士，却道出了医家未能道出的玄机。"[④]作者以曹雪芹、苏东坡等人为例证。其实，最有说服力的恐怕非鲁迅莫属。文章最后概括说，医随文生，文助医传，二者互相倾囊相助。由此，作者找出了一条近代文事的繁荣与传统医术复兴的路径：或许应该走一条统一的轨道。

① 张炜：《张炜文集：芳心似火》，作家出版社 2014 年版，第 89 页。
② 张炜：《张炜文集：芳心似火》，作家出版社 2014 年版，第 96 页。
③ 张炜：《张炜文集：芳心似火》，作家出版社 2014 年版，第 96 页。
④ 张炜：《张炜文集：芳心似火》，作家出版社 2014 年版，第 100 页。

因为他们的“思路看起来十分近似”。实际上，他们的功能也十分近似，百草治身体，文章救心灵。行医和作文都属于“治病救人”的天下大事。

《书生》：读书的另一种人——最可怕的“书刽”。在“书生”和“书呆子”之外，作者发现了另一类读书人。“观察读书人是有趣的，他们其中的一部分人虽然也把许多时间用来读书，却要将一生中的极多精力用来攻击读书人。这样的人最后就不会被称为书生，更不会被称为书呆子。李斯就是这样的人。”[①]这种人不仅用很多精力攻击其他读书人，还用从读书中获取的知识攻击其他读书人。这种人应该命名为“书刽”，“刽子手”的“刽”。这是极其可怕的一种人。因为流氓不可怕，就怕流氓有文化。刽子手不可怕，就怕刽子手看书啦。

《民族镶了金边》：伟大的金边工作者——民族的良知。作者从另一个角度，发现了哲人作家诗人的重要性。“比如孔子、孟子，比如屈原、杜甫、李白、苏东坡，有了他们，有了他们的思想和诗章，这个民族就变得熠熠生辉了，仿佛被镶了一道金边似的。”[②]因此，我们可以命名，思想家和艺术家应该是民族伟大工厂里“镶金边的人”，或者称之为“金边工作者”。对于这些人的作用，似乎我们有时并没有足够充分的认知，而在其他地方，将他们放在民族至高无上的位置。英国人曾经发起一个讨论，大作家莎士比亚和印度殖民地对于英国来说究竟哪个更重要。讨论的结果是：英国宁可失去印度，也不能失去莎士比亚。一个伟大的作家比一个国家还重要。这是英国人价值观的真实写照。第二次世界大战期间，德国军队兵

① 张炜：《张炜文集：芳心似火》，作家出版社 2014 年版，第 103 页。
② 张炜：《张炜文集：芳心似火》，作家出版社 2014 年版，第 118 页。

临城下，斯大林在莫斯科广场发表演讲，号召苏联人民奋起反击。他说，苏联是不可战胜的，因为我们是普希金的国家，是列夫·托尔斯泰的国家！关键时刻，他祭起民族诗人和作家的旗帜！为什么？张炜的一句话可以做出最好的回答：诗人是民族的良心。

《踏歌声》：朋友的最高境界——“诗酒之交”。“李白乘舟将欲行，忽闻岸上踏歌声。桃花潭水深千尺，不及汪伦送我情。”作者“不知道这位古人汪伦的年龄，只知道他以好酒款待诗人，两人结下了淳朴的友谊”①。这种友谊并不多见，令人格外向往。自古以来，人们反对单纯的“酒肉朋友”，提倡“君子之交淡如水”。但是，与淡如水的君子之交相比，李白和汪伦的“诗酒之交”更值得称道。

《伟大的木车》：为何周游列国——思想推销者的悲剧。伟大的木车载着孔子周游列国，到底是为了什么？很多人误读为：为了当官。其实，孔子干的是世上最难的事业——将自己的思想，装进一个个诸侯君王的脑袋里，变成他们的思想。要知道，这些君王各自有各自的“思想”。要想将他们的“思想”掏空，换成孔子的思想。结局只有一个：乖乖回家！

《三月不知肉味》：伟大的折服——艺术的魅力。“一支曲子演奏之后，竟然可以让一个听者‘三个月不知肉味’。而这个人不是别人，正是最懂得音律，在音乐方面见过大世面的孔子。”②“孔子闻韶留下难以磨灭的印象，后来与鲁国太师说到了这部韶乐的演奏，就用了一个词：‘尽善尽美’！”③这是真正的音乐，真正的艺

① 张炜：《张炜文集：芳心似火》，作家出版社 2014 年版，第 122 页。
② 张炜：《张炜文集：芳心似火》，作家出版社 2014 年版，第 131 页。
③ 张炜：《张炜文集：芳心似火》，作家出版社 2014 年版，第 131 页。

术，真正的折服。现如今，浅薄之音兴盛，真正的韶音在何处？

《稷下学宫》：稷下与伟业——百家争鸣的作用。作者将稷下学宫的地位和作用提升到空前的高度来认识。“书写政治史和文化史的人，只要一提起‘稷下学宫’四个字，立刻就要肃然起敬。”[①]最重要的是“百家争鸣”之说由此产生。“如果说齐国的君王们尚做了一些不平凡的伟业，有过一些惊世骇俗的豪举，那么这个学宫的建立并能够持久地矗立，就算是它的一个至大的成就。”[②]事实上的逻辑就是如此，齐国君王的大度，成就了稷下学宫，稷下学宫的思想助推了君王的伟业。稷下兴则国运兴，稷下危则国势危，稷下灭则齐国终。这就是“百家争鸣”的作用，就是思想解放的作用。

《与对手跳崖》：世界性的结论——难以走出的悲剧性。“越过几千年，再次回望那段风云激荡的历史，总是心潮难平。”[③]作者忍不住向历史发问，难道那样一个时代就这么过去了？就这样白驹过隙般一闪而逝？最难能可贵的是，从那段奇特的历史中，作者得出了“三最”的结论：这个世界上，最容易和最快积累的是财富，但它难以保持；最不容易中断的积累是科学技术，但它会带来伤害，直至灾难；最难以积累的是美好的思想和情感，以及管理这个世界的方法。这些结论，是世界性的，也是难以积累的！

① 张炜：《张炜文集：芳心似火》，作家出版社 2014 年版，第 163 页。
② 张炜：《张炜文集：芳心似火》，作家出版社 2014 年版，第 163 页。
③ 张炜：《张炜文集：芳心似火》，作家出版社 2014 年版，第 187 页。

最令人拍案称奇的散文——《海边兔子有所思》——以可爱可敬的动物言志。

《海边兔子有所思》描写平凡又神奇的兔子。海边的兔子，是最通人性的兔子，也是最有立场的兔子。它性情温和、勤奋、好奇、单纯、善良。它善于思考，游走于大地，采风于大地。它爱憎分明，“是食草动物，疾恶如仇”[①]。它立场坚定，“它永远站在弱者一边，为正义而歌”[②]。这是写的海边的兔子，实际上是写作家自己。

《鸟之倔强与幽默》：屺坶岛上的小鸟，是最有个性的鸟儿，可以为尊严而死。岛上的麻雀，极度追求自己的自由和尊严，誓死捍卫在蓝天飞翔的权利。“如果将一只成年麻雀关在笼子里，它会气愤不已。无论喂它多么好的食水。它都不看一眼，直到绝食而死。”[③]“还有一种蓝翅小鸟，一旦被囚禁就会频频撞击，直撞得头破血流，气绝身亡。”[④]动物尚且如此，人应该怎样？精短的文字，令人掩卷深思。

《那些可歌可泣的人和事儿》：生命是世界上最可宝贵的质，革命烈士的生命，同样是值得尊重和珍惜的生命。因为一本珍惜生命的著作，一位先烈更增添了英雄的魅力。“翻阅史料时，令我惊讶的是，将一生所有热情与精力都贡献给了革命的先烈徐镜心，这位

① 张炜：《海边兔子有所思》，长江文艺出版社 2018 年版，第 5 页。
② 张炜：《海边兔子有所思》，长江文艺出版社 2018 年版，第 5 页。
③ 张炜：《海边兔子有所思》，长江文艺出版社 2018 年版，第 7 页。
④ 张炜：《海边兔子有所思》，长江文艺出版社 2018 年版，第 7 页。

从史实上看几乎无时无刻不在筹划起义大事的壮怀激烈的首领，竟然还于百忙中写了一部《长生指要》。这使我悟晓，革命先烈内心深处仍是极为珍惜生命的。”[①]如此一个珍惜生命的生命，最终死于非命，心中增添的不仅是心痛，还有另外一些东西。谁说革命先烈拿生死全当作无所谓？

《一地草芒露珠灿》：作家是意境的营造者，词语的创造性使用者。作者发现，一个作家用语言去表达根本无法言说的那一团感知是多么困难，所以他必须试着把语言“粉碎”。杰出的作家只面对细微而敏感的读者，他们自己就像一架词语“粉碎机”。这种“粉碎”，其实也是一种创造。作家创作时，按照传统程序一次展开，这很重要；将注意力集中一个方向，心无旁骛，也很重要。但是，作者提醒，请不要忘记了一旁的“小鸟”，更不要忽略“两旁树叶水滴闪烁，一地草芒露珠灿烂”[②]。因为，这些看似不起眼的细节，恰恰最具生命力。“专业”也是一个具有精神品质的词，是很多人的追求。然而，作者看到了专业的不足和欠缺。他说，太专业犹如钻陀螺。杰出的专业人士需要一个全面的、真实的人，专业只是生命的一个部分。一个人把自己塞到专业的陀螺里，从此人生的恢宏与舒展，都没有了。自然，我们不能做这样的“专业人”或者“陀螺人”。

① 张炜：《海边兔子有所思》，长江文艺出版社 2018 年版，第 31 页。
② 张炜：《海边兔子有所思》，长江文艺出版社 2018 年版，第 195 页。

第十三章　独药：爱情的时代救赎

有什么比生命更轻微更短暂
有什么比荒诞更永恒更坚硬
膀胱瘪了，仪式结束
长老不再绷着，他撒手了
我们向郁金香摆动双臂
一次次许诺：还会再来

——张炜《归旅记》

翻越一片片辽阔的高原是一座座险峻的高山，是谁朝着无限险峰不停地在登攀？“大河小说”《你在高原》出版两年之后，张炜的另一部长篇小说面世了，名字叫《独药师》。

从《古船》到《九月寓言》，从《柏慧》到《丑行或浪漫》，从《你在高原》到《独药师》，他的二十多部长篇小说，具有鲜明的四季特征，一如一年四季之春、夏、秋、冬。春之章以《古船》为代表，显示春的茂盛；夏之章以《九月寓言》为代表，显示夏的火热；秋之章以《你在高原》为代表，显示秋之深邃；冬之章以《独药师》为代表，显示冬之冷峻。

《独药师》来源于胶东半岛颇为真实的传奇故事，是一部“献给倔强心灵”的书，写照一个“倔强的心灵”在乱世之中的艰难选择与艰苦追寻。面对生与死、爱与欲、和平与革命，面对纠结与苦痛、爱恋与拒绝、忏悔与救赎，再冷漠的心灵也会因此而感动和激动。

时代的课题：乱世之中的人生艰难选择。

《独药师》的故事依然发生在充满传奇色彩的胶东半岛，发生在“数千年来未有之变局”之中。当革命的洪流即将到来，家族和个人命运究竟何去何从，每个人都有自己的笃定或选择，也有被社会大潮裹挟的无奈和蹉跎。

季府主人、“独药师”第六代传人季昨非面临多条道路的不同选择。一是一心一意当一个最尊贵最神秘的人，接手人类史上至大的事业：阻止生命的终结。二是遵从个人“成长的烦恼”，当一个甘于堕落的、最不争气的“独药师”第六代传人。三是当一个只信奉爱情的人，专心致志地致力于“阁楼之爱”，事不关己，高高挂起。四是放弃养生之术和其他事情，跟随义兄加入“革命事业”，成为一个完全意义上的“革命者”，等等。

最初他选择的是肩负家族传承重任，矢志当一名最优秀的“独药师”传人。他的基本理论依据是父亲遗留的“没有比死亡更荒谬的事情了”，“只要人不犯错误，就不会死亡”的理论。为了实现自己的人生目标，他努力寻找父亲“所犯的错误”。“我今生的任务之一，就是弄清父亲所犯错误的性质和细节。只有完成这个任务，才能避免重蹈覆辙。”[①]这一过程中，他结识了父亲“曾经的朋友”、

① 张炜：《独药师》，人民文学出版社 2016 年版，第 16 页。

后来的“冤家”邱琪芝——一个视西医为敌的人，一个更注重“内修”的人。这时候的他，恰恰遇到了“成长的烦恼”，为了克服身体内欲望的“恶魔”，他曾在邱琪芝的引导下，通过接触女人，与长相很丑的“鹦鹉嘴”女人和小白胡同女子“酒窝”纠缠，与“亲人”兼“仆人”朱兰缠绵，试图为自己“淬火”，从而彻底摆脱爱的欲望；也曾经以极其顽强的毅力、超常的忍受力，在自己家修建的“碉堡”里闭关禁欲三年。然而，一切的努力，一切的折磨，一切的痛苦，都没有最终帮助他降服和驱除身体里的“恶魔”，更没有使其完成养生术传承的历史使命，相反越来越成为季府最窝囊、最不争气的主人。个人无法医治的病痛——牙疼——一种看起来不是病，疼起来要人命的病，让他迫于无奈接触了养生术的“敌对势力”——西医。在麒麟医院里，他遇见并深深地爱上了西医姑娘陶文贝。由于义兄徐竟和老师王保鹤的缘故，他结识了“革命党”，并且不由自主地参与其中，帮助他们治病疗伤，提供祖传“丹丸”，成为间接的“革命党人”。可以说，这个“独药师”的传人，在养生和西医之间，最终接受了西医，即便失去“独药师”的尊严也在所不惜；在禁欲和爱情面前，最终选择了爱情，即便千难万难也在所不惜；在养生和革命之间，最终接受了革命，即便有所牺牲也在所不辞。

这是社会变革裹挟的结果，也是他内心选择的必然。他曾自认为是一种宿命，“半岛上首屈一指的豪富、独药师的传人，必定要和革命党人连在一起”[①]，这绝不是问题的全部。如果他不想选择，完全可以敬而远之，而且可以找出各种理由和托词。这种选择的最可贵之处就在于，他选择的每一条道路，都不一定具有排他性。选

① 张炜：《独药师》，人民文学出版社2016年版，第239页。

择西医，并没有影响他继续养生；选择爱情，并没有影响他继续修持；选择参与革命，也没有影响他的养生和爱情。

在这一巨大社会变革面前，其他人又会如何选择呢？邱琪芝选择了继续养生，并且只有养生。他排斥西医，排斥革命，排斥牺牲，最终以牺牲自己告终，这是悲剧性选择。徐竟选择了革命，有一点养生，完全没有爱情，这是唯一性选择。王保鹤选择教化和革命，也掺杂一点养生。朱兰选择了居家奉献和“修行”。陶文贝选择了上帝，最终也选择了爱情，间接参与了“革命”。不同的选择导致不同的人生。与他们相比，季昨非的人生选择更具修正性和合理性，也更深刻、更丰富，虽然过程无比纠结和痛苦。但是，他选择了，他努力了，他无悔，亦义无反顾。

这是“独药师”的选择，也是“独特”的选择。它有效解决了养生与“革命”、爱情与“革命”的矛盾和悖论问题，使它们有机地统一在了一起。它证明了人生的选择有时比努力更重要。单纯个人的修持和养生，并不能真正实现人的救赎。真正的爱可以实现对人的拯救，革命也可以实现对人的拯救。它证明了人生选择很多时候并不是单向选择的题目，西医和养生之间，爱情和修行之间，养生和革命之间，并不存在不可调和的矛盾，完全可以相辅相成、互相帮助、互相促进。证明了虽然人人都是“独药师”，人人怀揣自己的“不二法门”，但是，单纯靠某一种思想、某一种路途和某些方面的努力，不能救中国，也不能救个人，必须综合施治，中西兼修，内外兼修。

社会主题：盛大的爱情救赎堕落的灵魂。

主人公季昨非的感情世界是丰富而深刻的，也是极其纠结和痛苦的。他与小白胡同“酒窝”有爱，有感情，但不是真正的爱情。他与“仆人”朱兰也有爱，有感情，但也不是真正的爱情。唯独他与西医姑娘陶文贝的感情，才是真正的爱，真正的感情。

这是像遇见光一样的爱情。陶文贝是一个早产的“足月小样儿”，一个在教会里长大的孤儿，一个从事西医的姑娘。她漂亮而单纯，善良而美好，像光一样照亮了季昨非陷入绝望的人生。极其痛苦的牙疼，让季昨非不由自主地走进了麒麟医院，在这里他邂逅了自己的心上人，并且对其一见钟情，不可自拔。“一声问候让我一惊，啊，竟然又是一个女子，我转身抬头，目光被强烈地弹拨了一下，我需要屏住呼吸，再次去看她。”[①]他推测这个“目光里丰富蕴含和秀美绝俗的”人，“必定跃动着一颗柔软善良的心”[②]。离开之后的当晚，他便开始了对她的想念，“夜色里好像一点点洇出一个姑娘的面庞，她的姿容惊世骇俗。我一下坐起来，迎着夜色悄声呼唤：陶文贝——”[③]。“你是我闭关之后看到的第一位好姑娘。”[④]“你是我疼得死去活来后看到的第一位好姑娘。”[⑤]“她说出的每一句话都重若千斤，供我一生品味。这好比空前绝望中射进的一束永恒之光。我那时准备捧着这光走去，将整个世界都抛到身后。”[⑥]

① 张炜：《独药师》，人民文学出版社 2016 年版，第 143 页。
② 张炜：《独药师》，人民文学出版社 2016 年版，第 145 页。
③ 张炜：《独药师》，人民文学出版社 2016 年版，第 145 页。
④ 张炜：《独药师》，人民文学出版社 2016 年版，第 147 页。
⑤ 张炜：《独药师》，人民文学出版社 2016 年版，第 147 页。
⑥ 张炜：《独药师》，人民文学出版社 2016 年版，第 149 页。

这是能从根本上挽救一个人的爱情。爱上陶文贝之后，季昨非充分感受到了自己的怯懦，甚至想把自己的秘密告诉早已去世的父亲。“父亲，我遇到了一个人，这既是第一次也是最后一次，我只有和她在一起才能继续活下去，这好像是唯一的机会了。”[①]他向她表白时，说出了自己的痛苦：“这个人后来患了更重的病，他没法忍受，只好来告诉你：这世上只有一个人才能挽救他，这个人就是你。”[②]他感觉自己得了一种病，比风寒还要可怕十倍。“我自知无法根除，而且可能一生如此。远处有一个沉默，那里有关于我的一切，我的焦虑和狂喜，我的热泪盈眶，我在心上深深刻下的名字：陶文贝。”[③]

这是和死亡一样坚强的爱情。死亡是非常荒谬的事情，爱情比死亡还要“荒谬”。他如痴如狂地给她写信，诉说自己的衷肠：“我告诉你一个不能掩盖的事实。这就是：你的一切，从形体到心灵，到气息，都让我迷恋。这不是一般的倾诉爱慕，而是像海潮那样淹没过顶，让我没法呼吸没法活下去，像死亡逼近般可怕，像到了一个大限，一个最后。”[④]“我知道许多时候，就连宝贵的生命都未必换来一场成功的爱恋。”[⑤]“我像一个垂死的病人那样被抬到了这个西医院。”[⑥]她询问这一切的理由。他的回答是没有理由。“我没有理由，可你本身，你这个人，就是全部理由！我向你发誓自己不光没有一点的骄傲，相反从来没有这样胆小和自卑过……”[⑦]

① 张炜：《独药师》，人民文学出版社 2016 年版，第 149 页。
② 张炜：《独药师》，人民文学出版社 2016 年版，第 150 页。
③ 张炜：《独药师》，人民文学出版社 2016 年版，第 154 页。
④ 张炜：《独药师》，人民文学出版社 2016 年版，第 160 页。
⑤ 张炜：《独药师》，人民文学出版社 2016 年版，第 178 页。
⑥ 张炜：《独药师》，人民文学出版社 2016 年版，第 160 页。
⑦ 张炜：《独药师》，人民文学出版社 2016 年版，第 161 页。

这是超越笃定信念的爱情。他曾经认为，遭遇了这样的乱世，人真正可做的事情，最有意义的也是最紧迫的事情，就是养生。自从认识她之后，他的观念就发生了根本性改变。“人在这世界上，其实还有一件值得好好去做的事情，就是爱。”[①]“除了养生，再就是好好地去爱一个人了，其他事情都毫无意义。但这需要非同一般的爱，需要忘乎所以、生死不惧的爱。”[②]他曾经为自己的这一发现感到激动，可怜的身躯一直在焦灼地等待“爱神”的回复，等待爱情的真正光临。

这是一个人心甘情愿的战争式的爱情。“此刻我感到庆幸的是自己像父亲一样找到了深爱，虽然惨遭拒绝，但爱已经驻在了心里，并且在体内周流，每天按时造访体内的每一处。”[③]“爱是不会变质的，而且最后很可能只是一个人的事情。”[④]“我因为怜惜和爱护，甚至不想让你为任何事物波动，最美好的一定是最安静的。”[⑤]“这场战斗中我没有任何武器，只有爱，它是不掺杂一丝杂质的东西铸成的，但好像不是金属。”[⑥]“没有其它任何兵器，只有我自己，赤手空拳，不，只有我的诚实，我的矢志不移，我的勇气，我的爱——”[⑦]。在季昨非那里，即便他的追求毫无结果，即便永远收不到她的回复，即便一个人的战争最终失败，他也心甘情愿，在所不惜。只为付出，不问结果。因为，爱虽然是两个人的事情，但他只要爱了，就足够了，无怨无悔了。当陶文贝所在的麒麟

① 张炜：《独药师》，人民文学出版社 2016 年版，第 164 页。
② 张炜：《独药师》，人民文学出版社 2016 年版，第 209 页。
③ 张炜：《独药师》，人民文学出版社 2016 年版，第 166 页。
④ 张炜：《独药师》，人民文学出版社 2016 年版，第 166 页。
⑤ 张炜：《独药师》，人民文学出版社 2016 年版，第 166 页。
⑥ 张炜：《独药师》，人民文学出版社 2016 年版，第 179 页。
⑦ 张炜：《独药师》，人民文学出版社 2016 年版，第 270 页。

医院因战乱迁至燕京时，他毅然要随她而去，“去燕京！我的至爱走了，我当然不会留下。我说过自己的一生都要用来追赶”[①]。这是爱情的追赶，也是一生的追赶。

这是让人主动忏悔主动救赎的爱情。认识她之前，他坠入堕落的深渊，是她的出现，爱情的出现，改变了他，救赎了他。在她面前他丝毫也不隐瞒自己。“不可遏制的爱欲常常使人忘记一切，那会儿除了坦诚和真挚再无其它。”[②]“原谅我吧，因为对我来说，这会儿就像一个束手就擒的罪犯。”[③]他为曾经的自己深感痛恶。“我出了大门，随着离她越来越远，那种不可饶恕的罪感也变得更加强烈。”[④]“就自己而言，确实进入了一个沉重的时刻：认罪和悔罪。”[⑤]爱的过程，变成了自我救赎的过程，这是爱的升华。由于对陶文贝的爱，他从一个“堕落者”彻底变成了一个勇于自律的人。“从我把自己囚禁在阁楼上的一刻，特别是见到你的一刻，就成了一个最恪守最严肃最不容忍放纵欲望的人了。如果将来世界上还有一个这样坚决的人，那一定是我，这是我的誓言，我再说一遍。”[⑥]

这是让人敢于承担一切后果的爱情。陶文贝被侵犯了，革命者金水杀死了侵犯她的人。这时候，季昨非站出来，主动承担一切，不惜赴死。“正是从你这儿起步，我一直向前，而今即将走向‘遥思’的极致。这也是爱所赠予的最后一件厚礼。”[⑦]“或许由于这无

① 张炜：《独药师》，人民文学出版社 2016 年版，第 342 页。
② 张炜：《独药师》，人民文学出版社 2016 年版，第 177 页。
③ 张炜：《独药师》，人民文学出版社 2016 年版，第 181 页。
④ 张炜：《独药师》，人民文学出版社 2016 年版，第 187 页。
⑤ 张炜：《独药师》，人民文学出版社 2016 年版，第 187 页。
⑥ 张炜：《独药师》，人民文学出版社 2016 年版，第 256 页。
⑦ 张炜：《独药师》，人民文学出版社 2016 年版，第 235 页。

形无迹的吸纳，我的体内已经包含了她那无与伦比的美艳和力量。这对于我这样一个卑微的污浊生命而言，该是多么巨大的支持，也正是这支持使我有勇气在那个时刻作出决意：为了她，我将承担全部后果。”①

这是事关“革命”的“盛大爱情”。他们吃惊地发现，两人竟然有那么多重要的相似：都有一个美丽早逝的母亲，都嗜好读书并拥有许多书，而且都住在阁楼上。他们将自己的爱情定义为“阁楼之爱”。这里的“阁楼之爱”，并不是“躲进小楼成一统，管他东西南北风”的爱情，不仅仅是事关他们两个人的爱情，而是与“革命党人”和“起义”紧密联系的爱情。他们因为救助“革命党人”走到了一起，因为“革命”走得更加“紧密”。他们的恋爱过程，也是多次参与救助他人，甚至参与“革命”的过程。他们的爱情，最终也是因为“革命”，通过一步步参与“革命”逐步走向了“成熟”。它以雄辩的事实证明：“革命”和爱情并不矛盾，有时还能相互促进！

人生哲理：养生之道亦即人生之道。

季昨非和“师傅”邱琪芝讨论邱氏养生之道。最主要的内容有四项：吐纳、餐饮、膳食和遥思。每一项都有深刻的内涵，不能仅按字面意思简单地理解。

“‘吐纳’是气息的周流，它无形无迹，‘餐饮’又是什么？”“餐饮”不仅仅是“进食”或“膳食”，而是指“人的一生一世，如何用眼睛去看取周边的世界”②。“你用什么目光去看，结

① 张炜：《独药师》，人民文学出版社 2016 年版，第 235 页。
② 张炜：《独药师》，人民文学出版社 2016 年版，第 18 页。

果也就不同了。”[①]“‘吐纳’是气息，‘餐饮’是目色，‘膳食’是吃喝，‘遥思’是意念。”[②]这是“内修”的入门知识。如果再进一步概括的话，这四个方面，也就是如何呼吸、如何观察、如何吸收、如何思考的问题。这是如何修心养生的道理，也是如何面对世界、如何做人的道理。

在这方面，邱琪芝有独特的认识，也有自己的箴言。这些道理，不仅对养生有指导意义，对如何处世做人也具有长远的指导意义。“不可过于用心，也不可过于用力。”[③]这是中庸之道的基本哲理。可是，现实生活中，我们为什么总是将其忽略和忘记？

“开始那会儿必得使用意念，可是日久之后就是另一回事了。得悟就是弃意，让气息在无意间自由周流，才是高人。”[④]我们做事情，思考问题，为什么不能够自觉做到“弃意”或“无意”，追求另一种“无为而治”？

每个人必得谦卑，与万物取得联系时，需用目光接纳它们，这种联结方式是那样虚幻而又实际：仿佛不经意的一瞥，一切也就开始了。太阳和月亮，还有田野，都在这个过程中参与了我们的生命。[⑤]我们观察世界时，为什么两眼紧紧地盯在一个地方，不能真正做到放松和不经意，是什么点燃了我们的眼睛，绷紧了我们的神经？难道不是实实在在的物质和眼前的利益？

“‘膳食’的大要就是‘柔和’二字。这是一般人做不到的。入口之物或养或伤，或损在顷刻，或贻害在久远。世人被食物所伤只

① 张炜：《独药师》，人民文学出版社 2016 年版，第 10 页。
② 张炜：《独药师》，人民文学出版社 2016 年版，第 10 页。
③ 张炜：《独药师》，人民文学出版社 2016 年版，第 18 页。
④ 张炜：《独药师》，人民文学出版社 2016 年版，第 26 页。
⑤ 张炜：《独药师》，人民文学出版社 2016 年版，第 27 页。

无察觉，吞饱即好，一天天铸成了大错。其实，每样食物先要去掉它的‘刚倔’，厨房主要是做这个。”[1]膳食需要去掉食物的“刚倔”，做人难道不也应该去掉我们的“刚倔”吗？

“你会忘记坐在哪里。你还会忘记自己。”[2]“当你的两眼被一只鸽子牵走，越牵越远，你的心思是不是跟不上了？”[3]“是的，心思走远了。”[4]“这就是‘遥思’。”“原来‘遥思’并非刻意思索遥远之物，而是指心思存在的距离。这距离绝不由意念遣送所造成，问题的关键就在于此。”[5]

我们什么时候，无论做事，还是读书，抑或做人，都能够放眼长远，并且让自己的心思和灵魂不要刻意追上目标？

“养生的基础和核心是仁善。”这是邱琪芝养生理论最重要的论断。岂止养生？做任何事情，基础和核心都应该是“仁善”。这应该成为最基本的常识和颠扑不灭的真理。

心中有高山，脚下有力量。几乎没有任何人、任何事情，能够阻挡或者延缓张炜文学创作的脚步。《独药师》出版不到两年，2018年元月，又一部长篇小说《艾约堡秘史》由湖南文艺出版社出版。这是张炜迄今为止，自己最满意的一部长篇小说。

---

① 张炜：《独药师》，人民文学出版社 2016 年版，第 32 页。
② 张炜：《独药师》，人民文学出版社 2016 年版，第 35 页。
③ 张炜：《独药师》，人民文学出版社 2016 年版，第 35 页。
④ 张炜：《独药师》，人民文学出版社 2016 年版，第 35 页。
⑤ 张炜：《独药师》，人民文学出版社 2016 年版，第 35 页。

新发现：人人都患“荒凉病”。

《艾约堡秘史》的故事以当代农村工业化、城镇化建设为背景，以胶东半岛沿海私人居所艾约堡为轴心，以农民企业家——“巨富”淳于宝册为治疗荒凉病追寻爱情为主线，展示了“一位巨富以良心对财富的清算、一个农民以坚守对失败的决战、一位学者以渔歌对流行的抵抗、一位白领以爱情对欲念的反叛”①。故事既揭示了当代社会企业家们把事业发展到一定程度后究竟何去何从的重大课题，又揭示了信仰缺失、心灵荒芜、精神贫瘠的当代人如何追寻心灵家园，实现精神复活和皈依的现象级课题。

主人公淳于宝册是一个把寻找爱作为生命主题的男人。他毕业于“流浪大学”，童年坎坷，父母早年惨亡，倍受欺凌和煎熬，后经人帮助，创办了狸金集团，成为富甲一方的大人物。他每年秋天都会犯一次大病。每每患病，天昏地暗，飞沙走石，有时像气喘吁吁的豹子，有时像死了一样，任何药物和治疗方式均不见效，只能等几十天的痛苦之后，自我恢复。这种病很独特，名曰荒凉病。

荒凉病是一种医学上并不存在，但又是合乎逻辑推理的真实、现实世界中确实存在的病种。它其实就是一种灵魂病，是当代社会所谓的成功人士，特别是物质富足人士，甚或普通人的信仰缺失、精神贫瘠、爱心匮乏之病，也可以说是一种“人心不古”的时代病，而且是芸芸众生的一种“通病”。在日益繁华的物质时代，谁的灵魂不寂寞，谁的灵魂不孤单，谁的灵魂不荒凉？在市场经济社

① 张炜：《艾约堡秘史》，湖南文艺出版社 2018 年版，腰封。

会，在对物质财富的追逐过程中，几多灵魂在坚守，几多灵魂已迷失，几多灵魂在痛苦？这是一个非常巨大的社会性、现实性和普遍性问题。

荒凉病的提出，是作为文学家的张炜的一个社会学重大发现和创造，体现了他洞察社会、把脉时代的能力，体现了他关注灵魂、关注精神的创作向度，也体现了一个优秀作家的责任担当和道义担当。对这一病种的发现、命名，以及对其治疗途径的形象展示，对社会、时代和当代人，起到一种心灵健康警示和促进其深刻反思的作用。这是该书最大的文学价值和社会价值。

荒凉病一直折磨着淳于宝册，他不肯就范，还想让年轻的灵魂重返人间，从头再来一遍。他说，我的灵魂深处埋藏了另一种志向，那就是创造出一片心灵的大天地。我有一套大方略，我是个大创造者。为了治疗荒凉病，淳于宝册将主要精力用在寻找真爱上。由于难如其愿，他最佩服的人便成了“情种”，那些不靠金钱权力甚至不费一枪一弹就将“妙人”收服的人，由此他成了“情种收集者”。他想借女主人公蛹儿的爱治疗荒凉病，没有成功。意外遇上民俗学家欧陀兰——这个好像不是这个世界上的人，为他打开一扇全新的门。

淳于宝册对欧陀兰一见钟情，从此不能自拔，也自此展开了对她的靠近和追寻。欧陀兰这个谜一样的存在专注于拉网号子的收集和研究，钟情于矶角滩村头吴沙源。这使得淳于宝册的追寻进展异常困难。他为此煞费心机，一方面让手下以开发的名义收购海滨渔村，一方面假扮民俗爱好者与其靠近。然而，吴沙源和欧陀兰对矶角滩这一渔民祖祖辈辈难以割舍的家园的生死相护，使他的努力终成徒劳，也让他在反思中改变了自己的想法，甚至自我否定了之前的思想，放弃了原有计划。这是对既有计划的放弃，也是对此前不义行为的反思，更是他重新找回灵魂皈依之处的开始。

淳于宝册对蛹儿说，我这辈子荒废的时光太多了，这实在可惜。这是他灵魂的觉醒和觉悟。想想看，一部巧取豪夺、沾满无数生命和鲜血、以破坏人文环境为代价的发迹史，灵魂和良知在哪里？只追求对自己欣赏的女人的小爱，对他人充满冷漠和无情，甚至用封建时代打屁股的野蛮方式惩罚犯错的手下人，即便富甲一方、显赫一方，人生的意义和价值又在哪里？最后，他对蛹儿说，我该和你打理这个书店，守着它过一辈子。我们都嗜读，这么多书，该满足了。自此，他终于寻找到了灵魂的家园，他的灵魂终于有了栖息的处所，他的精神开始复活，并开始走向皈依之路。

作品的最大成功之处在于形象地揭示主人公灵魂的追寻、救赎和皈依。文学史上，那些堪称伟大的作品，之所以伟大，就在于此。托尔斯泰的《复活》如此，曹雪芹的《红楼梦》如此，莫泊桑、巴尔扎克、雨果的作品也如此。

新叙述：人人都曾“递哎哟”。

这是一个非同一般的故事，神秘传奇、罕见且深沉，引人入胜。作者将故事的交汇点置于结构复杂、颇具神秘色彩的艾约堡，平添了故事的神秘性、多样性、复杂性和深刻性。艾约堡是故事发生的背景和舞台，这个神秘难测的私人居所，结构特异，是狸金商业帝国集团的心脏，偌大一个集团的神秘和力量都在这里蕴藏和释放。一个看似外来化的名字，却包含着深刻的民间口语所表达的人生含义：痛苦绝望的“哎哟”人生。而一个“堡”字，似是隐喻城堡主人豹子一般的性情。

它既是主人公童年悲惨遭遇的秘史，也是其成为一代富豪的发迹秘史，更是其复杂多变的情爱秘史。全书以不同人物的爱情故事交叉推进，增加了其可读性和社会性。秘史中既包括主人公与蛹儿、老政委、欧陀兰的故事，也包括蛹儿与跛子和瘦子的故事，欧陀兰与吴沙源的故事，吴沙源与妻子的故事，吴妻与海岛上尉的故事，情爱交织，环环相扣，不断深化，具有超强的吸引力。尤其值得一提的是拉网号子中关于二姑娘的故事，可谓精彩绝伦，闻所未闻。百年民间传说与海神相联系，与现实中的民俗学家相叠映，放射着神秘而玄幻的光芒。

新形象：时而像豹子时而像病猫。

淳于宝册是最鲜明的人物，他是一个性格极其复杂的人，有时像豹子一样强大，有时又像一只病猫。他征服力极强，具有非凡的能力。他最讨厌两种人。一种是实业家，由此他创建了狸金商业帝国集团，以此证明他的独特能力，然而，他的心又不在实业上。另一种是作家，他具有写作天赋，让手下人将自己的谈话记录整理，印成一本本大书，亦即“淳于宝册”，这既可以解读为“纯语宝册”，也可以理解为“蠢语宝册”。就这样，他成为一个自我命名的作家，以显示对所谓作家的某种蔑视，也以此来证明自身的非凡能力。

从淳于宝册的“三观”可以窥见他的独特性格。他独特的经历，养成了他相对灰暗的世界观。他说这个世界太黑暗了，它害死了多少人，亏欠了多少人。谁能替他讨回来？他又说这个世界变得太慢了，但有时又快得吓人。有一段时间，他没白没黑地在纸上写字，写往事，写回忆，除了对老师李音的思念，就是对世界的诅咒。对于人生，他认为人与人之间，是残酷的竞争。他通过妻子老政委的口说，他从事的既不是工业，也不是商业，而是战争。人生就是一场战争。他认为，自己的往昔岁月，不是峥嵘，而是“递哎哟”的痛苦绝望人生。当事业成功之后，他又极其玩世不恭，甚至嘲笑整个世界。在价值观上，他不太看重金钱，而是对读书和女人情有独钟。深夜，旅途，一有机会就抓起书。这一辈子最离不开书了。相对书，他最离不开的还是好女人。他说，什么是颓废？一个将军，好女人在身边的时候，节节胜利。当女人离开之后，再也没有好果子吃。这就是颓废。他甚至认为，人世间的一切奇迹，都是男女之间这一对不可预测的关系转化而来的。如此认知世界、人生和爱情，罕见而典型。

艾约堡主任蛹儿，同样是一个性格鲜明的人，她是作为另类灵魂追寻者的形象出现和存在的。她神情特异，是一个独具风韵的美人，千年一遇的神奇造物，风骚是她的特质，有一双无法形容的眼，一张脸庞生僻而迷人，一个令男人伤心的好手。虽然已近中年，但“还能危害社会十年”。她不缺爱，而是一直在努力摆脱爱的桎梏，找回自我，找回属于自己的世界，找回属于自己的灵魂。一如她绰号的含义，“破茧成蝶”是她人生的全部意义。她长期生活在爱的束缚之中，无论是“伟大的流氓”跛子，还是猎豹一般有力的瘦子，包括“情种研究者”男主人淳于宝册，他们都以爱的名义、以不同形式，对其占有和控制。令人遗憾的是，她在追求自我、追求自由、追求价值中最终还是迷失了自我。她长期错将淳于宝册和艾约堡当成了爱和寄托，其实是另一种占有和囚禁。

欧陀兰和吴沙源，以精神守望者和坚守者的形象而存在。欧陀兰通过长期收集拉网号子坚守着自己的精神追求，保持着自己的清洁灵魂。吴沙源则是以与狸金集团最坚决的不合作态度，坚守着自己的现实家园和灵魂家园。值得一提的是该书使用了大篇幅记述欧陀兰对失传已久的拉网号子的收集。在这里，拉网号子具有双重含义。一方面，它代表了已经消失或正在消失的优秀民间文化，一如海岸线上正要被开发破坏的渔民的心灵家园——独具特色的小渔村；另一方面，拉网号子还是一种象征，是收获的号子，也是灵魂回归的号子。

第十四章　童话：跨界写作的本色

这里的荠菜花照旧开放
一只小羊咩咩而来
看旷野上的风和草
像树木一样，在风中摇动

——张炜《信函》

有一粒种子由童年植入，在春风里发芽，夏日里长大，秋风中成熟。在写作的秋天里，张炜开始了儿童文学的创作，并且很快收获了一系列成果：《半岛哈里哈气》《少年与海》《寻找鱼王》《兔子作家》《狮子崖》《爱的川流不息》。儿童文学的创作，开辟了一个新的境界，也代表着他生活的深度和创作的广度。

有人曾经评论，他是一个"跨界者"写作者，一个"华丽转身"的人。其实，这也是一种误读。曲高总是和寡，我们对他的误读实在是太多了。几十年来，他并不曾改变自己的创作方向，也并未做出其他选择。他一直朝着既定的创作目标、沿着既定的创作道路前进。只是在儿童文学创作上，他写得更纯粹，更深刻，也更接近文学的本真。

他有一个基本理论，纯文学作家应该具备童心和诗心。只有童心和诗心，才是文学的真正核心。没有童心和诗心，就没有真正的文学。我们看到，依靠系列儿童文学作品创作，他正坚定不移地走向文学的核心区域。他还有一个基本观点，儿童文学是文学体裁的一个品种，它以少年儿童为主角和视角，但并非仅仅写给少年儿童看。他的儿童文学作品，不仅适合少年儿童阅读，同样适合成年人阅读，而且能给成年人以更深刻的启迪和思考。

《半岛哈里哈气》：一部精神上的“大书”/再现半岛少年纯美的人性和纯粹的友谊。

《半岛哈里哈气》出版于2012年新年伊始，首先由河北少年儿童出版社出版五卷本，随后上海文艺出版社出版其中之一的《老果孩》。这部书的出版，很快引起了社会的关注，也形成一定热销局面，应读者的要求，当年8月份，河北少年儿童出版社对其再版。著名儿童文学评论家朱自强在《黄金时代的中国儿童小说》一书中指出，《半岛哈里哈气》五部系列小说，是一座小小的但了不起的博物馆，它珍藏和展示着不算十分遥远，但是却在迅速消失的一种独特童年。这种生活注定价值永存，令人怀念。张炜立足于对儿童的解放，以鲜活的文学表达告诉我们，什么才是本真的、健全的、快乐的、成长的儿童生活。朱自强还认为，这是一部精神上的“大书”。

“哈里哈气”是海边林子中动物们跑动或打闹时发出的喘息声和喷气声，是动物的气息，是欢快的气息，是自然的气息，也是生命的气息。在这生动的气息中，我们领略了半岛少年的纯真故事，感受到了他们纯美的人性和纯粹的友谊，也明白了一些成年人本应该明白却被长久忽略了的基本道理。

《美少年》——究竟怎样才是真正的美少年？半岛少年双力被

人公认为“美少年”。这位海边老大“老扣肉”和园艺场女医生霞霞的孩子，实在是“太俊了”。“走在路上就有人围上看，到了林子里，百鸟羞得不敢开口，女孩子见了低头走，老师没有心思上课……”[①]当他即将转学到来时，连女老师“疤眼”也感到了担忧，提前找“坏孩子”老憨打预防针，并且让“我”——“老果孩儿”管住老憨，千万不要欺负新来的“美少年”。“老果孩儿”也是一位“美少年”，虽然“酒糟小宽鼻”曾一度发红，但他有一双美丽的眼睛，可是和双力的美相比，还是有一定的差距。“美少年”双力的到来，的确给学校带来一定麻烦。特别是当老憨因与其发生“不愉快”被开除出少年艺术团之后，引起了老憨的极力反感。于是，老憨和“老果孩儿”合谋采取“卑鄙手段”，偷偷让其吃下癞蛤蟆，试图让他变成“秃斑”，彻底颠覆“美少年”的形象。当双力果真因此中毒之后，老憨和“我”又感到了担心和羞愧。怎么办？这对少年老憨和“我”是一个严峻的人性考验。这时候，他们的纯美人性彰显出来。他们主动找到老医生“老布搭子”，讲出了事情的真相，然后请求其抓紧救治双力，“美少年”最终得救了。由此我们看到，故事中实际上出现了三个“美少年”：双力、老憨和“老果孩儿”。因为老憨和“老果孩儿”虽然长得不如双力俊美，老憨甚至有些笨拙，但是他们知错认错、知错就改，同样是一种美，而且是一种更内在、更纯粹的美。他们同样也是“美少年”。

《天才歌手》——竞争对手之间究竟应该保持怎样的关系？“我”是个能唱歌的人，村头“蓝大衣”的儿子三胜也很能唱，但自己觉得嗓子连三胜一半也不如。三胜的歌声，“就像海浪一样，翻涌着

---

① 张炜：《半岛哈里哈气》，作家出版社 2013 年版，第 9 页。

滚过我们的小屋，又往更远的地方奔去了”[①]。“我亲眼看到亲密的树梢被他的歌声摇动了，发出呼呼的共鸣。”[②]三胜的歌声引领拉网号子，激发渔民拉大网，很快成为“老扣肉”的宠儿。这时候，“老铁头”瘦瘦弱弱的儿子常奇出现了，他比三胜唱得更好，也更能唱。他的歌声，甚至能够“喊出月亮来”。“他的歌声渐渐高亢起来——就在这高音达到顶点的一瞬间，我觉得一轮月亮腾地升到了树梢上……整个林子一下子给照亮了！”[③]“老扣肉”一下子就喜欢上了常奇，让他领唱拉网号子。村头“蓝大衣”不干了，他为儿子三胜专门请了专业老师，对三胜进行严酷的训练，誓言一定要把常奇比下去。经过“一场恶战”，常奇事实上胜出，尽管三胜自己也承认常奇胜了，但村头“蓝大衣”坚决不承认，而且继续逼迫三胜练下去，一定要儿子将常奇压下去。后来，常奇中了毒鱼针，嗓子坏了，真的不能唱了。为了能治好常奇的嗓子，老憨、“我”和三胜一起去找“老布搭子”，得知悬崖上的一种草能够治常奇的嗓子，三胜冒死爬上悬崖，去摘取“神草”，结果从悬崖上摔了下来。常奇的嗓子最终治好了，三胜的腿却瘸了。最后，他们一起歌唱，一起领唱拉网号子。他们都成了“天才歌手”。这是怎样的一种“竞争关系”，又是怎样一种纯粹的友谊？

《养兔记》——人与动物究竟应该保持怎样的关系？野兔子不好养，老憨和“我”养了多次都没有成功。因为将野兔子关起来，它会生气，愤怒，绝食，最终不得不放弃努力。他们分析认为，兔子之所以如此，在于它们对人的“不信任”，也在于它们自身“最爱

① 张炜：《半岛哈里哈气》，作家出版社 2013 年版，第 71 页。
② 张炜：《半岛哈里哈气》，作家出版社 2013 年版，第 7 页。
③ 张炜：《半岛哈里哈气》，作家出版社 2013 年版，第 80 页。

自由”。后来，他们从“锅腰叔”那里知道，养兔子，要从母兔开始养起。他把院子里的一切动物，都称为“人”。也就是说，养动物要把他们当作“人”。他们从“锅腰叔”那里取回两只兔子，真的像对待“人”一样对待它们。母兔难产，他们急得要命，不惜“破费”找接生婆“洼洼脸老太婆”为其接生。母兔死了，小兔子没奶吃，他们让小羊喂奶。小兔子被老鼠偷咬，被黄鼠狼惦记，他们先后找来猫儿“小美妙”、狗儿“步兵”和大鹅“老呆宝”专门守卫。他们还为三只兔子取了名字——“真不容易”。当有人又想吃掉兔子时，他们依依不舍地将其放回林子。当兔子自己返回时，他们又不得不将其放回河对面的林子。这个故事生动地告诉我们，人与动物应该保持怎样的关系？应该首先把它们当作“人”，要取得动物的“信任”，保护它们的生命，还要尊重它们的天性和自由。

《长跑神童》——追求成功的“要义”究竟应该是什么？在海边树林子长大的“我”善于奔跑，为了能跑得更快，我赤脚在海边、在林子里奔跑，练就了一双“铁脚”。“我”的能跑，引起了另一所学校同样能跑的李金的注意，甚至可以说嫉妒。他以指导我为名，对我进行残酷的心理打击，说不穿跑鞋的“我”“完了”，想跑出来“门都没有”。练“铁脚”的时候，我认识了一个同样能跑的叫“兴业”的男孩。他跑步的目的是能够上“踢校”，而我却是为了能够“保送”上高中，我们很快成了“一对少年知己”，一起练习奔跑，互相学习，互相帮助。学校女老师“疤眼”对我们跑步很支持，目的只有一个，拿名次，为班级和学校争光。班里最漂亮的女孩“紧皮”也为“我”加油，但她“只和冠军交朋友”。学校运动会上，“我”和兴业都成功了，可是，到了区运动会上，“我”却失败了，受伤了，原因是吃了兴业爸爸为我们准备的据说能够加快跑步速度的秘密武器——“飞鱼鳔”。因为它存放时间太久，变质了，但这事儿丝毫没有影响“我”和兴业的友谊。为了获得“冠军”，李金等人专门找专业教练培训，还穿上专门的“跑鞋”，但是，“我”根本不靠这些东西。总结“我”的跑步经验，可以得出所依靠的基本东西：一是心中始终有目标，就是一直跑，一直跑，要一直跑进高中的大门。二是坚信自己的力量，不靠科技，不靠跑鞋，全靠脚，全靠一双腿。三是自觉师法自然，要像兔子一样奔跑，要像苍鹰一样“飞翔”。四是借助真诚的友谊，与兴业配合，以老憨为教练，努力提高自己。最后，还有一条，特别重要，就是要有一颗聪明善良的心。“我的心眼比一般人要多那么一点点，无论是周边园艺场还是村里的孩子，他们只要与我相处时间长了，都要听听我的主意。”[①]当然，这都是一些好主意。虽然他最终失败了，没有“跑进”高中，兴业成功了，但这些追求成功的“要义”他始终没有丢，他们依然是最好的朋友。这是跑步之道，追求之道，也是做人之道。

《少年与海》：一部再版次数最多的书/揭秘“妖怪”的本真和本性。

该书于2014年4月由时代出版传媒股份有限公司和安徽少年儿童出版社出版。同年4月9日，《中华读书报》刊载海飞的文章，认为《少年与海》是“林野志异”的儿童传奇。同年5月16日，《少年与

① 张炜：《半岛哈里哈气》，作家出版社 2013 年版，第 186 页。

海》研讨会在北京举行。高洪波、李敬泽、海飞、刘海栖等名家出席会议开展研讨。与会者认为这是一部“东方奇幻，儿童传奇”。2018年3月，出版社对其再版。仅仅四年的时间，已经第二十七次再版印刷，创造了当代儿童文学出版的一个奇迹。可见其精彩程度和拥有读者的数量。

这是海边“三少年”——“我”、虎头、小双在一起寻找林子之中“妖怪”的故事。传奇的情节，神奇的故事，引人入胜的叙述，拨开层层迷雾，揭秘各种“妖怪”的性格本真和真实面目，以真实的感受和大量事实证明，传说中的“妖怪”并不是真正的“妖怪”，他们一个个心地善良、是非分明、有情有义、乐于助人，甚至懂文明礼貌。相反，真正的“妖怪”却另有其人。他们就是我们人类中的“某些人”。

《小爱物》——富有同情心的“小怪物”。林中“小怪物”是一个不可思议的小动物，也是一个稍通人性的小动物。她“大约有九十公分多一点，后背是灰色的，全身长了细密的绒毛，光滑极了。两条腿真像莲藕，膝盖像人一样”[①]。“这张小脸圆圆的，完全像个娃娃。”[②]她性情温顺，而且还会害羞，哀哀怨怨地看人，让人一见尤怜。她与护林人“见风倒”建立了很深的感情，一见面就亲密得不得了。“三少年”一直想靠近她，试图看清其真实面目。后来，因为海边老万要让“见风倒”和鱼老大结合，而老万的心早已属于“小爱物”，老万遂设计将“小爱物”捕获，然后将其关了起来。不料，“小爱物”以绝食反抗。当村里要派人将其押送上级时，“三少年”果断地站在了“小爱物”和“见风倒”一边。他们拼命将其救出，然后将其放归树林。他们救了“小爱物”，也救

① 张炜：《少年与海》，安徽少年儿童出版社 2016 年版，第 41 页。
② 张炜：《少年与海》，安徽少年儿童出版社 2016 年版，第 41 页。

了“见风倒”。作者歌颂了“小爱物”与“见风倒”的感情，同时也歌颂了“三少年”同情和支持“弱者”的美好品质。与老万和鱼老大相比，“小爱物”是“弱者”形象，身体一直不好、独身一人的“见风倒”也是一个“弱者”形象。“小爱物”之所以与其发生感情联系，也是一种“弱者”之间的惺惺相惜，或许同样具有某种同情“弱者”的因素在内。

《蘑菇婆婆》——有情有义的“老妖怪”。林子深处，有一间小草屋，里面住着一个“闪化”了的“老妖怪”——蘑菇婆婆。她有一根长长的水烟袋，还有很多吃不完的蘑菇，天天枕着蘑菇睡觉。“三少年”对此传说十分着迷，想尽办法靠近她，试图看到她的真身。其实，蘑菇婆婆是土匪“不二掌”的后代，她的母亲是老鱼把头的女儿。当年土匪爸爸看上了妈妈，但是老鱼把头姥爷坚决不同意。土匪爸爸于是将妈妈扛进林子，从此成了自己的女人，两人相亲相爱，并且生下了她。后来，村里开展“清匪”，老歪奉命进山，经过多次较量，打死了土匪爸爸，妈妈看到丈夫死了，一下子撞到橡树上身亡。老歪把她“救了出来”，交给了鱼把头姥爷。但是，她想念爸爸和妈妈，只身一人跑进林子找他们。在树林里，年幼的她被一只老熊照料，老熊死后，一个人住在小草屋里，成了蘑菇婆婆，一直没有离开。因为老熊的出现，她被人传为“不二掌”或狗熊“闪化”而成。她之所以进入山林，是为了寻找她的父母；她之所以长期在林中居住，不愿离开，只为了守护在父母的坟旁。由此可见，她根本不是什么“妖怪”，而是一个有情有义、有孝心的人。

《卖礼数的狍子》——一个“实打实”、懂礼貌的人。猎人“二转儿”到林中打猎，遇到一只狍子。他极力追赶，不料狍子进入林中小木屋之后，再也不见踪影，小木屋里只有一位老人。传言自此产生，老人是“狍子”的化身。“三少年”对其好奇，也要试图看到其真实身份。后来发现，“狍子老人”是一个“实打实”的人，也是一个非常懂礼数的人，他依靠礼数引导和感化别人。学校里的坏孩子“土驴”。“真是怪啊，那家伙平时最爱干架了，有一次按住他数过，全身有二十四个疤！不过如今也变得懂礼貌了，还会鞠躬握手呢……”[①]“那个精灵本事多大，竟然能从头到脚改变了火爆脾气的二转儿，让他扔下了手里的枪。”[②]对于主动上门挑战，要和他比试“礼数”的“二锅腰”，无论其怎么刁难，他都彬彬有礼地回答和对待。“就像一种传染病似的，海边村子变得有些不一样了——人人变得安静了，和气了，斯斯文文了，不再有大喊大叫的火爆脾气了。”[③]受他的影响，“三少年”也成了全村最懂礼数的人。他还慢慢成了“二转儿”的好朋友和“三少年”的“知己”。他是“妖怪”吗？当然不是。他只是“喜欢一个人待在海边林子里”而已，“没有对不起村里人的事情”。如此看来，他应该是属于隐居林中的“孔夫子”。

《镶牙馆美谈》——富有正义感的镶牙师。伍伯是镇上唯一的镶牙师，关于他的出身，也有一种说法，就是“野物”闪化而成。“三少年”总是想趁他喝多了时，看看其身后到底有没有一条尾巴。传说中，伍伯曾在母狐瓦儿的引诱下，为狼王镶过一颗“铁牙”，致使狼王战力大增。在兔王发动的事关“生死存亡和自由”的“河东荒原大起义”中，起义的兔子军团损失惨重。后来，母狐瓦儿认识到了狼王的本来面目，劝说伍伯帮助兔子。“伍伯苦干了几天

① 张炜：《少年与海》，安徽少年儿童出版社 2016 年版，第 117 页。
② 张炜：《少年与海》，安徽少年儿童出版社 2016 年版，第 125 页。
③ 张炜：《少年与海》，安徽少年儿童出版社 2016 年版，第 122 页。

几夜，给一大群兔子挨个镶上了锋利的铁牙。”[①]狼王要求其给所有小狼王镶一对铁牙，但是“结果所有的小狼王都镶上了铅牙和锡牙。近身肉搏之中，这样的牙齿不堪一击”[②]。如果说伍伯真的是“妖怪”，也是一个富有正义感的“妖怪”，是为正义事业做出贡献的“妖怪”。

《千里寻芳邻》——深懂“芳邻”情义的“家禽”。春兰和球球是一对挚友。春兰是一只小粉猪，球球是一只狸猫。春兰是“三少年”之一虎头家母猪所生，自小娇小可怜，总也长不大，但很可爱。球球是“我”家的“宠儿”。它们自从认识之后，变成了十分友好的“芳邻”，永远离不开的“知己”。舅母到此地出差，发现了球球，喜欢上了球球，非要将其带回城里。“我”坚决不同意，但没有办法。球球被带走后，春兰陷入无边的痛苦之中。当“我”挨到寒假，准备去带回球球时，球球却突然狼狈不堪地回来了。原来，球球到了一千多公里之外的大城市后，根本不适应那里的生活，也受尽歧视和折磨，日夜思念“芳邻”春兰小粉猪。它历尽千辛万苦，跨过万水千山，死里逃生，最终跑了回来。见面那一刻，春兰和球球对视着，相隔一米多远，一动不动。她们挨到了一起，拥抱着不再分开。它们彼此如此钟情于“芳邻”，小小的“禽兽”能够做到，但人未必能够做到。

《寻找鱼王》：真实的半岛传奇故事/深刻阐述什么才是真

① 张炜：《少年与海》，安徽少年儿童出版社 2016 年版，第 207 页。
② 张炜：《少年与海》，安徽少年儿童出版社 2016 年版，第 207 页。

正的鱼王的人生哲学/塑造不同人格类型的典型人物。

《寻找鱼王》是2014年冬天完成的。2015年5月，由明天出版社出版。同年6月在《人民文学》第6期发表，随后被《作品与争鸣》《新华文摘》转载。

这是一段失传已久的大地故事，一个男孩生命之初的奇幻旅程。故事如此吸引人，如此传奇，是真实的吗？无论是读者还是记者，都很容易提出这样的疑问。答案当然是肯定的。作者自认，它讲出了藏在心底深处的、从前并没有多少机会示人的传奇故事。这些故事差不多构成整个童年生活最深邃的感情储备。它的大部分都写了作者童年的观察和体会，甚至直接就是亲身经历。当然，它还“杂取了种种人”，是“几个人的故事合在一起”。如果你认为不是真的，只有两种可能，你没有在胶东半岛生活过，或者你的大脑缺乏足够丰富的想象力。

“我”——大山深处一个喜欢捉鱼吃鱼的孩子，在父亲的引导下立下一个大志向，一定要寻找鱼王，向鱼王学习，当一个能捉到大鱼的人。他拜一位在山中隐居的“老头儿”为师，常年跟其居住在一起，向其学习捉鱼本领，同时打听和寻找真正鱼王的去向。其间，他知道了师父的身世和遭遇，原来师父是当年“旱地鱼王”的儿子。他还知道了师父一家和“水地鱼王”一家之间因为逮大鱼产生的爱恨情仇。师父去世后，他根据师父的交代，去南部山区的“蓝色雾幔”之下，寻找师父当年的恋人——“水地鱼王”的女儿，并拜其为师，继续学习捉鱼本领，继续寻找真正的鱼王。最终，在大山深处的水洞里，他找到了鱼王——一条保护水根的大鱼。这个故事告诉人们，真正的鱼王，不是捉鱼本领高强、能捉到大鱼的人，而是保护山区水根和命脉的大鱼。作品塑造了不同性格的人物形象，寄托了作者的人生和美学理想。

隐忍倔强者的形象——“师父”。“师父”的爸爸“旱地鱼王”早年被“水地鱼王”引诱害死。因为担心“水地鱼王”会加害于他，在母亲的催促下，离家出走，仓皇逃命。他隐姓埋名，在山中居住，其间多次更换居所，直到终老死在山中。他本是鱼王的儿子，恶人面前，展现出巨大的隐忍力。后来，他幼时的“恋人”——仇人的女儿来找他，他坚决拒之门外，为此，不惜几次搬家，不怕任何麻烦。即便仇人去世，早年的“恋人”——现今的老太太反复催其回家，他依然没有回去，直到老死在山上的小石屋里，也没有任何回心转意，堪称“天下最倔的人”。

坚守保护者的形象——“老婆婆”。“老婆婆”是“师父”早年的“恋人”，她深深地爱着“师父”。可是，她的爸爸是一个嫉妒心超强，而且心狠手辣的人。爸爸拿自己当“鱼饵”，害死了“师父”的爸爸，而且还想继续加害自己的“恋人”。为了能和心上人在一起，她从家中逃出来，最终又被捉了回去。她是一个坚守者，一直坚守着对“师父”的爱。她也是一个喜欢在水地捉鱼的人，但她与自己的父亲完全不同。因为她心地善良，心中始终有爱。她一直生活在大山中的“蓝色雾幔”之下，等待“恋人”的归来。她经常潜入大山深处的水洞之中，暗暗地呵护着保护大山水根的真正的“鱼王”。

不懈追寻者的形象——“我”。“我”是一个心怀梦想，离家逐梦的少年。最初的梦想，是父亲教导的，成为一个真正的“鱼王”，“吃穿不愁”“大富大贵”。为了实现这一目标，“我”不惜退学，到大山之中，和“师父”住在小石屋里，向其求教捉大鱼的本领。“我”还是一个充满好奇心的人，对“师父”的经历很感兴趣，对任何问题都想刨根问底。“师父”去世后，“我”继续坚持自己的梦想，按照“师父”的嘱托，到“蓝色雾幔”下寻找“老婆婆”，继续学习捉大鱼的本领，寻找真正的鱼王。最终，在“老婆婆”的引导下，“我”找到了真正的鱼王——保护山区水根的大鱼。这时候，“我”真正明白了一个道理：不要刻意追求去当一个捉大鱼的人，而是要当一个能守护大鱼的人。这是一个出走少年坚持不懈的最大收获，也是“我”走向成熟的必由之路。

除此，还塑造了超级嫉妒者——“水地鱼王”和黑暗势力代表者——“老族长”的形象。他们那么可恶，又那么令人难忘！

《兔子作家》：一部真正的励志童话和作家成长宝典/作家自我形象的童心写照/昭示心中有阳光，笔下有力量。

这是一只年轻兔子成长为优秀兔子作家的故事，一个适合所有人的励志故事，一部有助文学青年成长的作家宝典。因为喜欢他的俊美、单纯、活泼、机灵、和睦、友爱，所以选择了兔子的形象。因为在意他的形象，所以灌注了自己的品质、自己的经历和自己的思想。与其说是写兔子作家，不如说是在写作家自己，“兔子作家”身上处处闪动着作家本人的影子。

《蘑菇和书》：一个好的作家首先必须学会安静。年轻的兔子在树林小木屋里结识了一位老兔子作家，他读老作家的书，但又缺乏耐心，读一点扔一本。老兔子作家为了让他静下心来读书，用了一个“妙招”：五只蘑菇换一本书读。一个字一个字地写，也要一个字一个字地读。这一办法果然奏效，年轻兔子不仅安静下来，而且真正享受到了读书的快乐。它告诉我们，干任何事情，安静下来很重要。

《眼镜与拜师》：一个好作家与自己的穿戴没有任何关系。年轻兔子也想当作家，他主动提出拜老兔子作家为师。最初，他以为老作家的奥秘在眼镜上，能不能当作家关键在于是否戴眼镜。老作家以事实告诉他，当作家与戴眼镜根本没关系，学习才是最重要的事情。

《第三个忠告》：一个好作家必须多看星星。老兔子作家告诉他，要成为一个作家，第一，多读书；第二，多交朋友；第三，多，多看星星。对于第三条，年轻兔子起初不太理解，很多人也不太理解，然而这一条非常重要。只有多看星星，才能真正享受美好的时光；只有多看星星，才能更加热爱大自然；只有多看星星，胸怀才能更加博大和辽远；只有多看星星，才能写下星空和星空下的一切事情。

《为猫王立传》：一个好作家必须要诚实。兔子作家经过采访，准备为猫王写传记，讴歌猫王的英雄事迹，但是，对猫王的失败和缺点，却不想提，只想写出一位身经百战、伤痕累累、了不起的大英雄。后来，经过反复思考，他改变了自己的想法，最终决定一切都应该如实来写，不然就算不得一个诚实的作家。诚实很重要，作家的诚实更重要，兔子作家这样认为。可是，现实生活中的很多作家，表现得却并不那么诚实。

《名人的苦恼》：一个好作家必须学会谦卑。兔子作家为猫王立传之后，成了“名人”，随之带来一些烦恼：每次走到林子里，都要被人议论，甚至还引起围观，常常被人讽刺。这是当作家带来的“负面效应”。如何面对和解决这一问题？兔子作家的答案是：谦虚，谦虚，再谦虚。因为，谦虚使人进步，非常谦虚，进步就更快了。自然，烦恼也就消失了。

《心里的甜蜜》：一个好作家必须心地善良。兔子作家为了寻找灵感，在百花园里行走。他突然发现，喇叭花的花蜜被长嘴蛾伸出的黑乎乎的长管子吸走，令喇叭花非常痛苦。“每个人心里都有甜蜜，最要紧的是不被偷走。只要有甜蜜，人就会高兴。”[①]为了喇叭花的“甜蜜”和“高兴”，他采取了行动。他不仅将长嘴蛾的丑行写出来，公布于众，而且当长嘴蛾再次偷吸喇叭花的“甜蜜”时，他将它“长长的管子”紧紧地夹住，对其进行严厉教训，并令其保证再也不敢了。善良的兔子作家保住了喇叭花的“甜蜜”，也享受到了帮助他人的“幸福”。

《鼹鼠地道》：一个好作家既要采访小人物，也要敢于采访“大人物”。兔子作家深入林中，采访鼹鼠，让他们谈工程建设，还有生活、爱情和苦恼，等等。但是，采访过后，有些问题还没有闹明白，还需要解开，他必须采访最高首长——工程指挥官。在一切讲究“级别”的林子里，一个小小的作家要想采访最高首长非常困难。一是最高首长对其不待见，根本不愿意接受其采访；二是最高首长住在十二座宫殿的一座，有时一天换一个地方，根本不好找。最终，他知难而进，迎难而上，开始攀登这数不清的台阶。

《小木筏奇遇》：一个好作家必须有一颗勇敢的心。兔子作家驾一叶木筏出海，到海岛上采风。尽管提前做了精心准备，携带了一个指南针、一壶淡水、一袋干粮，还有一只小收音机。但是，还是遇到了巨大的风险。雷声像大炮一样轰鸣，加上海浪的拍击，像来到千军万马冲杀的战场。他经受了暴风骤雨的考验，“我什么也做

①张炜：《兔子作家·鼹鼠地道》，安徽少年儿童出版社2016年版，第10页。

不了，只剩下一颗备受折磨的勇士的心”[①]。这颗“勇士的心”非常重要，它帮他认识到原来想象的搏斗和真正的搏斗一样惊险。既然是一位作家，就不怕任何搏斗！它告诉我们，当作家不仅是读书、喝茶和写作，还要随时做好战斗的准备，敢于挑战的准备。

《荒岛探险》：一个好的作家必须努力“在场”。兔子作家在荒岛探险，他结识了金龟子，作为一个“不在场的人”，了解到了荒岛的历史和变迁，特别是变成荒岛的原因，明白了豹猫和高个子的“人”是最坏的人。在金龟子的引导下，得知了荒岛最大的秘密——海龟蛋的秘密，也是荒岛即将重新充满生机的秘密。如果兔子作家不曾来此探险，怎会知道这些历史和奥秘？

《花园与野猪》：一个好的作家必须为正义而战。兔子作家在夏末的花园里行走，美丽的景致让他诗兴大发。可是，这时候，他发现了令人震惊的一幕，花园里的花遭到了践踏和破坏。原来罪魁祸首是野猪。野猪肆无忌惮地在花园里打滚儿，而且还恶人先告状，说玫瑰刺伤了它。兔子作家将其恶行一一记录下来，到巡林员老猞猁那里去讲理，但巡林员袒护野猪。花园不属于林子吗？你要执法公平！正义得不到伸张，怎么办？兔子作家站在了正义一边。“我要记录下所有证据，并且把它们公开！让所有人知道真相！”[②]他举起手中的笔说：“我绝不放过他们！”[③]他要为正义而战。

《探望老师》：一个好作家要懂得知恩图报。兔子作家慢慢有了成绩，也逐渐成名了，但他始终没有忘记自己的恩师。他深深地知道，一个人有老师和没有老师真是不一样。没有老师的引导，他绝

① 张炜：《兔子作家·鼹鼠地道》，安徽少年儿童出版社2016年版，第73页。
② 张炜：《兔子作家·鼹鼠地道》，安徽少年儿童出版社2016年版，第137页。
③ 张炜：《兔子作家·鼹鼠地道》，安徽少年儿童出版社2016年版，第138页。

不会成为一个优秀作家。他精心选购了一大包礼品，准备了一束鲜花，准备给老师一个惊喜。他不仅表示了对老师的感谢，还提出办一个“小作家班”，让林子中喜欢写作的孩子也来学习。这是更高意义上的知恩图报。事业成功不能忘记恩师，回报社会，这是很多人都懂的道理，但是很多人却做不到。

《小作家班》：一个好作家必须坚持朴素、节俭和真实的评判原则。公益性“小作家班”开班了。兔子作家忙于教学活动，还请来老师给“小学员”上课。他对教学活动非常认真，但在“小刺猬”的习作点评上，遇到了一些困惑。那就是虚构性写作和真实性写作，究竟哪个更好的问题。后来，在老师的帮助下，大家认识到：“朴素、节俭和真实，不随便奉承人，不说假话，这才是最好的习惯。”[①]

《忧伤的兔子》：一个好作家必须有真正的知己。兔子作家很忙碌，但时常心存忧伤。他认为朋友越多，成就越大。但过多的朋友，并没有解决自己内心的忧伤问题。他主动调整和改变自己，和青蛙成为真正的知己。在青蛙面前，他真诚地诉说自己的一切。“高兴的，不高兴的，想说就说，连一点秘密都没有……”[②]和青蛙的交谈，让他慢慢改变了忧伤的情绪，并且知道了治疗忧伤的另一个好办法——看马兰花开。

《四季的传说》：一个好作家必须热爱大自然。兔子作家在采访中听野鸽子讲述了“四季的传说”：冬天是个老人，住在大海北边；秋天是个小伙子，住在西边很远的地方；夏天是个大婶，住在南边靠近日头的地方；春天是个姑娘，住在东边月亮的旁边。由此，他得出一个结论，四季是一家人。“咱们林中谁都离不开这一

---

① 张炜：《兔子作家·鼹鼠地道》，安徽少年儿童出版社2016年版，第49页。

② 张炜：《兔子作家·鼹鼠地道》，安徽少年儿童出版社2016年版，第124页。

家人，要跟一家人交上朋友才好。”[①]

《孤独的喜鹊》：一个好作家必须善于助人为乐。兔子作家认识了老喜鹊，还了解到老喜鹊当年和妻子感人肺腑的恩爱故事：“孩子在河西，老伴也不在了，就一个人守着空房屋……”[②]于是，兔子作家向老喜鹊介绍了同样失去老伴的“爱读书”的喜鹊，希望他放弃自己原来的坚守，学一学鸳鸯，能够结合在一起。问起原因，兔子作家只说了一条：因为冬天会很冷。他的心地是多么善良！

《狼口余生》：一个好作家不能太单纯，要有足够的聪明和智慧。兔子作家采访路上遭遇了可恶的土狼。土狼采用激将法，把兔子作家诱骗到狼洞里，然后关上大门，想把兔子作家吃掉。危难之时，兔子作家发挥自身的聪明才智，谎称自己早已做好了防备，提前吃了曼陀罗等有毒的东西，谁要吃了他，就会立即死掉。土狼信以为真，无奈放了他。单纯的轻信，差一点害了兔子作家。聪明智慧，关键时刻又救了他。

《苦难的小鹌鹑》：一个好作家必须富有同情心。建筑工头“白斑鼠”邀请兔子作家做客，“白斑鼠”住所豪华，家宴极其高档，但兔子作家并不喜欢他们。到了建筑工地，他才发现当“农民工”的小鹌鹑们的遭遇。一开始说招工，说这儿吃得好、活儿轻。谁知一到这里就被关了起来。他们在监工的监督下，人和车子拴在一起，干最苦最累的活儿，吃最孬的饭，家里生活极其困难，日复一日，年复一年。兔子作家得知这些情况，同情弱者的心一下子上来。他要把他们的事情，从头到尾写出来，这篇血泪文章，就叫《苦

① 张炜：《兔子作家·鼹鼠地道》，安徽少年儿童出版社2016年版，第28页。

② 张炜：《兔子作家·鼹鼠地道》，安徽少年儿童出版社2016年版，第42页。

难的小鹌鹑》！他要告诉所有勇敢的人，再告诉所有善良的人，大家要一起来解救他们！

《与海豹一席谈》：一个好作家必须懂得虚心。兔子作家拜访在海滩上晒太阳的海豹，代表林子和海豹进行了一次长谈。通过这次谈话，兔子作家真正开阔了眼界。这时的他才知道，海里什么都有，林子里有的海里都有，陆地上有的海里也都有。不仅如此，他还知道了海的博大，以及大海与天空的关系。大海是铺在地上的一截天空，它们是连在一起的。由此，他明白了虚心学习的重要。

《戒烟妙计》：一个好作家要学会牺牲自己。老灰鹭没儿没女没有老伴，一个人过冬天。他老人家喜欢下棋，更喜欢抽烟。抽烟是一种恶习，整天抽烟让他咳嗽不止。兔子作家劝其戒烟，但他说什么也不从，而且声称自己下棋输了，就是因为没有抽烟。为了能让老灰鹭真正戒烟，兔子作家决定牺牲自己。当老灰鹭抽烟时，一定赢他；而当老灰鹭不抽烟时，故意输给他。以此证明，抽烟不利于思考。最终不仅成功劝说老灰鹭戒烟，而且还写下《老灰鹭先生戒烟记》。

《寻访平民英雄》：一个好作家必须关注“底层”。兔子作家先后写老猫王、歌手、老獾等人物，但是老师说，这还不够，一个好的作家，必须关注“底层”。到底什么是“底层”？就是那些受苦受难的人。于是，兔子作家亡羊补牢，开始关注“底层”。他采访“底层”的鼹鼠和小鹌鹑，进而采访更“底层”的“弱势群体”——蚯蚓。他发现蚯蚓“干的是重体力活”，平凡中具有不平凡的意义，“给大地松土，让植物长得茂盛”，“你们才是最可爱的人，一生都在奉献，而不是索取！你们生活在最‘底层’，没有阳光的地方”……

《见证奇迹》：一个好作家必须具有坚韧不拔的精神。兔子作家开始了“寻找底层之旅”，先后采访了蚁狮、知了猴和蛹。他发现了全新的生命现象，也见证了生命的奇迹。最初的时候，他不相信，在水一方，飞舞的小蜻蜓，前身居然是在地上爬、在土里钻的蚁蛉。小小的蚁蛉，居然从“底层”飞上天空！“这就是忍受黑暗、冲破黑暗，最终飞上蓝天的故事。”①“化蛹为蝶”一词让兔子作家震惊，面对空中翩翩起舞的彩蝶，他发现了人世间最伟大的故事：忍受黑暗、冲破黑暗，最终飞上蓝天！

读《兔子作家》我们发现，一个好作家必须具备诸多优秀品质，绝不是一件很容易的事情，也绝不是任何人都能当的事情，更不是一蹴而就、一帆风顺的事情。心中有梦想，脚下有力量，笔锋所到处，正义放光芒。丛林深处，一位年轻的兔子作家在歌唱。

2014年11月，张炜接受了《齐鲁晚报》记者师文静的采访。他说，如果到了80岁、90岁仍然能够写作的话，他仍然想保留儿童一样纯洁的东西，仍然想保留他年轻时候就拥有的浪漫的想象力。可以想见，他会沿着这条道路一直写下去，写出更多富有诗心和童心的优秀作品。我们应该有这个信心，也应该有这个期待。

《狮子崖》：一部少年时代的“杰作”/难逃历史的局限/映射那个时代的荒谬。

《狮子崖》初稿完成于1974年，那年张炜才18岁。小小年纪便写出中篇小说，是一件非常了不起的事情。书稿写出来之后，当时的老师曲克勇先生曾介绍给有关出版社，但遭到退稿。40年之

① 张炜：《兔子作家·天使羊大夫》，安徽少年儿童出版社2016年版，第75页。

后，稿子失而复得。2016年5月，《狮子崖》在《天涯》第3期发表。2017年1月，《狮子崖》由山东教育出版社正式推出。张炜曾经介绍说："这是一部不能再改造的作品。人不能忘记初心。十六七岁的少年对文学和生活的感受、对生活转达成文学作品的感受在现在看来完全不一样了。那个时代对大自然的好奇、童年探索的精神，是我整个儿童文学的入口和开始。"

《狮子崖》写作的年代，"文化大革命"还没有结束，"以阶级斗争为纲"是那个时代最突出的印记。张炜人尚年幼，尽管充满求真求实的追求，依然难以跳出历史的局限。故事发生在20世纪70年代初的胶东半岛。镜子湾边有一座育贝场，专门养殖手掌般大、美丽漂亮的大花贝。那时养花贝不仅是一项生产任务，还是一项严肃的政治任务——用它支援"亚非拉"。育贝场有一件烦心事——大花贝总是会莫名其妙地丢失。对于这一情况，新场长秦水认为肯定是"阶级敌人"在作怪；老场长卢叔却说，可能是对面狮子崖上的妖怪或动物所为。主人公林林曾跟随卢叔到狮子崖去侦察，结果并没有发现妖怪和坏人。后来，在妈妈的引导下，林林开始研究父亲——海洋专家留下的海洋书籍。他还和小朋友海星、小慧一起，成立了海洋科学小组，发誓要帮场子找到花贝"溜号"的秘密。经过一系列研究和狮子崖大探险，最终他们发现，大花贝的丢失并不是坏人在偷窃，也不是妖怪在作祟，而是由于它们自身的习性，自动"溜号"，偷偷跑到了狮子崖附近的海底下。他们通过进一步研究，发现了大花贝"跑动"的奥秘，进而找到了防止其"溜号"的好办法。

"让今天的少年通过它了解上个世纪的生活，将今天与昨天两相对照，可能也是极具意义的。他们将由此感悟时代变迁、今昔之异，也算人生的题中之义吧。”这是张炜写在该书封底的话，也是他将这本“失而复得”的书出版的初衷。事实上，它像一面镜子，映射出那个时代的“荒谬”。

《爱的川流不息》：人与万物的关系/条件性反馈/最重要的尺度。

《爱的川流不息》是一部纪实作品，也是一部以一颗爱心和童心写就的清新、唯美、诗性，神奇而又让人着迷的作品。它既适合成年人阅读，也适合少年和儿童阅读。一册在手，爱不释手。它甚至让人不忍心一次将其读完。

作品主要讲述了作者在家中养育宠物猫“融融”的故事，交叉追忆了童年时代，在乡下饲养“野物”“狸子的外孙”小獾胡、家犬“小花虎”、野狗“小来”的故事，以及一家人早年令人难忘的生活经历。作品字里行间充盈着满满的深情和爱意，再现了人与动物之间的爱与善、罪与恶，展现了作者深厚博大的人文精神和悲悯情怀，旨在启迪和唤醒人们对动物，对万物川流不息、绵绵不绝的真爱和大爱。

长久以来，或许一定程度上受“人是万物灵长”思想的影响，很多人总是习惯将其他动物视为低等动物，对它们存有一种根深蒂固的歧视心理。《爱的川流不息》以翔实、动人的故事，打破了这种错误认识，从而告诉我们，动物不仅不是低等的，它们和人类一样，是纯真的、可爱的，是有思想有灵性的，甚至是文明的、高贵的。人生存的世界，不仅是“万物齐一”，而且是“万物有灵”“万物皆贵”。在作者笔下，动物是美丽的。“窗前有一双大大的蓝眼睛，它正与我们对视。啊，这就是彼此的‘第一眼’。心跳有些异样。这眼睛太美且似曾相识。”[①]在作者笔下，动物是可爱的。那个“小花虎”与外祖母对视，长时间一动不动，最后外祖母被这副认真的样子逗笑了，不顾一切地将它抱到怀里说：“真是一点办法都没有。好孩子！”在作者笔下，动物是通灵性的。“小獾胡是个很有心劲的家伙，许多时候它其实早就听懂了我的话，却装出一无所知的样子。如果我在说一件高兴的事情，只要轻轻说几句它就明白了。”[②]“它真是个懂事的猫，看看，它在躲着那个人。”[③]张炜发现，动物不仅眼睛会说话，还有自己的“心语”，它们用另一种方式说话，“那是源于心的深处”[④]。在作者笔下，动物甚至是高贵的。只有几个月的“融融”，看起来不像是一只猫，而是一位绅士：“面容温情而庄重，迈着狮子般的步伐。”“它的行姿让人直接想到了一头小狮子，举步从容，而且一对前掌每次离地时，就像狮子那样微微侧翻一下再提起。”“它一双大眼睛正在左右打量，平静中透着温柔，还有适可而止的亲昵感。”[⑤]它甚至懂得交友之道和文明礼貌。当张炜先生将手伸向它的时候，“它抬头一看，马上把右前爪搭到我的手上。一只收拢的、洁白的手掌。”[⑥]它们的文明和高贵，最集中地体现在知错能改上。这方面的典型是身为“野物”的小獾胡。起初，它夜里外出，第二天早上，在窗台上整整齐齐地摆了一溜东西：一条小蜥蜴，一只麻雀，一只仓鼠，一

① 张炜：《爱的川流不息》，山东教育出版社2021年版，第2页。
② 张炜：《爱的川流不息》，山东教育出版社2021年版，第63页。
③ 张炜：《爱的川流不息》，山东教育出版社2021年版，第129页。
④ 张炜：《爱的川流不息》，山东教育出版社2021年版，第144页。
⑤ 张炜：《爱的川流不息》，山东教育出版社2021年版，第13页。
⑥ 张炜：《爱的川流不息》，山东教育出版社2021年版，第6页。

只螃蟹，一只绿蚂蚱，一条大蚯蚓。当外祖母告诉它，它们和你一块生活在林子里，你别祸害它们后，它便知错就改了。后来，它摆下的是一只蜗牛的空壳，一只晒干的马兰花，一粒野枣，一根洁白的羽毛，还有一枚扣子。

值得一提的是，动物之间，即便凶猛动物之间，也懂得爱，懂得和睦相处。正如老广所言，以前林子里不少野猫，它们都被两只从河西转来的野狸子吃了。后来，孤单的母狸子有一天捕到一只公猫，见这猫长得太好看了，就舍不得吃了，后来就喜欢上了。从那以后狸子就不吃野猫了，都成亲戚了。于是便有了“狸子的外孙”之说。

作者在指出动物也善良、也懂品行的同时，明确指出有的人却比最坏的动物还要坏。“其实我早就清楚，林子里最大的危险不是野兽，而是其他。”①这“其他”是什么呢？当然也不是妖怪，他们可比妖怪坏多了。他们就是“黑煞”一样的恶人。他们天天提着长枪，见动物就打，一直追赶小獾胡到家里，吓得小獾胡只能逃到河西。他还拿长枪威胁外祖母，说冬天一定要戴上野狸帽子。他不仅将“凿山”的父亲关进小黑屋里，还吓唬“我”，长大以后也要凿一辈子的山。这样的人和动物相比，不知要坏出多少倍。

人与动物如何和谐相处的问题，其根本不在于动物是否可爱，是否具有灵性，是否文明高贵，而在于人对动物持怎样的立场和态度。是善待，还是冷待，抑或是野蛮对待？作品通过一系列故事告诉人们，面对各种动物，面对世间万物，首先要平等对待，然后要敬重，有敬畏之心，更应该将他们视为自己，当人来爱待，像爱自

① 张炜：《爱的川流不息》，山东教育出版社2021年版，第70页。

己一样爱动物，爱世间万物。“融融”虽然只是一个小宠物，但是全家人将它当作家庭中的一员来看待，当作人来看待。“从这一天开始，我们家里将增添一位新成员。”[①]“比如说，它是大骨骼的人。”请注意，这里用的词是“人”，而不是“猫”。一个字，看出的是事关重大的态度问题。张炜先生因为有事没有前去迎接“融融”，心里有些歉疚。这“歉疚”实际上就是一种尊重和敬重。这种对动物的尊重，还包括不勉强对方。“如果昨天在林子里坏了你的好事，我现在向你道歉……几天以后你还讨厌这里，我们就把你送回原来的地方。”[②]张炜先生这种爱，甚至是冲破既有“誓言”、不顾一切的爱。“面对它们的眼睛，面对一个个簇新活泼的生命，其他一切都不管不顾了。无法遏止的巨大喜悦伴着浓烈的爱意，潮水一般涌来，最终将人淹没。”[③]“这不是一般的爱，而是难以忍受、日思夜想，非要和它们在一起、非要相守和厮磨不可的那种欲望。”[④]在张炜先生那里，爱动物不仅是关心它们的生活、它们的冷暖、它们的温饱、它们的生死，更要关注它们的精神、它们的思想。中秋之夜，他们不仅给“融融”做月饼一样的食物，更是将它抱到阳台上，一起观赏天上的月亮。相比较而言，他们一家人更关注动物的心灵和思想。张炜先生提出了“一只猫一天里要用多少时间进行思考”的问题，并且有了“猫和人在对待思想及其成果的时候，似乎是完全相同的”这一重要发现。“在我所见过的动物中，猫无疑是最善于思考的。”“它们除去睡眠，大量时间都用来思

① 张炜：《爱的川流不息》，山东教育出版社2021年版，第1页。
② 张炜：《爱的川流不息》，山东教育出版社2021年版，第34页。
③ 张炜：《爱的川流不息》，山东教育出版社2021年版，第12页。
④ 张炜：《爱的川流不息》，山东教育出版社2021年版，第153页。

考。”[①]以至于外祖母曾说：“它有想不完的心事，我真想劝劝它，别那么较真。”[②]“它多么小，心事反倒这么大，还是让我们多想想吧，别让它累坏了。”[③]几十年过去了，张炜忘掉了很多事情，可是就没有忘记外祖母那个词：“心语”。随着年龄的增长，他更加明白了它的含义，也知道了“心语”在动物和人的一生中有多么重要。

善待动物，就是善待我们自己。因为人类怎样对待动物，动物就会反过来怎样对待人类。人尊重动物，动物便会尊重人；人爱护动物，动物便会爱护人；人给动物以温暖，动物也会给人以幸福。反之亦然，你对动物凶残，动物自然也不会软弱。只要我们真心实意地热爱动物，它们便带给我们心灵的充实和幸福。动物帮助人驱赶寂寞和忧愁。“小獾胡帮我们赶走了许多忧愁，这是它了不起的方面。”“现在好了，有了小獾胡，我可以长时间待在屋里了。”[④]动物带给人快乐。“现在完全不同了，因为一只小猫的加入，我们茅屋里已经有了三口。这种热闹劲儿是以前从未有过的。”[⑤]“由于小来的到来，我们家里变成了最能吸引孩子的地方。”动物带给人甜蜜。就连小獾胡的呼噜声，在“我”看来，也是那样甜蜜。“这声音甜甜的，这是我听过的最好的声音。从此以后我会记住：人的夜晚只要有这样的声音相伴，就一定是最好的夜晚。”[⑥]“月光，小獾胡的呼噜，全家人，这些加一块儿，成为最美妙的时刻。”[⑦]动物带给

① 张炜：《爱的川流不息》，山东教育出版社2021年版，第150页。
② 张炜：《爱的川流不息》，山东教育出版社2021年版，第110页。
③ 张炜：《爱的川流不息》，山东教育出版社2021年版，第111页。
④ 张炜：《爱的川流不息》，山东教育出版社2021年版，第62页。
⑤ 张炜：《爱的川流不息》，山东教育出版社2021年版，第33页。
⑥ 张炜：《爱的川流不息》，山东教育出版社2021年版，第50页。
⑦ 张炜：《爱的川流不息》，山东教育出版社2021年版，第107页。

人充实。“只看着它的眼睛，一切便悉数得到满足，仿佛人生再无他求。”[①]人对动物有多好，它们便对人有多好。“小獾胡对家里人的亲密程度是不同的。它最爱的人是外祖母，其次是我，再其次是妈妈。因为妈妈是十多天前才认识它的。”[②]

张炜在关于人与动物关系的讨论中说：任何族群对动物和植物的态度、处理的方法，一定程度反映出他们总体上的文明程度。这里的族群，当然包括人类。在《芳心似火》一书中，张炜写到了对“一棵树”的态度：衡量一个现代人是否在物质世界里退化和变态，是否正常和健康，其中一个最简便易行的方法，就是看他能不能对一棵树或一片树生发感情上的联系。比起爱宠物，比起对一些动物产生感情，爱树木更难一些。很显然，这是一种范围和视野上的扩大与引申，从人与动物的关系，扩大引申到人与植物，甚至扩大引申到世间万物。

据此，我们可以得出这样一个基本结论：爱，是人类和万物的尺度，也是衡量现代人的唯一标准。它体现的是人类总体的文明程度，还折射人在物质世界里是否“退化和变态”，是否“正常和健康”。《爱的川流不息》中有一段话，可以看作这部书的“文眼”：一个人对动物有那么多的爱，肯定是一个善良的人。张炜先生及其家人就是这样的人。我们周围也有很多这样的人。

读这本书，让我想起一个西方关于猫的故事。《德伯家的苔丝》的作者、英国著名作家哈代，临死前曾留下遗嘱，要将自己埋在家乡。可是按照英国政府的规定，哈代作为著名作家应该埋在

① 张炜：《爱的川流不息》，山东教育出版社2021年版，第13页。
② 张炜：《爱的川流不息》，山东教育出版社2021年版，第56页。

作家公墓。哈代死后，这个问题让操办丧事的人感到了为难，对此人们想到了一个两全其美的办法，就是将哈代的心脏安葬在家乡，将他的躯体安葬在作家公墓。哈代去世后，人们将哈代的心脏取出来放在一边，却不小心被他家的一只猫给吃了。怎么办？又有人想出一个解决的办法。那就是，将那只猫埋在哈代的家乡，依然将哈代的躯体安葬在作家公墓。如此一来，看起来是“两全其美”，其实却是一个非常残忍、毫无人性的办法。因为那只猫虽然偷吃了一颗“伟大的心”，但它毕竟是一个活生生的生命。

《爱的川流不息》的现实意义就在于，当今时代，并不是所有人都善待动物，善待植物，善待万物。“黑煞”一样的恶人，并不鲜见；精致的利己主义者，除了自身对其他万物都极度冷漠的人，并不鲜见。杀猫虐猫，打狗灭狗，甚至网上直播这种场面的，也并不鲜见。一些人不仅丧失了最基本的人性，甚至丧失了最基本的动物性。在另一部作品中，张炜曾经非常严肃地指出过那“如海潮一般的诅咒”。《爱的川流不息》问世，如果能多少换回某些人的某些良知，将是一件非常令人欣慰的事情，也是它的价值和意义之所在。

第十五章　诗章：永不舍弃的恋情

翻山越岭的槐花与荼草
化为一首起伏大歌
由那从未触摸桂叶的人
携给神奇的老人

——张炜《献诗》

在浩瀚宇宙之间，在苍茫大地之上，张炜有一位最钟情的恋人。这位恋人的名字叫诗歌。诗歌之于他，是一个神灵级的存在，是一位真正的女神。在他的心目中，诗歌拥有至高无上的地位：所有文学艺术的最高形式，一切文学艺术的核心。

他不肯轻易赞美，但对诗歌和诗人毫不吝惜溢美之词。他赞美诗歌：诗是真正的言说，心灵的回响，存在的隐秘，行动的刻记。诗是人的光荣，是人世间最不可思议的绝妙之物，是放射在时空中的生命的闪电，是压抑在胸廓里的滔天大浪，是连死亡都不能止息的歌哭叫喊。没有诗，所有文字都近似于虚浮的搪塞，也必将显得苍白。他认为，“诗是永恒的存在，是精神的内核。即便太阳有一天会因故消失，诗歌也不会消亡”[①]。

2002年新年即将到来之际，他写下这样的文字：诗是我的最爱。他赞美诗人：诗人是令人敬仰的文学前辈，是永远屹立在风雨文坛的高大身躯，是人类精神的执火者，是一个永远打不败的人。李白杜甫的时代离我们并不遥远，可是今天的吟唱似乎永远不能追赶他们了。他清醒地认识到作为当代诗人所肩负的责任。

在诗歌女神面前，他像一个有点腼腆和局促的大男孩，那么羞涩，那么温存。当他想到自己是一位诗人的时候，有一种深深的幸福感，还有更多的羞愧感。他承认，诗必须言之有物，也必须有生命经验。诗像一个让人猜不透心思的女神，很难伺候，也很难对付。他非常谦虚地说，我没有写出心中最好的诗。但是他又非常坚定地说，我会一直写下去。

他热爱诗歌女神，那么痴情，那么深沉，那么持久，一如《爱到花开》所唱：“我爱你一定爱到花都开了鸟儿把歌唱……爱到海枯石烂永远不后悔。”他为诗人对诗歌女神的追求做出最精彩的说明：“诗性是一个民族的核心隐秘，它不仅体现了人类追求完美的一种本能，还包含了更多不可思议的能量。”

他与诗歌最早发生恋情，还在懵懂少年的时代。钱穆先生认为，文学起源于诗歌，韵文早于散文。张炜的文学创作，也是从诗歌开始的。早在上中学的时候，他就开始了诗歌创作。1975年，发表长诗《访司号员》。这是他第一次发表文学作品。写一个老红军战士在和平时代仍然喜欢每天吹号的故事。

自从开始创作以来，他一直坚持诗歌创作，几乎从未间断。只

① 张炜：《张炜文集》第40卷，作家出版社2014年版，第60页。

是不同时期，创作体裁有所侧重。“先写诗歌，后写散文和小说，最后回归诗歌”。可以预见，今后一个时期，他将会花更多精力投入诗歌创作。

几十年来，他先后创作二百多首诗歌，编辑出版《费加罗咖啡馆》《家住万松浦》《张炜诗选》等诗集。他的很多诗篇，与其散文、小说互文现义，共同反映着其思想、精神和生活。因此，有人说，不读他的散文小说，很难读懂他的诗歌。

张炜的诗歌，绝不是像他自谦而说的那样“写得不好”，他的每一首诗，都源自生命和心灵的感发；每一次生命和心灵的感发，都由最恰当的诗性语言加以表达；每一次诗性的表达，总能引发读者的感动和共鸣。

最具代表性的诗章：《皈依之路》——皈依者的心灵成长史/另一种版本的《你在高原》。

《皈依之路》一部长诗，共十二章，两千余行，浩浩荡荡。怎样一部鸿篇巨制，又是怎样一个诗的传奇？仅仅凭这一部诗，便会记住这个人，一个大写的人，一个既擅长写小说，又擅长写诗歌的人。一如因《离骚》记住了屈原，因《长恨歌》记住了白居易，因《凤凰涅槃》记住了郭沫若，因《大堰河——我的保姆》记住了艾青。独具特色的苍耳地、红河与深谷，用一方土、一场雪、一滴泪、一朵花，写就了一部史诗，一个精神皈依者的全部心迹和足迹。

它是“心灵的回响、存在的隐秘、行动的刻记”[①]。它是另一种

① 张炜：《张炜文集·家住万松浦》，作家出版社2014年版，扉页。

形式的《你在高原》，是主人公宁伽的心灵《史记》。我们从中读出了作者的影子，宁伽的影子，所有灵魂和精神皈依者的影子。

它解开了，一个秘密，一个传奇。关于一个普通的人，怎样成为一个伟大的圣徒？一滴鲜艳的血，怎样成为一条奔腾的红河？一棵小小的树，怎样成为一棵参天的大树？一个生命个体，如何吸天地之灵气，沐日月之精华，将自己化入莽野，融入天地，昂然而立？

这是人生的历程，这是生命的历程，这是心路的历程，这是追寻的历程，这是涅槃的历程。它几乎囊括了生命哲学的全部元素：矛与盾，生与灭，爱与恨，沉沦与升华——甚至，它就是一部灵魂和精神皈依的《十万个为什么》；它就是当代的《离骚》《天问》《九歌》。

人生在发问，作者在发问："你从哪里来？要到哪里去？你以什么样的姿态在世界上站立？你生命的力量究竟来自哪里？苍耳地，悄悄地告诉你。生命之花，为谁长大，为谁盛开，又为谁枯萎？谁端坐高山之上，审视苍耳之地？谁又在审视自我，审视人生，审视灵魂，直至心底？谁在苍耳地询问：聚与散、合与分、生与死、来与去？我与你，与世界，究竟应该保持怎样的联系？人生在拷问，作者在追问。人生为什么需要另一只手，一道不会坠落的牵拉？牵拉着生命，牵拉着灵魂，牵拉着爱。你为谁在心跳，为谁在等待？为谁而颓废，为谁而疯狂？你为何来，为何又离开？你渴望着什么，期待着什么？你为何甘把自己点成一堆熊熊燃烧的火，甘愿投入茫茫夜色中？那鲜艳的红河之水究竟哪里来？谁教导你恨，谁又教导你爱？大地为什么宽容地接受芬芳与回赠，又为什么知道自己怎样抚育和生成？谁能告诉我，人的一天该怎样度过？疲惫的双腿，该怎样蹚过平静的小河？心灵的热火，该怎样面对四季之歌？人生该怎样守望，又该守望着什么？人应该怎样改变，又该改变些什么？那紧绷的心弦，为谁弹奏，为谁而歌唱？大地究竟为谁而苏醒，江河究竟为谁而破冰？究竟为什么，宝贵的生命要爱惜？生命的依据究竟在哪里？为什么，瑰丽的生命会有黑色的花朵？为什么，黑夜之中还会有黑夜？为什么，黑夜的力量和白昼一样强大而不可胜？为什么，黑色的眼睛一定要寻找黑夜里的光明？寂静的夜晚为什么一定要读书？急促的灵魂为什么一定要反省？铭骨的思念为什么会沉入泥土？人在旅途，为什么一定要展歌喉？生命的汁水，为什么一滴一滴会渗出？为什么，为了一个人，要改变自己、粉碎自己、融化自己？人生之爱，为什么沉重又沉重？天地为什么突然没有一点风？雪夜中为何要守护激情和宁静？为了谁，睫毛上悬起一滴泪？为了谁，眼睛里常含着泪水？曼陀罗为什么像死亡那么美？为什么，心灵一定要向死而生存？为什么，西风如故，爱到极致是荒谬？为什么，鸟儿一定要飞翔？为什么，人生一定要留存高飞的翅膀？为什么，你的头低着，灵魂飞翔在远方？为什么，飞鸟行走在大地上，谁都知道它有一双随时奋飞的翅膀？是谁，在一遍遍梦念着高原？是谁，在流过十三道石滩，跨出盆地登高山？又是谁，穿过十万高山再次吐露最深沉的爱？谁坐在山峦之上，内心飞出一条闪着银光的白蛇？白蛇缠绕，心力衰竭，是谁躺在大地上？山峦起伏，地动山摇。一股巨大的热力由大地升腾起来。是谁听到了大地的心音，是谁感到了大地的力量？谁感到了躯体在不断地生长，谁的额头变成一座山峰，眉须变成落雪的大树，血脉流成一条汹涌的红河？”

这一切的一切，这全部的因果和联系，全部在解开。这一切的一切，这全部的过程和心路，全部在展现。这是诗人的功力，这是诗歌的魅力。这是诗歌的荣光，这是皈依的力量。

最具思乡性的诗章：《海岛笔记》——诗性的海岛/精神的故乡。

“我这个暴烈的人
一来到海岛就没了脾气
捡一些鹅卵石
看海风习习
海带姑娘，花衣裳
铁壳船和木头橹”①

在汹涌澎湃的大海面前，我知道了自己的渺小。我深深地懂得再汹涌的烈焰，也难抵海水的浸浇。在海岛，我的性格变得如此温和，如此美好。我始终微笑着面对一石一木，一花一草，一夕又一朝，欣赏惠安女一样的姑娘，穿着海边彩霞，轻轻地摇橹，摇落一地斑驳的星辉。

“海老大失业了
黝黑的女儿长大了
石头后面的竹子青青
梳洗着遥远的浪花
远航的人是个顽皮的家伙
穿了黑衬衫，左脸上有疤”②

① 张炜：《张炜文集·家住万松浦》，作家出版社2014年版，第223页。
② 张炜：《张炜文集·家住万松浦》，作家出版社2014年版，第223页。

冬去春来，大海历经几多浪潮。海老大早已老大不再，他的日子过得可好？他那已经长大的女儿，为何不去岛外的学校？当她出嫁的时候，谁为她穿上嫁衣？谁又为她用浪花洗头？那个脸上有疤的黑衣人，究竟在海上经历了什么？抑或他本身就是一个有故事的海盗？

“一丛向日葵，一片晚饭花
海草屋和卷毛狗
一盆热腾腾的虾与蛤
喝烈酒的人
在说二十年前的妖怪
说遇到了巡海的夜叉”①

海岛的秋天很蓝很蓝，蜀葵开出应有的容颜，一个可以称为海之子的男人，借着酒劲，讲述当年的英勇故事，天花乱坠，只是隐瞒了他最神秘的恋情。

“黑夜思念来临
失眠让人销魂
大海中没有一处酒吧
没有这些扯淡的东西
石头星星如此静谧
装满了狂野的声音”②

① 张炜：《张炜文集·家住万松浦》，作家出版社2014年版，第224页。
② 张炜：《张炜文集·家住万松浦》，作家出版社2014年版，第224页。

夜色慢慢降临，心潮慢慢泛起，思念点亮黑夜的眼睛，失眠销魂狂野的秋风。思念是一种病，生在心里，寂寞在脑里。失眠也是一种病，身在海岛，心早已飞往陆地，病重中的人儿享受一片静谧。

“我交往了五只大鹅
他们强壮肥胖又干净
围拢，询问，好奇
一次次打探乳名
请允许客人有点秘密
请让我紧紧把你紧紧簇拥”①

我对海岛慢慢熟悉，沙滩旁写下关于野百合，关于白天鹅的诗句。有人询问它们的含义，我微微笑着告诉他，这一是个秘密。我要把它永远藏在心底。

“晨雾中爬出一只海怪
背是黑的，腹部棕黄
仰躺着迎接陆上晨曦
露出了两溜小小的乳房
一张大大的丑脸
掩不住万物皆有的慈祥”②

陆上的人儿向往海洋，海边的人儿把内陆仰望。一只海怪悄

① 张炜：《张炜文集·家住万松浦》，作家出版社2014年版，第224页。
② 张炜：《张炜文集·家住万松浦》，作家出版社2014年版，第225页。

悄爬上海滩，乳房旁边的心脏也有自己的思想，它迎着晨曦露着慈祥。水中的生命，也要活成一道美丽的光芒。

“她的名字叫桂香
黄色草绳系瓦罐
盛满螺蟹和小虾
还有仁慈的海草
你赠予的是二十年后
我心中最滚烫的酒肴”①

岛上有个姑娘叫桂香，惠安女一样的打扮和模样，悄悄送我小酒肴，她是我一生最难忘的念想。

“即将告别黝黑的姑娘
告别风吹雨打的太阳
黑脸似铁，体白如银
所有纯洁的青年
都要在渔帆下成婚
可是我来自网络之乡
我是那里的草头王”②

真的不希望离开海岛，离开美丽的姑娘。他们在船上结婚，有

① 张炜：《张炜文集·家住万松浦》，作家出版社2014年版，第226页。
② 张炜：《张炜文集·家住万松浦》，作家出版社2014年版，第226页。

大海作证，多么有趣，多么美好？无奈我来自城市森林，那里没有帆船，更缺少大海般的心跳。

“这里的大海拒绝诗章
诗人变得吊儿郎当
昨夜鱼讯传来
清晨的纸叶沾满鳞片
方头方脑的孩子在街头奔跑
沙滩上升起好大的太阳
该走了，切莫埋怨
快收拾好自己的背囊”①

大海才是真正具有诗情画意的地方，可惜我只顾了欣赏，无暇将诗行汇入波涛流淌。这里鱼讯很好，太阳很大、很棒。孩子们在风中自由自在地奔跑。只可惜，我必须收拾行李。再见了，宁静的海岛；再见了，奔腾的海浪；再见了，亲爱的桂香。回去后，我一定为你写下最美的诗章。

最具思想性的诗章：《床》——思想的光芒/形而上的力量。

“我们站着
有时也躺下

① 张炜：《张炜文集·家住万松浦》，作家出版社2014年版，第228页。

我们歌颂行动
却很少去想
躺下才有
生育和死亡” ①

一张小小的床，诗吟仅六行，睿智思想放光芒。诗歌的力量，形而上的力量，哲思的力量。因为她，涉及了站，涉及了躺，辩证了行动和思想，关乎了生命和死亡。

人是有思想的苇草，不能仅仅在风中飘摇。人是有灵魂的天使，不能只是在风中奔跑。

我们需要无花的果实，我们同样需要玫瑰目送太阳和月亮。我们欣赏海鸥追逐巨浪，我们同样赞赏风平浪静，真水无香。

让我们停下脚步，在床上躺一躺，好好想一想。让我们暂停行动，为心灵加满思想的能量。让我们披着星光，尽情呼吸沉思的芬芳。

最具本源性的诗章：《从诗经出发》——古代中国好声音/传向天边的薪火。

“从诗经出发
除了民歌什么都不怕
风雅颂，好大的风
从古九州吹遍天涯” ②

① 张炜：《张炜文集·家住万松浦》，作家出版社2014年版，第138页。
② 张炜：《张炜文集·家住万松浦》，作家出版社2014年版，第236页。

有一些诗篇灿若星河，有一些歌声比天地壮阔。“诗三百”是诗与歌的最佳结合，是那个时代最美的中国好声音。春风吹来，陌上青青。大江南北，一片农耕景象。

凯风自南
吹彼棘心
棘心夭夭
母氏劬劳

这是来自劳作、民间、田园的声音。这是真正的诗，也是真正的歌。其思也深，其情也真，其意也美。

“这是童年大树的根柢
每到春天就展开一片枝芽
这是母亲微笑的手语
这是父亲佩戴的胸花”①

有一些星光闪耀天边，有一些甘甜来自雪山。“诗三百”是中华文学的滥觞，是民族文化的摇篮。它是万里长江的唐古拉，它是万里黄河的巴颜喀拉山。

所有星光都知道，通天河的秘密。所有孩子都知道，乳汁来自哪里。所有溪流都知道，奔向大海的意义。

① 张炜：《张炜文集·家住万松浦》，作家出版社2014年版，第236页。

青青子衿
悠悠我心
但为君故
沉吟至今

这是脱胎于“诗三百”母体的声音，这是来自建安风骨的传承。其思也深，其情也真，其意也美。

“有一场兰草灼灼大披挂
似曾相识的美人
在长长睫毛闪动间
大地和王权一起归化”①

有一些诗篇春风入夜，有一些绿洲驻守大漠。“诗三百”是温暖人心的烛照，是传向天边的薪火。有一位女子手执一朵黄花，像一缕野火烧不尽的春风。

十八拍兮曲虽终
响有余兮思无穷
是知丝竹微妙兮均造化之功
哀乐各随人心兮有变则通

这是“诗三百”的功用，这是真正的人文化成。其思也深，其

① 张炜：《张炜文集·家住万松浦》，作家出版社2014年版，第253页。

情也真，其意也美。

中华大地诗意美，青山永远遮不住，恰似滚滚长江东逝水。

最具时空感的诗章：《北斗—北极》——星辰与大地的呼唤/天地合一的力量。

“北斗七颗星
银柄长勺美如画
绕着一个轴心转动
转得很慢
它不愿离开这个秋天”①

落红不是无情物，七星北斗恋人间。长夜不孤写诗意，意深情长胜秋蓝。

“北极一颗星
名高位尊，然而暗淡
今晚寻你好难”②

北极有明星，孤寂似寒宫。人间有佳人，谁知情独钟？

“蓖麻林里丝丝滴露
萤火虫小步快颠

① 张炜：《张炜文集·家住万松浦》，作家出版社2014年版，第253页。
② 张炜：《张炜文集·家住万松浦》，作家出版社2014年版，第253页。

小草睡眼惺忪
蓝点颏打着哈欠
冰糖一样的夜晚
有几只黄鼬兴冲冲”①

星空有星空的境界，树林有树林的风采。当星星在天空熟睡，林中小兽悄然登台。

“一根垂直的银线
牵住了一艘老船
天上的老熊在打盹
地上的爷爷在抽烟
妈妈在院里收干菜
奶奶擦拭花瓷碗”②

天上一颗星，地上有一人。天上的星星看地上，地上的人儿望天上。你仰望，它凝望，彼此的爱，彼此的欣赏与向往。

“神仙在天上玩宝石
先摆一颗，反复端量
再摆上七颗”③

在人之上，有星星悬挂头上。在行星之上，有恒星放射光芒。在恒星之上，有神仙将人间模仿。

---

① 张炜：《张炜文集·家住万松浦》，作家出版社2014年版，第253页。
② 张炜：《张炜文集·家住万松浦》，作家出版社2014年版，第253页。
③ 张炜：《张炜文集·家住万松浦》，作家出版社2014年版，第254页。

星辰与大地的呼唤，天地合一的力量。

最令人神往的诗章：《瓦尔登湖》——唯一的种子/精神的高地。

“很遥远的一处风景
又很近
它被想象反复磨洗
却没有丝毫陈旧
神话的丛林
上帝的镜子
那个被嘲弄的人
当年在此出没”①

苟且在当下，诗歌和梦想在远方。在一个地理距离很远，内心距离很近的他乡，有一个叫瓦尔登湖的地方。它像思念梦中的恋人一样，反复想象，始终长存心房，又像在月亮之上。

诗意的居所，返璞归真的烛照。在那个有着神话色彩的地方，有一个有别于我们的主人。他逆袭了时代，逆袭了生活，在此做生活的“减法”，做思想的“乘法”。他曾被人嘲弄，但上帝最终对他露出慈祥的微笑。

“他小而又小的木屋

① 张炜：《张炜文集·费加罗咖啡馆》，作家出版社2014年版，第152页。

盛不下无边的念想
朴素的深褐色
竟使辉煌的神庙感到羞愧”①

这不仅仅是一个小木屋，还是一个独特的文化符号。屋边面水而居，吃些粗茶淡饭，种些花花草草，欣赏伟大的夕阳折射在平静的水面。夜晚看夜空寂静的星星，写下零零碎碎的文字，读着最喜欢的书，发出会心的微笑。

远离闹市，远离喧嚣，远离滚滚红尘。比远行更宁静，比桃花源更美妙。怎样的沉静和惬意？怎样的超然和淡泊？又是怎样一个小木屋？它比豪宅更有价值，它的意义超越神庙。

“我从小小窗下
捡了一粒橡籽
一路珍存
飘扬过海”②

越洋远游，有人喜欢到“天堂”购物，有人在意异乡的风景，也有人希望能沐浴“自由”的风，而我，只是在湖边，捡起了一粒小小的种子，像珍惜从来没有见过的宝贝，又像对待一个上帝赠送的魔法宝瓶，一路飘扬过海，从异乡到故土，从远方到脚下。这是远游他乡，最珍贵的收获。

① 张炜：《张炜文集·费加罗咖啡馆》，作家出版社2014年版，第152页。
② 张炜：《张炜文集·费加罗咖啡馆》，作家出版社2014年版，第152页。

“想把它赠与诗友
又舍不得
因为它可以
生成一棵大树
长成一片丛林
再化一个
瓦尔登——”①

来自湖边的种子，来自木屋窗下的种子。它既是橡树的种子，也是心灵的种子，是诗的种子。不仅如此，它还是唯一的种子，价值连城。我要将它种下，种在我生命的路途之上。多年之后，如同夸父逐日的身后长出一片美丽的——邓林——另一个瓦尔登湖。

最具哲理的诗章：《他们》——心灵相通的梦想/人际关系的最高理想。

“他们与我一样
他们是谁
如此熟悉如此陌生
挚友亲人
沧海一粟
大漠一粒
他们与我

① 张炜：《张炜文集·费加罗咖啡馆》，作家出版社2014年版，第152页。

同一个名称

同一个苍穹”[①]

一个非常常见的人称代词，使用率极高，遍布语言的丛林，几乎每个人都知道“她”的含义。然而，张炜却以诗人的敏锐，哲学的思维，诗的语言和形象，对此提出了疑问和追问。

“彼此诉说相识

从未诉说从未相识

只有我没有我们

一个我面对他们

他们割伤

我未流血

午夜哀疼

他们从未知晓”[②]

首先他疑问的是这个词语本身。我称别人为他们，别人称我为他们。为什么要如此切割，如此划分？为什么不能直接统统称为我们。而且，我是我们的一员，为什么只有我，没有我们？在我们之中，为什么总是只强调我？总是以自我为中心，而忽视我们中的其他人？

“骨肉兄弟

令我惊奇注视

① 张炜：《张炜文集・费加罗咖啡馆》，作家出版社2014年版，第136页。
② 张炜：《张炜文集・费加罗咖啡馆》，作家出版社2014年版，第136页。

五官何等相似

内心之波

我却无法洞悉

谁能进入其中

走穿茫然”①

他对兄弟姐妹也提出了疑问，完全相似的兄弟姐妹，同一对父母所生的兄弟姐妹，吃同样饭菜长大的兄弟姐妹，同一个屋檐下生长的兄弟姐妹，为什么，不能彼此走进彼此的内心？为什么，不能让人洞悉彼此心灵的悸动？

“朝夕相处之爱

又如何感应

如同踏入同一条

曲折漫长之河

爱能使人心疼

爱却不能使之

走出慢慢人丛林”②

进一步，他对朝夕相处的爱人也提出疑问。为什么即便相爱，也不能真正实现心灵感应？为什么即便在一起，也不能彼此走进灵魂？为什么起初爱得轰轰烈烈，时间久了，便渐渐淡漠，甚至成了鸡肋？为什么，相爱的人不能一起走出一片永恒的丛林？

---

① 张炜：《张炜文集·费加罗咖啡馆》，作家出版社2014年版，第136页。

② 张炜：《张炜文集·费加罗咖啡馆》，作家出版社2014年版，第137页。

“听说孪生兄弟
有过奇迹惊心
千里之外的遇险
另一个会感到灼疼
他们不是他们
他们只是一个我
分成两次的行动”①

那么，世上是否有人能够变他们为我们，变我们为我？诗人给出了经典的答案：那就是现实世界中的孪生兄弟，他们不是相互割裂的个体，而是一个人的两次行动。

“神奇的我
怪异的他们
一方享受阳光
一方走入黑暗
人类哀伤
不能在同一时刻
仰视同一轮太阳”②

“我和他们”真的不可思议，简直可称为怪异。我们本是同类人，我们本应是相亲相爱的兄弟，为什么，只希望自己走进阳光，却把兄弟推向黑暗？我们为什么不能够在同一个太阳下，共享幸

① 张炜：《张炜文集·费加罗咖啡馆》，作家出版社2014年版，第137页。
② 张炜：《张炜文集·费加罗咖啡馆》，作家出版社2014年版，第137页。

福、快乐和美丽？

“人们渴望变成兄弟
而我祈求
变成孪生兄弟”①

让我和他们、我和我们，不仅成为兄弟，而且成为孪生兄弟：心灵相通、心心相印。这是作者的最高理想，也是人际关系的最美境界。

那么，世上有没有这样一种路途，即便不是真的孪生兄弟，也能够像他们一样心灵相通、心心相印？答案是肯定的，而且只有四个字：无私、真爱！这是《他们》潜在的内涵和唯一的答案。

最具叛逆性的诗章：《献诗》——不一样的烟火/逆势生长的歌王。

“七十岁尊为歌王
六十岁是个老不正经
五十岁是个十足怪人
四十岁有了死亡传闻
三十岁万人诅咒
二十岁像个游魂
十岁长成不可救药的呆子”②

① 张炜：《张炜文集·家住万松浦》，作家出版社2014年版，第16页。
② 张炜：《张炜文集·费加罗咖啡馆》，作家出版社2014年版，第138页。

这是一代歌王的成长历程。他和别人不一样，而且绝对不一样。如果他和别人一样，又会怎么样？我们完全可以想象：十岁是个乖孩子，二十岁成为优秀毕业生，三十岁初次登舞台，四十岁成了干部，五十岁获得了演出的奖项，六十岁光荣退休，七十岁和广场大妈一起跳舞，八十岁最终无歌可唱，无路可走。可是，他毕竟和别人不一样，他是不一样的烟火，不一样的榜样。他逆着规矩，逆着潮流，逆风飞翔，逆势生长，就像长江里的中华鲟一样，纵然没有鲲鹏一样的翅膀，小小的生命，也要从零公里处出发，迎着风顶着浪，去追求最高的海拔，最高贵的理想。

一切的一切，只为了爱，只为了生命，只为了成就生命的奇迹，只为了成为鲜花盛开的一代歌王。

最具战斗性的诗章：《勇士》——另一个战场的战士/向高洁之士致敬。

“我亲眼看到长矛刺中了永恒
看到喃喃絮语中的奋力一掷
看到像儿童手中的冰一样
纤长溜滑的脊背和那个
小马一样浑圆的臀部

长尾飘扬的奔驰牵着冷月
草芒顶起一片欢笑的哭泣
有一道永不愈合的创伤
为痛楚长嚎奔突一生

只从孤独的英雄授予一支长矛
就不停地戳击平庸的时光
在大海荒野筑起幕前
弹跳起一个金光闪闪的生命”[①]

这是一些另类勇士。他们不战斗在硝烟弥漫的战场。他们生活于和平时代，在进行一种极为特殊的战斗。在这里，看不到一丝硝烟，也看不到一丝战火，看不到刀光和剑影，看不到血与火的碰撞。

在这里，激情燃烧的只有他们的一腔忠诚和热血。他们以高洁的精神为旗，以手中锐利的笔为枪，进行最顽强、最艰苦、最持久的战斗。他们的敌人寓于无形之处，有时像隐形飞机，有时像麻痹神经的毒气，有时又像能煮熟青蛙的温水。他们无处不在，强大而顽固，常常杀人于无形。那敌人的名字叫平庸，也叫庸俗。很多人不知不觉中成了他们的俘虏。

然而，总有那么一些勇士，始终保持着清醒的头脑。他们手持“一支长矛”，“不停地戳击平庸的时光”。这是勇士的写照，这也是作家自身的写照。

回望20世纪90年代最后那个沉默的夏天，我们听到了一声巨雷，并在闪电的光芒中，看到一个不同于我们的身影。他说，在血与火的可怕环境里倒有勇士产生，可是在金钱腐蚀的社会里却难找到勇士。

这篇写于1999年夏初的《勇士》，让人真切地感到，一位真正的勇士，“用长矛刺中了永恒”，“喃喃絮语中的奋力一掷”，“弹跳起

① 张炜：《张炜文集·家住万松浦》，作家出版社2014年版，第88页。

一个金光闪闪的生命”。这勇士的喃喃絮语，最终也必定会惊动整个世界。

最具品质性的诗章：《蓝花杯》——火焰过处的高贵/不朽精神的写照。

“与什么为伍
才能够得上高贵
长长的坠子
闪闪的丝带
可以休矣
红顶子使人厌恶
到处散发着
隔世的霉味

如此清纯
竟来自那个年代
不可思议的怪异
放在计算机旁
由一只白皙的手
一次次端起”①

蓝花杯就像一位高洁的绅士，始终保持着自己高贵的尊严，以

① 张炜：《张炜文集·家住万松浦》，作家出版社2014年版，第173页。

及灵魂的自由。他决不肯与堕落者同流合污，一如与山巨源绝交的嵇康。象征地位金钱名誉的一切，他都完全置之脑后，不屑一顾。正如污泥之中，可以开出莲花的清幽，蓝花杯生于那个异常黑暗的年代，淬火于万般炽热的窑炉，他依然那么高洁，像屈子在江边绽放雄浑的歌喉。如今他放在新时代的舞台，一只细心呵护的手，将他一次次端起，像甜蜜美唇上的情人之吻。一旦不慎失手，落地的声音必定演绎永恒的不朽。

最具光泽性的诗章：《火药》——强大无比的武器/诗歌的衰朽与荣光。

“我的诗如火药
射向大地
我向苍穹深处
含着怜悯的泪水爆炸
无法估量的热和能
摧毁和融化了一个帝国”①

“我的诗如火药。”这是这首诗歌的诗眼，也是作者诗歌的基本特质。诗歌是人类精神的食粮，是所有艺术的内核。因此，它不是可有可无的，也不是苍白无力的，而是应该具有强大的内在能量和外在力量。

但是，我们经常看到，有的诗人，为赋新词强说愁，他们拘囿

① 张炜：《张炜文集·家住万松浦》，作家出版社2014年版，第173页。

于个人小天地之中，做着一些无病之呻吟。也有的诗人，醉心于所谓现代诗的摹写，写着只有自己才能听懂的神经质似的呓语，好似马和驴子交配生出看不到希望的后代。在他们那里，似乎诗歌与生活无关、与家国无关、与激情和热血无关，只与个人有关，只与自己的内心感受有关，以致很多诗人，因此走上了歧路。

如果说19世纪是诗人发疯的年代，20世纪时诗人倾心死亡，那么21世纪的诗人却陷入抑郁或者抓狂。曾几何时，诗人是春天的象征，是时代风尚的引领者。诗人的诗作，像火焰点燃激情燃烧的岁月，温暖难以忘却的生命芳华。然而，今天我们难以读到那如火如电的诗句。一如郭沫若当年“我是一条天狗呀，我把日来吞了，我把月来吞了”；一如艾青“为什么我的眼里常含泪水，因为我对这土地爱得深沉”；一如《黄河大合唱》：“风在吼，马在叫，黄河在咆哮，黄河在咆哮”。

诗人王黎明曾经指出，诗人从来没有如此绝望：一个神祇让所有这样的诗人道出自己的痛苦。诗歌的衰退，体现了诗人自身的软弱无能，对现实的依附和精神的瓦解。正是这样，那些曾经给予我们心灵慰藉的诗歌才显得弥足珍贵。曾几何时，诗人几乎成了疯子、偏执狂的代名词。但是，那绝对不是真正的诗人。那些真正的诗人依然罕见而高贵。美丽的诗篇像植入内心的火种或者火药，当黑暗降临时，才能看到它的灵光——微弱或明亮，当其在黑暗中点亮，会放射出美丽的光焰。正如不朽的思想改变着人类自身一样，沉沦中的人们需要激情唤醒。唤醒我们的，只能是诗人的“火药”。

我们有理由相信，即使到了人类末日，文字的残骸、瓦砾和金属碎片遍布荒原，诗歌也会变成铀一样的精神元素，放射出无法抵御的力量。如果所有诗人都像《火药》的作者一样接受一点黑色的粉末，在最后时刻倾听，倾听那若有若无的轰鸣，那么诗歌就永存人们的心中。毕竟，真正的诗，是满腔热忱的火药，是放射在时空里的生命的闪电。

最具升华意义的诗章：《更强烈的光》——活成一道光/不朽的信念和梦想。

“地下游走着
一个个灵魂
一遍遍抚摸呼唤
沉睡的丛林兄弟

他们泪水汹流
全是绝望的盲人
四周堆积了茫茫夜色
矗起望不透的漆色
亿万年前凝固的瞳仁
已化为善良的石头”①

光明，是煤炭的本质。一片茂密的森林，只因亿万年前的地壳运动，被深深地埋在了地下，像无数原本有鲜活生命的奴隶，被牢牢钳制在社会的最底层，在深深的地狱之中。这是一个极其悲惨的世界，没有光明，没有自由，没有人性。像郭沫若笔下那令人痛心的环境：茫茫宇宙，冷酷如铁、黑暗如漆、腥秽如血。又恰似闻一

① 张炜：《张炜文集·家住万松浦》，作家出版社2014年版，第189页。

多先生笔下的那一潭死水，看不到任何生机和希望。然而，没有人比他们更期盼白昼，没有人比他们更希冀光。不在沉默中爆发，就在沉默中灭亡。当改变命运的机会终于到来，那受苦受难的奴隶一跃而起：直到粉身碎骨，才攀向光明的出口。让所有的激情在大地上肆意张扬，让所有的悲伤成为永不倒流的河水。这一切的一切，只因为我们身陷囹圄，虽然我们身陷囹圄，但我们一定要冲破黑暗的牢笼，做自己和世界的主人。这一切的一切，只因为，虽然我们皮肤黝黑，但我们一定燃烧自我，燃烧希望，誓死活成一道光。

世人认识和反映世界，有两条基本道路：科学和艺术。一如哈姆雷特所言，总有一些东西比哲学更加丰富。我们看到，张炜在科学之外，开辟了一条适合自身的文学创作的艺术道路，在小说创作之外，同时开辟了诗歌创作的道路。这一条道路注定不会平坦，也不会轻松，但是至少是一条充满阳光的宽阔的道路。我们将会看到，他将会沿着这条道路继续前行，越走越远；我们也将会看到，不久的将来，他会创作出更加灿烂的诗章，也将以一代诗人的形象矗立在中国当代文坛。这是他的一个执念，也是他的诗与远方。

第十六章　理念：特立独行的诗思

多少脆弱的个体
多少美丽的少女
渴望有一支语言的利箭
射穿喧嚣的丛林

——张炜《里尔里尔》

“中国有13亿人口，可是只有一个张炜。”[①]在第十二届北京国际图书博览会上，法国凤凰阿歇特公司总编辑埃里克·亚伯拉罕森如是说。的确，偌大的中国，甚至整个人类，张炜只有一个，而且是与众不同的一个。在当代文坛，他是不一样的烟火。他的观点，是一朵朵独特的浪花。

周国平先生曾说，哲学和诗本是一体的。没有哲学的眼光和深度，诗人只能是吟花咏月、顾影自怜的浅薄文人。没有诗的激情和灵性，哲学家只能是从事逻辑推理的思维机器。大哲学家和大诗人往往心灵相通，他们受同一种痛苦驱逼，寻求同一个谜的谜底。

---

① 亓凤珍、张期鹏：《张炜研究资料长编》，山东教育出版社2018年版，第560页。

张炜就是这样一个既具有哲学家气质，又具有诗人灵性的诗人哲学家，一个存在主义哲学家归之为“写与思的人民”的人。他几乎符合诗人哲学家的所有特征：有一双忧郁和深思的眼睛，像一棵孤独的橡树，喜欢在精神世界里漫游，时常思考“我是谁，我从哪里来，我到哪里去”的重大问题。几十年来，他创造了一系列丰硕的文学艺术成果，也形成了深厚而独特的人生思想和艺术哲学。他那些与众不同的思想，像暗夜里的闪电，时常凌空绽放，划破寂静长夜，既勉励和激励自我，也警醒和启迪他人。

“发源之说”——作家知识分子应该成为现代思想的发源地——明确知识者的使命和责任。在接受《光明日报》采访时，他说：“作家以及所有知识分子，他们那儿应该成为真正的现代思想的发源地，尤其不能人云亦云，不能仅仅止于移植和模仿，不能一味诠释世俗的合理性。文学尤其不能。一个人如果怕得罪人，什么都可以干，但就是不能当作家。在时下，知识分子应该有起码的判断力和是非感，有关心底层和弱者的基本立场。”①这也应该看作他之所以成为诗人哲学家，不断提出新思想的基本动因。

“进步之说”——历史地看文学不能“进步”——体现对古代先贤的无比敬重。这一观点语出惊人：“文学不能进步，而科学能……作家的相互影响是有的，今天的作家受昨天的作家的影响，并且要多多少少有所继承，这也是事实。但就文学的总体来看，基本上还是没有多少进步性和连续性可言。我们没有发现今天抒写月亮的诗章中，有多少超过了当年的李白。在写月亮这个问题上，没有进步。即便最新的、最先进的世界观，也帮助不了后来的作家去超越

① 张炜：《张炜文集》第30卷，作家出版社2014年版，第172页。

前一个世纪的作家。在面对灿烂的先秦文学时，被各种所谓的现代思想武装到牙齿的新锐们，也只能望洋兴叹。”[①]虽然承认文学不能进步，但其依然坚持向先贤学习，向历代大师学习。

“史诗之说”——有些“史诗”只不过是曲艺——还原“史诗”的本来面目。面对文坛“史诗”泛滥的问题，他对“史诗”做出新的定义。那种大跨度写一段或几段历史极大的场景、规模撰述，不一定是“史诗”。没有才华、激情、个性和悟力，它的本质不是“诗”，和有待确信的“史”配合只能算曲艺。“史诗”不意味着平庸，它应该是具有强大艺术魅力、充满灵性、洋溢着旺盛生命力的一种巨制。他写道：“那些在文学史中特别具有‘史诗的意义’，被反复从‘思想’上加以赞扬和强调的作品，往往是最经不住阅读之物。”[②]

“虚无之说”——现行的“虚无”充其量只是一种矫情——戳穿“虚无主义”者的画皮。一段时间以来，历史虚无主义和现实虚无主义盛行。在接受上海电视台采访时，他公开发表自己的观点：某些作品所表现出的“虚无”对民族精神肯定具有腐蚀性。“虚无”可能会表现得非常深刻，但好多“虚无”其实是为了赶时髦，而不是真正意义上的“虚无”。他深刻分析了“虚无”产生的原因，“虚无”是入世之后的产物，如果从来也没有关心过这个民族和人类，没有入世，没有经历过什么，更没有为其痛心疾首过，他“虚无”什么？他还谈什么“虚无”。这充其量只是一种矫情，是没有根底的卖弄和游戏，是为了迎合世俗推销自己的一种方法，

① 桑哲：《文学，使人类避免自然的命运——访山东省作协主席、著名作家张炜》，《语文建设》2004年第2期。

② 张炜：《理想的阅读》，《当代作家评论》1986年第2期。

是一种姿态和表演。这样的认识，这样的评判，可谓一针见血。

“永存之说”——文学绝不会死亡——坚信强大的人道力量。许多人反复预言文学的死亡，特别是进入21世纪，面临市场经济的汹涌大潮的时候，悲观主义弥漫文坛。对此，他认为，这既不正常又很好理解，因为有许多人在好意地忧虑和担心。但是，他明确指出，这个问题从来没有真正成立过，是一个假命题。他给出的理由是，文学就是人，人存在，文学怎么会死亡？对于马原提出“文学已死”，他认为这只是一种警示，文学的命运其实就是“死去活来”。

“逆行之说”——真正的艺术家是逆行者——明确全球化形势下的理性选择。在中欧作家对话会上，面对全球化和“地球村”的说法，他说：自然，一些经济体势必要融入全球化的潮流之中，生活方式、价值观念以及意识形态，都会在交流中发生不同程度的冲突，但无论主观意愿如何，趋同与融合仍然是主要的。而这个走向对于真正优秀的文学家来说，却正好相反。他们必须是全球化进程中的一些逆行者。只要人类还有要顽强生存下去的愿望和追求，那么作家就需要具备突破文化范式、反抗商业主义与网络影视娱乐主义相结合的那种勇气，保持一种平衡世界的精神力量。

“后观之说”——最需要的是向后观望——提出另一种“向前看”。“向前看”“往前走”是社会、时代对人提出的共识性要求，但他却提出不同的观点。他在为山东省著名画家杨枫先生的画集作序《人迹罕至的大路》时指出，国画多少也像中医和围棋之类，最需要的不是前瞻，而是向后观望。不深悟通读古人的深奥，就成了无根之树。将根深深地扎入土地，找到气脉流泉，这正是杨枫所努力的方向和目的。他走的是一条大路，可而今这条大路上却人迹罕至，这就是时代观念的怪谬。他指出的这条大路，不仅适合国画、中医、围棋，也同样适合所有艺术，甚至适合所有现代生活。他是在告诫人们，往前走，切莫忘记向后看。向后看，是积累，是经验，是教训。同时，这也是一种真正意义上的“向前看”。

“警醒之说”——始终睁大着警醒的眼睛——提醒作家勿忘使命和责任。他在《忧虑的，不通俗的》一文中说，文学的诸多功能之中，一个最重要的任务，就是唤起人类对一些根本问题的关注。它是一个不会间歇的、持久的、极有耐性的提醒。因为人一降生下来便陷入奔忙，缠在不必要的烦琐之中，直到终了。他们遗忘的东西太多了。还有，人类的短期利益与根本目的之间总是存有深刻的矛盾，人类的欲望也牵动自身走向歧途，缺乏节制，导致毁灭。他们当中理应有一些值勤者，彻夜不眠地睁大着警醒的眼睛。这些人就是作家。

“化学之说”——从生活到艺术有时是化学变化——对构思和创作过程做出全新解释。艺术是生活的反映，但这种反映不是简单的、机械的，有时是物理的，甚至是化学的。他说，文学源于生活，高于生活，比生活更集中、更强烈。实际上，生活在作家那里，是一个物理变化，是一个量的问题，它更强调浓度问题、集中问题、强度问题。但是，有一些杰出艺术作品，真正有意义的大的艺术，有时候是化学变化，它是本质上发生改变。生活也好，什么东西也好，到了作家笔下之后再出来，不是更集中，也不是更强烈，也不是高于生活，它似乎和生活没有关系，是完全个人化的东西。他举例说，在他的长篇里，有大量的记录的写实的部分，但是又有大量的发生化学变化的部分。对于虚构与现实的关系，他也坚持“化学变化”的观点：虚构需要依赖现实，就像粮食和酒的关系，造酒需要粮食，但粮食不等于酒。作者需要找大量粮食，因为他想造出更多的酒。这个过程接下去是发生一系列“化学变化”，而不是简单的“物理变化”。

“自我之说”——寻找“自我”具有重要意义——揭秘“我”的三层内在关系。人生最重要的省察是认识“自我”。很多人的“苦恼”，主要源于找不到“自我”。其中的原因，很可能是没有认清“我”的三个不同层次。对此，张炜进行了深刻揭示。他说，“我”大致上可以分为三个层面：“本我”、“超我”和“自我”。“本我”大致就是那个拥有生命本能的、原来的“我”。人生活在社会之中，社会赋予其某些责任，这会极大地改造那个本来的“我”（本我），超越原来的“我”，于是便形成“超我”。一个人在经过理性选择之后，对“本我”与“超我”进行整合与平衡，于是形成“自我”。这样的分析，为认清“自我”、找到“自我”提供了思想方式和有力武器。

“神性之说”——伟大的作品应该有一种神性——揭秘人性连接宇宙苍穹。张炜是一个无神论者，但他在接受华东师范大学校报记者采访时，却提出关于神性写作的问题。他说，如果未来的文学变得伟大，那肯定把外部空间的辽阔感和神性写出来。什么是神性？神性即宇宙性。神性和宇宙性越来越少，那是人类缺少对大自然头顶上这片星空的敬畏。这并不是说人心里没有敬畏感，也要一个劲地写敬畏，那应该是创作个体不自觉地生发出来、无处不在。伟大的作品应该有神性，它跟冥冥中的、遥远灿烂的星空有牵连。他在接受《文学报》记者付小平采访时还说，没有神性的写作，不可能抵达真正的深邃和高度。著名作家赵德发曾说：“我非常佩服张炜，在我心目中他是‘半人半神’。”为什么赵德发会如此评价？大概与他的神性写作有关。

“益养之说”——写作是一种人生的滋养——明确写作对于人生修养的意义。他在发表于《文学界》“特别感念”栏目的文章中说，作家需要慢慢写，因为写作是一种滋养，而不是相反。对人生有益，对自己的精神有益，这就是写作的理由。对自己来说，暂时还看不出有什么比写作更有益于人生，有益于自己的精神的了。以前总觉得身体之好是为了写作，现在才觉得，写作正是为了身体之好。因为精神破败了，人这一辈子就陷入了最苦之境。

“主题之说”——不必刻意隐瞒思想——指出好人物、好故事、好情趣的重要性。他的作品一直是好懂的。只要放松去读，就没有什么不懂的。当然，这除了一部分诗歌。他说，如果硬要依从奇怪的阅读训练，非要从中找出什么“主题思想”之类的，那就一定读不懂了。有意将一些高深的思想隐埋在文字中，这样的作品可能不是最好的。有趣、健康、清新，这些元素比一些大思想、大道理更重要。故事和人物本身一定蕴含了许多思想，就像生活本身一样。写出好故事、好人物、好情趣才是最重要的，这可能是所有作家都面临的首要任务。

“方言之说”——所有文学都是采取了方言——阐明方言与文学的关系。在与法国作家安妮贝尔·赫雷特·居里安对话时，张炜说，严格意义上讲，所有的文学表达，都是采取了方言的形式，没有所谓的纯粹的普通话表达，只是程度不同而已。任何一个人所操的方言，都用来传递自己的思想，进行个人的艺术表达，这一点毋庸置疑。方言才是真正意义上的语言。很多微妙的意思离开了一个地域，就不能完整地、全部地得到表述和理解，它必须借助这个地区的用词、特殊的词汇，甚至语气和音调，来充分表达它真正蕴含的意思。

“挑战之说”——优秀的作家必须讨厌重复自己——揭示心灵回报的必由之路。面对写作上的惯性思维和自我重复，他在《半岛文化的奇特》中说，粗糙的作品，往往是作者凭借自己的写作惯性往前滑行的，那是无趣的。一个优秀的作家非常讨厌重复自己，而是要挑战新格局、新境界和新故事，找到崭新的特异的语言，这种工作才有幸福感和享受感。如果把写作看成一种高智力活动，那么挑战越有高度、越险峻、越陡峭，也就越刺激，个人得到的心灵回报也就越大，这就是享受了。

“载道之说”——文学不能只想着“载道”——反对各种形式的功利主义。自从曹丕“文章经国之大业，不朽之盛事”的观点一出，“文以载道”几乎成为天下之公理。然而，张炜对此却提出自己不同的观点。他说，文学不能只想着“载道”和“改造”，不能有这样强烈的功利主义。文学的意义远不止这一点。它改造社会和人性的方式也不是直接的。它是更复杂的呈现和包容，有一定的独立性格。当然，总体来说，它是人类生存中积极的产物，要有益于世道人心。但杰出的文学并非总要改造和改变什么，它不是那么直接的。

“幸福之说”——真正的写作是一种大享受——道出作家幸福的根源。很多人将创作看成是非常艰苦的事情。创作的确艰苦，但张炜却认为创作是一种幸福，一种大享受。他说，认为创作是痛苦的，需要苦行僧精神才能干，是一种误解。因为他们没有真正做过这种工作。写作是一种大享受，但并不意味着没有辛苦，正像劳动是最大的享受，也要付出许多汗水。事实上，在人世间，越是大的享受，投入的劳动强度越大。人的幸福大多数来自清净，写作者就尤其如此。吵吵闹闹的生活是败坏的生活，伤害自己，也危及他人和社会。

“经典之说”——一个关于心灵的话题和标准——揭示所有经典都有一个巨大的善意。何为经典，是长期以来人们经常讨论的话题。张炜认为，回答这个问题是困难的，但又是必需的。因为，它不仅仅属于知识，而更应该包括了心灵的感受力。在他看来，经典多见于耳熟能详的那些文字，中国如诸子百家，司马迁、屈原、李白、杜甫等，直到鲁迅。经典不受时间限制，最能经受岁月的磨损。真正的经典总是具有标书上的准确和特异性，它精当而简练、不同凡响。更重要的是，经典作品无论采取什么形式，无论其风格多么怪异，甚至现代主义的反艺术、黑色幽默之类，都一定包含了一个巨大的“善意”。这应该看作经典的最根本标准。

“隐士之说”——宁做战士也不做隐士——揭秘现代隐士之不可能。有人要学做隐士，提倡“大隐隐于朝，小隐隐于市”，张炜却认为，其实现在没有那样的隐者，有些名号是强加的。所有挂出牌子的隐者都是有策略之人，多少有些矫情。真正的隐者必须心冷如铁，放弃了“文明人”的“体面”才可以成功。隐者追求的是自尊，可是现代社会除了破坏这自尊，还有无时不在的腐蚀。如果要抵抗，要叫喊，是隐不住的。这个时代，宁可做战士也不要做隐士。隐而不成的无聊和悲凉，不是一般人所能想象的。

“无欺之说”——爱情和艺术尤其需要诚实——提倡无欺的精神和生活。他认为，无论是就一个人的生理健康还是心理健康而言，不断保持诚实的爱情都是极其重要的。爱得真实、厚重和诚恳，爱的质量就提高了。爱之中不能有牵强和应付，不能有策略和权宜之计，尤其不能掺杂上其他芜杂，比如名利。如果这个人是艺术家，那么诚实的爱情将会有力地支援他。它是善与美的境界滋生的基础，这本身就是善与美。他从留恋和依恋、倾慕的眼光看过去，这世界都在一种动人的韵律中鸣奏！我们可以根据他的这一观点，得出一大结论：诚实的爱情有助于艺术创造。

“朴素之说”——朴素是至高的艺术品格——始终坚持艺术的本真。很多作者提倡和追求文字上的烦琐、语言上的华丽、结构上的奇巧、内容上的生涩，然而越是伟大的作家，越追求一种极简的朴素精神。他认为，一个作者在刚开始创作的时候，尤其要确立一种朴素的精神，这才是得以升华、得以成功的一个基本保证。事实证明，所有具备强烈的先锋意识的作品，都非常质朴。朴素精神的确立，说到底还是一种人格的确立。在艺术品的所有品格中，朴素是最基本的，是至高无上的。朴素的对立面必然包含了矫情和虚伪。如果一部作品不那么自然真切，那么它的所有绚丽和深刻都失去了根基。

“精灵之说”——好的艺术作品是“神魂附体”——揭秘时代与创作的关系。唯物主义者反对“神魂”之说，但张炜给出另外的解释。他说，一个作品，特别是较好的作品，不能看成是作者自己的功绩，你生活在一个时代里，这个时代的每时每刻——即便你睡着了——都会有一个东西在启示你。每一部好作品都真实地表现了这个时代的精神和气质，都是时代老人“口授”而成。可以看作一种“群策群力”的结果。每一个时代的“精灵”，往往自觉地捕捉那些真正无私和宽容的人，让他“神魂附体”。这是最好的关于时代与作品的关系之说，由此我们可以判断，张炜就是被时代“精灵”所附体的作家之一。

“爱力之说”——爱力与人的生命合为一体——提醒人要不断发展爱力。这是一种全新的，也是比较陌生的说法。爱力是什么，是劳动力的一种吗，是艺术力的组成吗？张炜对此进行了精辟分析。

人显然是有爱力的。它潜融在人的心灵和肉体之中，与它的生命合在一起。爱力是一种伟大之力，它可以化为深刻的知性、动人的辞章、对人类的宽阔情感、强烈的道德意识。人的爱力最发达的时候，也正是最慷慨无私的时候。一个人活着，最重要的就是保护和培植自己的爱力。让它随着岁月的增加，像积蓄山水一样汇聚，让它在付出的慷慨中变得生气勃勃。

“获奖之说”——获奖不能看作一种胜利——提醒心灵之业不是商业行为。《你在高原》获得很多奖项，这对他是一种肯定。但他看得很淡。他说，无论是国内还是国外的奖项，作者和读者都不能太看重。因为评奖只是几个人或一些人的意见和决定，往往有极大的审美偶然性和社会功利性，而一部作品却要接受更长远更复杂的检验。写作这种心灵之业又不是靠竞选，更不是商业广告活动。获奖不能堪称什么胜利，而只是一种行内娱乐行为、一种出于某些原因的张扬鼓励。他告诫自己和其他作家，对于获奖，千万不要有“范进中举”的心理。因为，俄罗斯箴言说：“经历了时间之后，每个人都将各归其位。”①

“死亡之说”——陷入庸众其实就是死亡——揭示精神生命的重要性。臧克家曾说，有的人活着，他已经死了；有的人死了，他还活着。“死了”和“活着”的唯一不同，就在于人的精神。在张炜这里，“死了”和“活着”的区别似乎更加具体，也更加形象。他说，陷在庸众之中，其实就是另一种死亡，精神和意志的死亡。思想的休眠，生命的麻木，常常会表现为随波逐流。顺河流去的是一根没有生命的朽木。人不是枯木，而是枝叶生发的一棵树。投机于

① 张炜：《张炜文学回忆录》，广东人民出版社2017年版，第140页。

大众的趣味，不仅仅是知识分子的耻辱，也是任何一个人的耻辱。在他的心目中，要想真正地“活着”，必须避免陷入庸众之中，不要被“流雾”埋没。

这是散见于其作品、演讲和访谈中的一些“学说”，从世界观、价值观到人生观、艺术观，从创作的目的到创作的来源、创作的规律，从创作与社会和时代的关系到创作的思想、艺术和风格——每每都有涉及，从而形成一个完整的思想体系。

这些“学说”是他作为诗人哲学家的思想，它们自觉地引导和约束着作家本人，也无形中影响着其他人。然而，这却不是他的本意。在谈到《庄子》时，他曾说，我们害怕庄子作为一个哲学家而影响了我们。我只希望他作为一个文学家来影响我们。文学批评有个术语叫“形象大于思想”，在这里，我们是否可以说“影响大于思想”？

第十七章　方向：不朽的生命长恋

有一颗很大的芳心
形状就像蘑菇云
它摧毁了一切
摧毁了高楼和茅屋
还有无声无息的光阴

——张炜《芳心》

有的江河湖泊由山岳发源，但所有的坚持和追求都由初心点燃。张炜时常思考一个关于创作的根本性问题：赞歌究竟为谁而唱，颂诗究竟为谁而写，民生究竟为谁而叹，辛劳究竟为谁而作？这是一个创作的前提性问题，也是一个预设读者群的问题。对这个问题，他有着同他人不一样的理解和答案。

究竟为谁创作？他的回答是：为了那一部分“知我懂我”的同类人；为了那看不见的另一个“遥远的我”；为了那颗永不沉睡的高贵的心灵。

他认为，写作是一种心灵之业，要始终听从心灵的指引，更是追求真理的一种方式。利用公众趣味投机取巧，这对于写作者而言，是可耻的。人只有不倦地追求真理和艺术，才会是有意义的人生，才会为人类做出贡献。

在中国海洋大学发表演讲时，他这样描述作家的“服务对象”：作家对于读者的想象和要求，决定了他写作的品质。作家心目中的理想读者当然千差万别。一般而言，作家会不断提醒自己：他并没有一个为很多人写作的成见，因为那样只会不断地削减自己的艺术、改变自己的立场，以求得到多数人能够接受的表达。于是，别无选择，他只能为自己的同类写作。无论是“浪漫”还是“现实”，他甚至觉得只是为自己写作：不是正在持笔的“我”，而似乎是那个更加遥远的“我”。因为，那是一个充满期待的、高贵的灵魂，那个遥远的“我”始终在注视着自己的劳作。

在为山东高密《红高粱文学》杂志撰写的《卷首寄语》中，他明确了作家为谁写的问题和基本理由：“作家只应该为心目中最优秀的那一部分读者写作，他要相信他们有高雅的品味、绝不平庸的思想。他还要与他们一起，一次又一次地做出努力，以战胜平庸。这个过程正是作家存在的重要理由，也是他的光荣所在。”①

在接受《芙蓉》杂志记者采访时，他主动提出一个“你在哪里”的问题，其中涉及另一个“我”。他说，人的内心是不安的，这种不安源于什么？可能是源于另一个“我”的注释，是他在悄悄注视“我”。

解决好究竟“为谁写”的问题之后，关键也要解决好究竟“写什么”的问题。对此，张炜有自己的出发点，也有自己的立场和选择。

---

① 张炜：《卷首寄语》，《红高粱文学》2010年第1期。

写熟知——这是一个作家成长路上的自发选择。

很多作家，特别是初学写作的人，一开始便拥有很大的“雄心”。他们一上来便试图写大题材，写时代的悲喜，写民族，写史诗。这显然不符合作家成长的基本规律，往往会让人陷入眼高手低的窘境。张炜没有走这条道路。他的写作，是从他熟知的事物开始的，写身边的“小人物”“小事物”，特别是家乡的人和事，“芦青河”两岸的故事，成为他写作的客观主体。一条小河、一条小狗、一只狐狸、一棵树都是他写作的对象。这是他的特长，也是他的优势。一切都写得那么真实，那么生动，那么传神，也那么有趣味，而且都有利于发出他自己的“声音”。后来，随着视野的扩大、积累的丰厚，他开始尝试写“大题材”，但是，在“大题材”写作中，也始终不忘“小事物”和佃市作为其鸿篇巨制的“骨肉”。特别是后来，他对写作有了更深层次的认识，对自己提出了新的要求——“退回自己”。

写家族——这是一个深度观察者的自觉选择。

他的多部长篇小说，都涉及了家族题材，写家族的起源、传承和变迁，以此展示人性的发展和社会的变迁。《古船》写了“粉丝世家”老隋家的发展和变迁，以及与李、赵两个家族的矛盾和纠葛；《家族》展示曲府和宁家的家族矛盾、联系和发展；《柏慧》等作品，虽然是现代题材，也从家族传承的角度引入和反思。这些作品最突出的特点是，从思想方式上改变了传统的单一的“二元”

思维模式，通过善恶两类人物的生命历程和命运归属表达出超越血缘关系的“善”“恶”家族理念，深刻地展示了社会变迁过程中人的救赎和家族的救赎。从社会学角度来考察，作品深刻地反映了族群之间的“三大关系”：一是人与现实世界或现实社会之间存在的看不见的冥冥之力的关系，赋予作品以深刻的“神性”特征。二是人与大自然的关系。从无尽的星空到天地间万千事物的变幻、生灵的交织，特别是自然环境的改变，无一不影响着世道人心。这在进入改革开放和市场经济时期更加明显。三是人与“自我”的关系。这在作品的主人公身上体现得最为充分。他努力将主人公塑造成为一个始终“醒着的人”，经常反思“我是谁，我为何而来，我从哪里来，我到哪里去”的“自我”认知问题。

写大地——这是一个忠于土地者的情感选择。

他是一个自我中心论者，是一个忠于土地者，也是土地的代言人。“我对大地的情感是自然的，因为我生活在大地上，我依赖它犹如生母。”[①]他曾对德国学者这样诉说自己与土地的关系。他还说，如果一个小说家是一个真正的艺术家，那么他必定是一个自我中心论者。除此而外这个人还会是一个土地崇拜者，多少有些神秘地对待他诞生的那片土地，倾听它，叩问它，也吸吮它。土地的确是生出诸多器官的母亲。小说家只是土地上长出的众多器官之一。

源于这一认知，他对生他养他的土地，特别是那片胶东大地，始终充满深情，有一种浓得化不开的“土地情结”。因此，他脚下的

① 张炜：《张炜文集》第35卷，作家出版社2017年版，第86页。

土地，便成为他“写作的母体”。他几乎所有作品的思想和内容，都没有离开那块土地，成为名副其实的“胶东大地的代言人”。他曾经感叹：走出家乡才知道，要真正写出自己，一定要写那片土地。

杨匡汉先生在《共和国文学60年》中这样形容张炜的创作：“他用大地情怀构筑起纯美的田园之梦，不知疲倦地倾诉着对大地的诗情和向往。”[①]他笔下的“大地”是特征不同、各有侧重的“大地”。他写大地上的人，大地上的事情，大地上的故事。只是不同作品，写大地的角度和侧重有所不同。《秋天的愤怒》写大地上的思索者，《古船》写大地上的反思者，《九月寓言》和《丑行或浪漫》写大地上的奔跑者，《你在高原》写大地上的行走者，《刺猬歌》和《荒原纪事》写大地上的保卫者，《艾约堡秘史》写大地上的救赎者……

他曾在《文学世界》发表文章——《源于土地和命脉之气》，全面介绍了小说《九月寓言》的思想和精神来源——那片生机勃勃的胶东大地。唐金海、周斌主编的《20世纪中国文学通史》认为，张炜的作品往往取材于他所熟悉的乡土生活，山东大地特有的灵性与文化积淀给了他无穷的灵感。

《中国文化报》曾刊载南帆的《大地的血脉》。文章指出，从《古船》的隋抱朴开始，张炜作品的一个个主人公都扎根于大地，血脉相连——《丑行或浪漫》中的刘蜜蜡是这个系列的最新成员。

他笔下的“大地”是无处不在、诗意栖居的“大地”。1998年1月，《文艺争鸣》杂志曾刊载陈丽贞的《文化夹缝中缪斯家园的定位与守望》。文章指出，张炜的创作总是使人感到一个无时不在

① 亓凤珍、张期鹏：《张炜研究资料长编》，山东教育出版社2018年版，第440页。

的人物，那就是大自然。他融入野地的《九月寓言》中月辉照耀下的小村万物，《柏慧》中美好和谐的葡萄园，《家族》中那只飞翔的鸥鸟，自然在他的笔下如同海德格尔的“大地”，可以“诗意地栖居”，是滋养人类精神的家园。事实上，他写大地，实质上写的是“大地的精神”。

他笔下的“大地”是面临考验、需要保护的“大地”。他写“大地”上的美好，也写“大地”遭遇的危机和灾难。他的《荒原纪事》《我的田园》《融入野地》等作品，集中体现了对大地和大自然的强烈的保卫意识。刘毅强曾称赞他是“一个真的猛士，是大自然最忠诚的卫士，也是一位最亲密的朋友”①。

他笔下的“大地”是形而上的、充满哲思的“大地”。他描写“大地”，不是简单地、机械地映照，而是经过哲学思考和艺术升华的“大地”。这一点，在《九月寓言》《刺猬歌》里体现得最为充分。评论家王辉、李琳也指出，他的创作逐步呈现存在主义的色彩，寄予了他对“大自然”、“大地”和“人”之本体存在的形而上的哲学思考。田金长认为，他既是“大地”的真实写照者，也是“大地”的自由歌唱者。

2009年1月，评论家孟繁华在《中国当代文学通论》里，评价他为“书写大地的圣手”。在中国当代文坛，还没有人获得如此重要的“封号”。

写群像——这是一个人民中心论者的由衷选择。

人民、老百姓、农民，特别是最底层的人，始终是他关注的重

①张炜：《齐鲁安泰：张炜语丝》，上海书店出版社1998年版，《编后记》。

点，是他写作的客观主体，也是他生命中的关键词。他早已经意识到，为数不少的所谓作家，已经不再关心大多数人的生存状况了。他们只顾“自我”的宣泄，沉浸于一种莫名其妙的辞藻之中。有人就是对人民的心情视而不见。在他们那里，只有自己的心情、个别人的心情，而没有人民的心情，也没有“基层”这个概念。他始终认为，文学就像一个人一样，必须是朴素和慈爱的。朴素的心灵让他走入民间，慈爱的心怀让其悲悯众生。因此，他的所有作品，都始终关注百姓，讴歌人民，深入基层。

在他的词典里，基层就是群众、土地、清贫、辽远——这样的综合，群众支撑了思想，是永恒的根基。在他的情感里，走到群众中间，到市区街巷和乡野村镇，特别是那些在地上做活的人，会有不同的发现。他们的直率，是来自大地、来自底层的醉心的感情。

他写百姓有一个重要特点，不像其他作家一样，一部作品只写一个或几个老百姓，而是写群像，写一群老百姓。《古船》、《九月寓言》和《你在高原》是写群像的代表。1994年3月，华东师范大学中文系教授王晓明在与本校硕士研究生的谈话中指出，《古船》这部小说，不再以一个或几个人物为主角，而是将一群人同时推到读者眼前；不再是单单突出主人公的命运，而是匀开笔墨去写一群人的历史。这就是他的“写群像特征”。

他写百姓的生存，他写百姓的苦难，他写百姓的心灵。在他的作品中，他始终与损害人民利益的阶层和人物斗争，发出自己的最强音。斗争的对象主要是两类人，一种是借助权势，侵占他人利益和陷害他人的人；另一种是对自然、文化资源无端放肆地毁灭和掠夺的人。他将他们称为“人类共同的敌人”，用艺术的形式与之展开毫不妥协的斗争，以此捍卫人民的利益和大地的未来。

《文艺报》有个“真言妙语”栏目，专门摘登他发表在《当代作家评论》中的观点：“头号农民大国的知识分子竟然对农民一无所知，甚至漠不关心，农民问题基本上没有构成其理解事物的基础，这就让人怀疑他的身份和性质了。”①

写史诗——这是一个走向成熟作家的无意选择。

在写史诗这方面，长篇小说《古船》《你在高原》和长诗《皈依之路》是典型作品。它们既是一个人的史诗，也是一个家族，甚至一个民族的史诗。

《古船》出版后，在北京和济南召开的研讨会上，很多评论家一致认为，《古船》“具有史诗的气度和品格”。1997年10月，刘明曾发表文章：《从〈古船〉到〈家族〉——张炜的现实主义探索及意义》。文章论述了其创作的史诗性：“张炜和陀思妥耶夫斯基一样，也是一个心理诗人……如果把他的作品连接起来，我们会发现那正是一部民族的心灵史诗。”②

应该指出的是，张炜作品的史诗性质，是作品写成后的一种客观体现，是一种“附加”收获，而不是他的主观动机。在实际创作过程中，他对“史诗性”一直采取回避原则。他反对传统的“史诗”模式，认为所有三流作家都喜欢史诗式的写法，瞄着“史诗”而去，一般都是蹩脚的写作。

① 张炜：《真言妙语》，《文艺报》1999年7月6日。

② 亓凤珍、张期鹏：《张炜研究资料长编》，山东教育出版社2018年版，第208页。

写情怀——这是一个知识分子写作者的必然选择。

张炜的创作是“个性化”的。但是，这种“个性化”，有别于某些所谓现代性写作的“个性化”，不是个人生活、私人情调的无端呻吟，而是高尚情怀的抒发与张扬。有人曾经问他：一个优秀作家对于他的民族究竟意味着什么？他回答说：他们是一个民族的梦想。这一回答就可以看出他的责任和担当。

他的作品，总在文字背后隐含着宽阔的胸襟和博大的情怀。这里面既包括家国情怀，也包括人生情怀，还包括艺术情怀。家国情怀在《古船》《九月寓言》里最为显著，人生情怀在《你在高原》《外省书》里最为显著，艺术情怀在《能不忆蜀葵》《艾约堡秘史》里最为显著。

这种情怀，是对人民命运的关注和关切。在作家王延辉的作品研讨会上，张炜曾说：“如果不关心巨大事物，没有悲天悯人的情怀，不试图晓悟命运中的一份神秘，就不可能是个作家。”[①]这也是他对自己的一种约束。早在1986年1月，在由山东省文联、山东文学编辑部和小说选刊编辑部举办的小说创作座谈会上，山东师范大学宋遂良教授便指出，张炜的作品，最重要的特点是关注人民的命运。《古船》对于历史的反思，对于改革的切盼，对于人性的拷问，无不体现对人民命运的关注。

这种情怀，也是对重大事件的介入和反映。1988年，公刘在致联邦德国安诺尔德先生的信中指出，《古船》有两点超越小说本身

① 张炜：《谈不沦为匠》，《文学世界》1993年第3期。

的重要结论："其一是它打破了青年作家写不出有历史感的大作品的陈腐见解；其二是把那种在中国相当流行的一定要和重大事件保持远距离的理论当作放之四海而皆准的真理，原来也有很大的片面性。"①这实质上也是对《古船》家国情怀的一种高度肯定。

这种情怀，还是对高尚道德的描写和弘扬。陈宝云在《道德的感情化与感情的道德化》一文中指出："张炜的作品里，充满道德的力量。无论是写爱情，写家庭，还是写社会，写人与人之间其他各种矛盾和纠葛，不论是唱着希望之歌，还是唱着忧患之歌，都始终不离道德。"②这种道德审美标准，也是他的一种至高无上的人生情怀。

这种情怀，最重要的是对灵魂的救赎和皈依。他的作品，特别是长篇小说，很多都涉及了救赎主题。这种救赎，首先建立在苦难意识之上，其次建立在深刻反思和拷问之上，第三指向终极情怀的方向。无论是《古船》《丑行或浪漫》《家族》，还是《柏慧》《外省书》《能不忆蜀葵》等，都不断强化这一主题，从苦难救赎，到存在救赎，再到自然救赎，一步步走向深入，直抵灵魂深处。这一特征，极大地增强了其作品反映历史、现实和人性的厚度、力度和深度。

张清华在论述"张炜现象"时曾有这样的文字："始终坚持崇高意义上的写作，关怀巨大的历史和社会主题；自觉、鲜明、独特的文化意识、文化立场和文化策略；怀抱殉道者的理想，坚持与恶俗文化的悲壮抗争；激情投注的写作原则，在纯正的充满现代意识的写作中又从未'零度介入'。"③这应该是对他"情怀抒写"特征的高度概括。

① 公刘：《和联邦德国朋友谈〈古船〉》，《当代》1986年第3期。

② 亓凤珍、张期鹏：《张炜研究资料长编》，山东教育出版社2018年版，第57页。

③张清华：《张炜现象》，《山东师范大学学报》1994年第2期。

“写什么”之后，还有一个“怎么写”的问题。张炜的写作是从语言入手的，不能真正进入他的语言，就不能真正理解他本人，也不能真正享受其作品的思想内涵和艺术美。

他始终坚持用一颗诗心创作/诗性是其语言的第一大特征。

“无诗性，不文学”。在小说和散文随笔等“非诗歌”创作中，他也一直坚持用一双诗人的眼睛观察世界，用一颗“诗心”完成创作，所有作品都力求具有“诗性”：金子一般的语言，充满质感、乐感和美感。这种独特的诗性，为他的作品披上一道瑰丽的霞光，唯美、干净、大气。

即便用胶东方言写作，写来自民间的乡土故事，他的作品依然非常纯粹，没有一点杂质。无论什么作品，只要出自他的手，即便最挑剔的人，也找不到一点“不洁”。这是其作品与通俗文学的重要区别，也是他有别于其他作家的重要标志。

令人遗憾的是，当今文坛，一些所谓的名家，根本没有搞清弄懂什么才是纯正的文学。他们误以为那些迎合大众的通俗作品，就是文学。因此，他们的作品，不仅粗鄙，而且缺失诗性。

他始终坚持低调内向型写作/内敛性是其语言的第二大特征。

凡下笔之处，明白了就说，不明白就不说。无论对人物和事件，都要怀着体贴的、理解的心情去写，务求合情合理和真实，不做情感的夸张。这是他对自己写作上的要求。

他对李白的狂放、苏轼的豪放，颇为欣赏；对波德莱尔和惠曼的高调，也并不反感。但对自己的写作，他却从不涉猎狂放、豪放或高调，而是追求一种极为内敛的风格。这是他生活和写作的一种“常态”，也是一种“基调”。无论是平时生活，还是文学创作，总是以低调、谦卑的姿态出现，所有语言和文字都“不说满”“不浪费”“不张狂”“不直白”“不用大词”，而是力求“谦虚”“诚恳”“质朴”“沉静”。

他始终把心理描写放在重要位置/倾诉性是其语言的第三大特征。

张炜的作品重在主人公灵魂的反思、自省和救赎，因此，他特别重视心理描写。自然、独白和倾诉便成为其重要特征。

《古船》中隋抱朴夜深人静时的自我倾诉，对弟弟隋见素的深情倾诉，没有任何自我掩饰，直抵灵魂深处。《柏慧》整部作品都是由倾诉构成，是对曾经的恋人的倾诉，对老师的倾诉，更是对自己、对内心、对社会的倾诉。《你在高原》主人公宁伽在“行走之旅”的倾诉，是对天空的倾诉、对大地的倾诉、对大自然的倾诉，也是对自我、对社会的倾诉。

这种倾诉性，具有三大力量：一是直抵心灵的力量，二是强烈的思辨力量，三是坦诚真实的力量。

他始终不忘构建独特的意境/不可替代性是其语言的第四大特征。

仔细阅读他的作品，你便会发现他的小说有一套自己的话语体系。有些作家的人物和故事，换用其他话语方式都可以表达或表现出来，而张炜的人物和故事，只有在他的话语体系中才能得到完美表达，有些人物和故事只可意会不可言传。这与他营造的独特意境有关。

读他的每一部作品，都会有不同的意境感受和语言风格感受。从《秋天的愤怒》里，可以读出"清澈"；从《古船》里，可以读出"沉重"；从《九月寓言》里，可以读出"悲凉"；从《你在高原》里，可以读出"辽阔"；从《能不忆蜀葵》里，可以读出"火热"；从《刺猬歌》里，可以读出"欢心"。

他的创作总体上经历了四个发展阶段：原生叙事、家国叙事、文化叙事和精神叙事。原生叙事以《秋天的愤怒》为代表，家国叙事以《古船》为代表，文化叙事以《九月寓言》为代表，精神叙事以《你在高原》和《皈依之路》为代表。它们既是叙事方式的变化，也是精神内涵的发展。每一次变化都是一次新的嬗变和新的提升。

1985年4月，他在《一辈子的寻找》中写道：我觉得我踏上了一条奇怪的道路，这条路没有尽头。当明白了是这样的时候，我回头看一串脚印，心中怅然。我发现自己一直在追寻和解释同一种东西，同一个问题——永远也寻找不到，永远也解释不清，但偏要把这一切继续下去。我如果不是这样，那么我也会是徒劳的。

2010年3月，千寻出版社出版了张炜的散文随笔集——《我又将逃往何方》。他阐释了他的"逃往"问题。这里的"逃"不是"逃避"，而是"追寻"。"逃往"的方向，是他追寻的方向，是他生活的向度、创作的向度、生命的向度，也是他未来的向度。可以想见，大地上的行者，永远在路上。他将怀揣最美的初心，迈着坚定的步伐，一路前行，"逃往"高原，"逃往"梦想，"逃往"心灵遥思的地方……

这是大地上的长恋，精神的长旅，犹如数学上的射线，有始发点，有方向，但没有尽头，没有终点，可以无限发展，无限延伸。

2018年12月至2019年4月第一稿

2019年5月至2019年6月第二稿

2019年7月至2019年8月第三稿

2019年8月至2019年9月第四稿

2019年9月至2020年1月第五稿

2020年3月根据张炜先生意见第六稿

特别鸣谢

衷心感谢亓凤珍教授、张期鹏先生，他们编著的《张炜研究资料长编》为本书写作提供了大量翔实的资料。

衷心感谢山东出版传媒股份有限公司刘东杰先生对本书的支持和帮助。

衷心感谢著名文学评论家、山东师范大学顾广梅教授百忙之中为本书作序。

衷心感谢济南之春文化传媒公司总经理邵速女士为本书出版给予的举荐。

主要参考文献

亓风珍、张期鹏编著：《张炜研究资料长编》，山东教育出版社，2018。

赵月斌：《张炜论》，作家出版社，2019。

徐遒翔：《中国现代作家评传》卷一、卷二，山东教育出版社，1986。

斯蒂芬·支魏格：《巴尔扎克传》，吴小如、高名凯译，上海译文出版社，1983。

钱理群：《我的精神自传》，广西师范大学出版社，2007。

孔见：《赤贫精神》，中国人民大学出版社，2004。

聂震宁主编：《创意阅读》，山东文艺出版社，2009。

张荣东：《黑伯龙艺术论》，山东画报出版社，2015。

海德格尔：《人，诗意地栖居》，郜元宝译，上海远东出版社1995。

筱敏：《阳光碎片》，东方出版中心，2000。

费振钟：《堕落时代》，东方出版中心，2009。

周国平：《诗人哲学家》，上海人民出版社，1987。

张炜：《古船》，长江文艺出版社，2017。

张炜：《家族》，上海文艺出版社，1988。

张炜：《精神的魅力》，群众出版社，1996。
张炜：《远行之嘱》，长江文艺出版社，1996。
张炜：《大地的呓语》，东方出版中心，1997。
张炜：《九月寓言》，重庆出版社，2013。
张炜：《柏慧》，人民文学出版社，2010。
张炜：《独药师》，人民文学出版社，2016。
张炜：《能不忆蜀葵》，作家出版社，2013。
张炜：《张炜文集》40卷，作家出版社，2014。
张炜：《丑行或浪漫》，云南人民出版社，2003。
张炜：《寻找鱼王》，明天出版社，2015。
张炜：《海边兔子有所思》，长江文艺出版社，2018。
张炜：《张炜文学回忆录》，广东人民出版社，2017。
张炜：《他们为何而来》，四川人民出版社，2018。
张炜：《刺猬歌》，作家出版社，2013。
张炜：《阅读的烦恼》，江苏凤凰文艺出版社，2019。
张炜：《外省书》，作家出版社，2000。
张炜：《纸与笔的温情》，辽宁师范大学出版社，2018。
张炜：《狮子崖》，山东教育出版社，2017。
张炜：《爱的川流不息》，山东教育出版社，2021。
张炜：《半岛哈里哈气》，作家出版社，2013。
张炜：《楚辞笔记》，中国青年出版社，2012。
张炜：《心仪》，山东画报出版社，1996。
张炜：《少年与海》，安徽少年儿童出版社，2014。
张炜：《艾约堡秘史》，湖南文艺出版社，2018。
张炜：《兔子作家》，安徽少年儿童出版社，2016。

张炜：《你在高原》，作家出版社，2010。

张炜：《童眸》，作家出版社，2018。

张炜：《去看阿尔卑斯山》，台海出版社，2019。